Le secret d'une attirance

Dans le lit d'un prince

MAISEY YATES

Le secret d'une attirance

Traduction française de
ÉLISABETH MARZIN

DIADÈME

HARLEQUIN

Titre original :
THE ITALIAN'S PREGNANT PRISONER

Ce roman a déjà été publié en 2018

HARPERCOLLINS FRANCE
83-85, boulevard Vincent-Auriol, 75646 PARIS CEDEX 13
Service Lectrices — Tél. : 01 45 82 47 47 - www.harlequin.fr
ISBN 978-2-2804-7662-1

Composé et édité par HarperCollins France.
Imprimé en juillet 2022 par CPI Black Print (Barcelone)
en utilisant 100% d'électricité renouvelable.
Dépôt légal : août 2022.

FSC
www.fsc.org
MIXTE
Papier issu de sources responsables
FSC® C159065

Pour limiter l'empreinte environnementale de ses livres, HarperCollins France s'engage à n'utiliser que du papier fabriqué à partir de bois provenant de forêts gérées durablement et de manière responsable.

Chapitre 1

Il était une fois…

« Détache tes cheveux… »

Charlotte Adair s'efforçait en vain de maîtriser le rythme effréné de son cœur. Si seulement elle parvenait à faire le vide dans son esprit ! Les souvenirs qui l'assaillaient menaçaient de lui brouiller les idées.

Mais il était vrai que sa présence dans cet endroit prouvait que, de toute façon, elle n'avait pas les idées claires…

Après s'être cachée pendant cinq ans, elle était enfin libre.

Cependant il restait un problème en suspens. Rafe.

Ce soir elle pourrait le voir. Une dernière fois.

Avec la certitude que, de son côté, il ne la verrait pas.

Charlotte sentit son cœur se serrer. Oui, il lui avait brisé le cœur. Mais comment ne pas éprouver de la compassion pour lui après ce qui lui était arrivé ?

Debout dans un coin sombre de l'antichambre de la salle de bal, les mains moites, Charlotte avait de plus en plus de mal à respirer dans sa robe rouge.

Et elle était incapable de contenir plus longtemps le flot de souvenirs qui la submergeaient.

— Détache tes cheveux.

— Tu sais bien que je n'ai pas le droit.

Parcourue de longs frissons, Charlotte dut faire appel à toute sa volonté pour s'écarter de Rafe. Il était si tentant de faire tout ce qu'il demandait sans se soucier des conséquences…

Cette tentation s'était d'ailleurs emparée d'elle dès le premier instant où elle l'avait vu.

Elle avait envie de lui. Bien sûr, au début elle ne savait pas très bien ce que ça impliquait. Elle avait juste envie d'être près de lui. Et d'y rester pour toujours.

— Et recevoir un homme dans ta chambre, tu as le droit ? demanda-t-il d'un ton narquois.

Elle sentit son visage s'enflammer.

— Eh bien… C'est quelque chose que mon père n'a jamais pensé à m'interdire expressément. Sans doute parce qu'il considère que c'est une évidence.

Le sourire de Rafe fit courir de nouveaux frissons dans tout son corps. Jamais elle n'aurait imaginé qu'un homme pouvait être aussi beau. C'était la première pensée qui s'était imposée à elle lorsqu'il était venu travailler pour son père deux ans plus tôt.

Elle ignorait quelles étaient ses fonctions exactes. Elle savait juste que c'était une sorte de stagiaire, ce qui n'était pas pour la rassurer. Parce que si on lui cachait tout ce qui concernait les affaires de son père, elle n'était pas stupide. D'accord, elle vivait cloîtrée dans sa villa en Italie depuis qu'ils avaient quitté les États-Unis quand elle était encore enfant. Mais dans sa réclusion elle avait appris à recueillir des informations en se faisant oublier.

Elle faisait partie du décor de la villa depuis des années, si bien qu'elle passait souvent inaperçue. Ce qui lui convenait parfaitement.

Elle était devenue invisible.

Jusqu'au jour où Rafe était apparu. Lui, il l'avait vue. Tout de suite. Elle avait seize ans la première fois qu'elle avait posé les yeux sur lui. Ce jour-là elle avait cru que son cœur allait bondir hors de sa poitrine. Pas seulement parce qu'il était beau. Même s'il l'était... Âgé d'un peu plus de vingt ans, il avait une carrure d'athlète, un visage taillé à la serpe et des yeux noirs au regard pénétrant dans lesquels elle avait eu instantanément envie de se perdre.

Son obsession était née dès cet instant, et elle n'avait jamais disparu depuis. Apparemment, il en était de même pour lui. Il avait tenté de la décourager. Mais elle avait persisté. Elle s'était ridiculisée en le suivant partout. Mais ça avait marché. Il avait fini par arrêter de la fuir. Ils avaient fini par nouer... une certaine amitié.

Sauf qu'à sa connaissance de simples amis n'étaient pas obligés de se cacher. Ils n'étaient pas obligés d'attendre que la maison soit plongée dans l'obscurité et que tout le monde dorme pour se retrouver dans les écuries. Ni, en plein jour, de se donner rendez-vous dans un des champs les plus éloignés de la maison.

Ces rencontres étaient chastes.

Jusqu'à un après-midi où ils s'étaient retrouvés dans un coin de la grange. Lorsqu'il lui avait dit qu'il était temps pour lui de regagner son poste — quel que soit exactement celui-ci — elle avait éprouvé une frustration insupportable.

Instinctivement, elle avait effleuré sa joue du bout des doigts. Il lui avait saisi le poignet, les yeux plus étincelants que jamais.

Avant qu'elle ait le temps de réagir, sa bouche s'était emparée de la sienne.

Elle n'avait jamais été embrassée. C'était une chose à laquelle elle n'avait même jamais vraiment pensé. Mais ce baiser de Rafe... Elle avait eu l'impression de toucher la surface du soleil. C'était presque insupportable.

Trop chaud. Trop vif. Trop intense.

Et beaucoup trop bref.

Mais, cette nuit-là, il avait grimpé à l'espalier pour venir dans sa chambre située au sommet de la tour, à l'écart de tout le monde. Personne ne venait jamais dans sa chambre.

Sauf lui. Il lui avait donné un autre baiser. Puis encore un autre.

Il était venu dans sa chambre tous les soirs au cours des deux semaines suivantes. Leurs baisers étaient devenus de plus en plus longs, de plus en plus passionnés. Ils en étaient arrivés à se déshabiller en partie. À s'allonger sur le lit. À échanger des caresses qu'elle aurait trouvées choquantes avec n'importe qui d'autre que lui.

Avec Rafe, rien ne la choquait. Elle voulait aller plus loin. Elle voulait coucher avec lui. Mais il s'était contenté de lui donner du plaisir sans jamais aller jusqu'à lui faire l'amour.

Elle avait accepté d'attendre. Mais ce soir l'urgence se faisait sentir. Il fallait qu'elle lui parle de la conversation qu'elle avait eue avec sa belle-mère plus tôt dans la journée.

Son père ne lui parlait pas souvent, et même pour ainsi dire jamais. Les informations lui étaient transmises par l'intermédiaire de Josefina, sa belle-mère, la personne la plus insensible et la plus suspicieuse qu'elle connaissait.

Plus tôt dans la journée, Josefina avait annoncé à Charlotte que son père souhaitait conclure avec un homme d'affaires italien dans son genre une alliance qui serait cimentée par des liens familiaux. Une union dynastique, en quelque sorte. De son point de vue, c'était la seule utilité que pouvait avoir sa fille, qu'il n'avait pas désirée et qu'il n'aimait pas.

Josefina se réjouissait visiblement d'être bientôt débarrassée de la belle-fille dont elle avait toujours semblé jalouse. Une jalousie qui pouvait paraître incompréhensible, étant donné que Charlotte n'était rien d'autre qu'une vulgaire prisonnière dans la maison de son père. Cependant, Josefina avait grandi dans une famille pauvre du village voisin. Elle n'était sortie de la misère qu'en devenant d'abord la maîtresse de Michael Adair, puis son épouse. Et Charlotte soupçonnait que sa belle-mère vivait secrètement dans la crainte de perdre sa nouvelle position sociale. Ce qui avait tendance à la rendre venimeuse.

C'était avec un plaisir non dissimulé qu'elle l'avait informée du sort qui l'attendait.

L'éventualité d'un mariage arrangé avait toujours été plus ou moins présente à l'esprit de Charlotte. Après tout, son père était une sorte de seigneur médiéval qui régnait en maître absolu sur tous ceux qui dépendaient de lui. Il fallait s'attendre à ce qu'il envisage d'utiliser sa fille pour renforcer son pouvoir dans le monde du crime organisé par le biais d'un mariage arrangé. Il était prêt à vendre un membre de sa famille pour empêcher une guerre. Ou pour en déclencher une. Selon les circonstances.

Mais même si elle avait toujours été vaguement consciente de cette possibilité, Charlotte avait toujours fait de son mieux pour ne pas y penser. À présent que la menace se concrétisait, elle ne pouvait plus ignorer le problème. D'autant plus qu'elle ne concevait plus la vie sans Rafe.

La seule idée d'être touchée par un autre homme… Non, cette idée était insupportable. Le désir que lui inspirait Rafe était trop intense, trop profond. Bien plus profond qu'une simple attirance physique.

Il venait du cœur.

Rafe captura sa bouche et elle oublia momentanément sa conversation avec Josefina.

— Détache tes cheveux, murmura-t-il contre ses lèvres.

Elle porta la main à son lourd chignon et enleva une première épingle.

Pour lui. Rien que pour lui…

Charlotte s'arracha à ses souvenirs. Son cœur battait aussi fort qu'à l'époque. Quelques semaines après cette soirée tout s'était effondré. Elle avait été anéantie, le cœur meurtri à tout jamais.

Josefina lui avait annoncé que Rafe était parti et qu'elle n'avait pas d'autre choix que d'épouser Stefan. Elle avait protesté avec rage et désespoir. Si bien que son père était intervenu. Et qu'elle avait perdu ses dernières illusions sur lui. Si elle n'épousait pas l'homme qu'il avait choisi pour elle, il la tuerait. C'était ce qu'il lui avait dit. Et elle l'avait cru volontiers.

Mais elle n'était pas prête à accepter son destin. Parce que si elle avait appris quelque chose avec Rafe, c'était que la vie était bien plus exaltante que l'existence recluse qu'elle avait menée jusque-là. Et le sexe beaucoup plus excitant qu'un mariage arrangé.

Par conséquent, lorsque les hommes que son père avait payés pour qu'ils la conduisent chez Stefan, à l'autre bout du pays, s'étaient arrêtés dans une station-service au milieu de nulle part, elle avait tenté sa chance.

Elle avait réussi à leur échapper et s'était enfoncée dans la forêt, certaine qu'ils ne l'y suivraient pas. Elle ne s'était pas trompée. Ils l'avaient recherchée sur les routes, sans imaginer un seul instant que celle qu'ils considéraient comme une petite princesse choyée pourrait prendre le risque d'affronter les loups et les renards au cœur de la forêt.

Elle avait fini par arriver en Allemagne, où elle avait

trouvé une certaine sécurité, travaillant à la campagne dans des fermes ou en ville dans des boutiques sans jamais rester longtemps au même endroit.

Une existence solitaire mais également libératrice à bien des égards.

C'était seulement des années plus tard qu'elle avait eu des nouvelles de Rafe. En voyant sa photo en couverture d'un magazine. Un long article racontait l'histoire d'un Italien qui était parti de rien pour devenir l'un des hommes les plus riches de la planète.

Un homme aveugle. Blessé dans un accident dont il refusait de parler.

Par la suite, elle l'avait vu très souvent à la une des journaux. Le choc était toujours aussi rude. Toujours aussi douloureux. Le regret la submergeait à l'idée de ce qu'ils auraient pu vivre ensemble s'il l'avait aimée sincèrement comme elle l'avait cru. Et elle souffrait pour lui. À cause de l'accident qui l'avait privé de la vue.

Elle pensait très peu à ses milliards. Ne serait-ce que parce qu'elle n'avait jamais douté qu'un jour il réussirait de manière spectaculaire. C'était un homme exceptionnel. Aucun autre ne pouvait se comparer à lui.

Voilà pourquoi, quand elle avait appris la mort de son père et qu'elle avait découvert qu'une invitation à son nom avait été émise pour cette réception à laquelle devait assister Rafe, elle avait décidé de tenter sa chance.

Son père n'étant plus là, personne ne la recherchait plus. Et, de toute façon, il y avait très peu de risques que ses hommes la reconnaissent. Elle n'était plus une jeune fille de dix-huit ans.

Quant à Rafe… Il ne la verrait pas. Comme il ne verrait jamais plus rien.

Mais elle, elle le verrait. Elle en avait besoin. Pour

pouvoir tourner définitivement la page sur cette partie de sa vie.

Prenant une profonde inspiration, elle quitta l'antichambre et pénétra dans la salle de bal. Elle sortit de l'ombre pour entrer dans la lumière. C'était la première fois depuis cinq ans qu'elle ne se cachait pas.

Elle eut vaguement conscience des regards qui se tournaient vers elle. Mais elle s'en moquait. Elle n'était pas là pour se faire admirer. Elle était là pour lui.

Elle s'était habillée pour lui. Même si c'était stupide.

D'une part, il était incapable de la voir. D'autre part, elle ne voulait pas qu'il la voie.

Elle ne mit pas longtemps à le repérer. Son regard fut attiré par lui comme par un aimant. Il était debout au centre de la salle, en train de discuter avec un groupe d'hommes. Il était le plus grand. Le plus séduisant. Il restait l'homme le plus beau qu'elle avait jamais vu. Sauf qu'à trente ans, il était beaucoup plus mûr qu'à vingt-cinq. Il s'était étoffé. Son visage s'était buriné. Une barbe naissante assombrissait sa mâchoire… Quelles sensations éprouverait-elle si elle effleurait celle-ci ?

Elle n'avait pas touché un seul homme depuis Rafe. Elle n'en avait jamais eu envie.

Or, elle avait besoin de trouver l'envie. Parce qu'elle avait l'intention de mener une vie normale. Après avoir touché l'héritage qui l'attendait toujours — intact — dans une banque de Londres, elle commencerait enfin à vivre vraiment.

Peut-être ferait-elle des études. Peut-être ouvrirait-elle sa propre boutique. Travailler comme vendeuse lui avait plu pendant toutes ces années. Ça lui avait permis de se sentir moins seule.

Quoi qu'elle décide, ce serait son choix. C'était ça l'essentiel.

Quelles réponses était-elle venue chercher ici ? Elle n'en savait rien. Pour l'instant, une seule chose était certaine. Son corps et son cœur étaient toujours sensibles à la présence de Rafe.

Tout à coup, il quitta le groupe et se dirigea vers elle. Elle se figea. Comme une biche hypnotisée par les phares d'une voiture. Comme une femme fascinée par Rafe Costa.

Elle n'était sûrement pas la seule dans ce cas. Il avançait d'une démarche souple et si elle ne l'avait pas su, elle n'aurait jamais pu deviner qu'il avait perdu la vue.

Alors qu'il se rapprochait d'elle, elle sentit son cœur s'affoler de plus belle et ses mains se mirent à trembler. Comme elle aimerait pouvoir le toucher !

C'était une envie irrésistible. Prendre de nouveau son visage dans ses mains. Mêler sa bouche à la sienne. Poser la main sur son torse pour vérifier si elle faisait toujours battre son cœur à grands coups.

Il était facile d'oublier ce que lui avait dit sa belle-mère. Que Rafe avait accepté la prime offerte par son père pour l'inciter écourter son contrat. Qu'il était parti sans la moindre pensée pour elle. Reniant toutes les promesses qu'il lui avait faites.

Oui, il était très facile d'oublier tout ça. De se rappeler uniquement ses baisers. Ses caresses. L'insistance avec laquelle elle le suppliait de lui faire l'amour. La fermeté avec laquelle il avait toujours refusé.

Pour préserver son honneur, disait-il. Et sa sécurité.

Mais en réalité, il n'avait jamais vraiment eu envie d'elle. En tout cas, pas assez pour prendre des risques.

Voilà ce qu'elle devrait se rappeler. Au lieu de vibrer tout entière de désir…

Rafe se rapprochait de plus en plus, fendant la foule qui s'écartait devant lui comme la mer Rouge devant Moïse.

Tout se mit au ralenti. Le temps. Son cœur. Sa respiration.

Rafe était là, tout près. Si près qu'il lui suffirait de tendre la main pour toucher son bras.

Elle pourrait feindre de le heurter par accident, juste pour savourer furtivement le contact de son corps contre le sien. Il ne saurait pas que c'était elle. Il ne pourrait pas le savoir.

Tout à coup, il se tourna vers elle. Les yeux dans le vague. Incapable de la voir. Pourtant, il referma la main sur son poignet d'un geste précis et l'attira vers lui.

— Charlotte.

Chapitre 2

C'était impossible.

Charlotte s'était volatilisée cinq ans plus tôt. Pis encore, elle était partie épouser un autre homme.

Le sourire triomphant était la dernière chose qu'il avait vue. La toute dernière. À part des ombres informes.

Dans les soirées comme celle-ci, il restait le plus souvent à proximité des murs. Il avait une canne, mais dans une foule aussi dense ce n'était pas très pratique.

Il percevait vaguement le contour des gens et des objets, mais il ne distinguait ni les couleurs ni les traits du visage.

Cependant, quand il était passé à côté d'elle il avait senti son parfum. Et aussitôt, il avait vu une foule de choses. Un feu d'artifice de couleurs et de lumières avait jailli dans son esprit. Le soleil de Toscane, où il vivait l'enfer sur terre sauf quand elle était près de lui. Une peau claire, veloutée, trop délicate pour ses mains. Ce qui ne l'avait pas empêché de la toucher. Et ces splendides cheveux blonds, qui obsédaient étrangement son père.

Brillants, incroyablement longs et toujours relevés en chignon afin que personne ne puisse vraiment en apprécier la beauté. Rafe fut submergé par un flot de souvenirs.

— Détache tes cheveux, murmura-t-il contre son cou tout en l'allongeant sur son lit à baldaquin.

Tous les soirs il l'implorait de lui accorder ce privilège. Le privilège d'enfoncer les doigts dans sa chevelure soyeuse. De voir ses longues mèches dorées ruisseler sur son corps nu, laissant tout juste deviner les pointes rose pâle de ses seins.

Elle retira une à une les épingles qui retenaient son chignon. Depuis qu'il avait commencé à venir dans sa chambre quelques semaines plus tôt, il lui avait fait cette demande tous les soirs. Chaque fois elle y avait accédé. Elle ne défaisait jamais son chignon avant son arrivée, ce qui suggérait qu'elle aimait ce jeu.

Il l'aimait lui aussi.

C'était dangereux, ce jeu. Ils feignaient de croire qu'il était relativement inoffensif. Que s'ils étaient découverts, ils risquaient seulement une réprimande sévère. Mais pour sa part il ne se faisait aucune illusion. S'ils étaient surpris, le père de Charlotte le ferait tuer. Et s'il s'avérait qu'elle n'était plus vierge malgré tous les efforts qu'il avait faits pour isoler sa fille du reste du monde, elle risquait de subir le même sort.

Si bien qu'il ne couchait pas avec elle. Il se contentait d'aller un peu plus loin chaque nuit. Et chaque nuit elle le suppliait d'aller encore plus loin. Il refusait systématiquement. Mais sa volonté faiblissait peu à peu. Il ne pourrait pas résister beaucoup plus longtemps. Et, à vrai dire, il n'en avait pas l'intention.

Il fallait juste attendre d'avoir gagné l'argent nécessaire pour se libérer de son père. Il pouvait difficilement demander à Charlotte de vivre dans la pauvreté après avoir mené l'existence privilégiée de la fille d'un gentleman gangster. Car l'empire de Michael Adair n'avait qu'une façade d'honorabilité.

Pour la plupart des gens c'était un homme d'affaires. Mais cela uniquement parce que les gens n'y regardaient pas de trop près. Ce n'était pas dans leur intérêt lorsqu'il s'agissait d'hommes puissants qui pouvaient rendre de nombreux services ou, à l'inverse, causer des dommages considérables si on les contrariait. Par conséquent, tout le monde évitait de se montrer trop curieux.

Rafe ne savait que trop bien comment les gens tels que Michael exerçaient leur pouvoir. Il ne savait que trop bien ce que c'était de passer brusquement de l'opulence à la misère. Son père n'était pas très différent de Michael Adair. Ce n'était peut-être pas un criminel, mais il n'hésitait pas à se servir des gens qui l'entouraient. Puis, lorsqu'ils ne lui étaient plus d'aucune utilité, il les piétinait pour le plaisir. C'était le souvenir le plus marquant qu'il gardait du père qu'il n'avait pas vu depuis l'âge de cinq ans. Celui d'un homme qui semblait prendre beaucoup de plaisir à faire souffrir les gens.

Lorsqu'il les avait jetés à la rue, sa mère et lui, leur détresse avait paru le réjouir. En tout cas, il savourait visiblement son pouvoir.

Le pouvoir. Oui, ce genre d'homme aimait le pouvoir.

Mais pour sa part, Rafe avait vécu très longtemps sans le moindre pouvoir. Il avait passé des années à mendier. À voler. À faire tout ce qu'il pouvait pour aider sa mère à survivre.

Il était tombé dans la petite délinquance avec un groupe de garçons de son âge. Il livrait des colis dont il ignorait le contenu, sans jamais poser de questions. Ce genre de choses. Il avait fini par être arrêté et inculpé de trafic de drogue. Alors qu'il n'était qu'un adolescent. Un adolescent qui n'avait pas la moindre idée de ce qu'il faisait.

C'était à l'occasion de cette arrestation qu'il avait rencontré Michael Adair.

Il n'avait compris que bien plus tard que celui-ci avait

des liens avec le trafic de drogue. Et plus précisément avec la petite bande avec laquelle il avait travaillé.

Michael Adair ne lui avait pas seulement offert la liberté. Il lui avait également proposé de financer ses études dans une des écoles privées les plus prestigieuses d'Europe. Bien sûr il avait accepté avec enthousiasme. Sans se soucier des conséquences pour l'avenir.

Michael lui avait promis qu'un jour il réclamerait le paiement de ses services. Et il n'avait pas manqué de le faire.

Pendant des années, il avait été garçon de courses pour Michael à Rome. Jusqu'au jour où il avait été conduit au domaine pour y commencer un stage pratique.

C'était à ce moment-là qu'il avait vraiment appris à connaître l'homme à qui il était redevable. Qu'il avait vu jusqu'où pouvait aller son manque de sensibilité et de moralité.

Il lui avait demandé une fois pourquoi il s'était intéressé à un gamin des rues. Pourquoi il avait décidé de l'aider au point de l'entretenir et de lui payer des études.

Adair avait répondu que c'était parce qu'il n'avait pas de fils. Et qu'il avait pensé qu'il était peut-être le protégé dont il avait besoin.

Cette réponse aurait pu le perturber s'il n'avait pas été déjà le fils d'un fumier. En fait, il avait décidé d'en profiter. Au moins, ce nouveau fumier était prêt à l'aider, contrairement à son véritable père.

Mais après avoir terminé ses études il s'était intéressé de plus près à l'empire de Michael Adair. À l'époque il vivait dans le domaine et il n'était pas question d'en partir. À moins d'être prêt à risquer sa vie.

Tout ce qui concernait l'empire d'Adair lui donnait la nausée. Michael était implacable. Il se moquait éperdument des dommages que pouvaient causer ses pratiques.

Il n'hésitait pas à recourir à l'intimidation ou même au meurtre pour obtenir ce qu'il voulait. Il avait une armée d'hommes de main chargés d'exercer des représailles contre tous ceux qui ne se conformaient pas à ses ordres. Et Rafe ne pouvait que s'estimer heureux de ne pas s'être vu attribuer ce genre de besognes.

Non, lui, il était là pour apprendre la gestion. Parce que Michael n'avait pas de fils. Et qu'il voulait que Rafe soit capable de diriger tout ce qui constituait la partie visible de son empire. La façade d'honorabilité.

Mais cela ne signifiait pas qu'il le trouvait assez bien pour sa fille. Rafe ne se faisait aucune illusion à ce sujet. Par ailleurs, s'il ne demandait pas mieux que de compléter sa formation auprès de Michael, il était hors de question pour lui d'assumer les responsabilités que ce dernier voulait lui confier.

Non. Il allait s'échapper à la première occasion. Avec Charlotte.

Ensuite seulement, il ferait l'amour avec elle.

Elle secoua la tête et ses cheveux ruisselèrent autour de son visage. Envahi par un trouble intense, il déglutit péniblement. Il avait couché avec un nombre incalculable de femmes. C'était un des à-côtés de la vie d'un adolescent livré très tôt à lui-même.

Mais jamais aucune femme ne lui avait fait un tel effet. Jamais aucune n'avait fait battre son cœur à ce point. Ni déclenché un désir aussi intense. Il avait l'impression qu'il pourrait mourir s'il ne la touchait pas. Mais il était également prêt à tout pour la protéger. Il préférerait se couper les mains plutôt que de lui faire du mal. Et ce besoin impérieux de la protéger était plus fort que tout le reste. C'était lui qui lui donnait la force de lui résister, nuit après nuit.

Il se pencha vers elle, glissa les doigts dans ses cheveux et huma leur parfum avec délectation.

Roses. Lavande. Et une senteur qu'il ne parvenait pas à identifier. Une senteur indéfinissable qui n'appartenait qu'à elle.

Rafe s'arracha à ses souvenirs. Et se concentra sur la femme qu'il tenait dans ses bras. Douce. Si douce. Ça ne pouvait être que Charlotte.

Certes, il y avait cinq ans qu'il n'avait pas touché une femme. Sa mémoire était peut-être défaillante. Peut-être que toutes les femmes étaient aussi douces que celle-ci. Mais il ne le croyait pas.

Michael Adair était mort. Et il avait pensé à lui ce matin. C'était peut-être pour ça que son corps lui jouait des tours.

Ou bien c'était pour ça que Charlotte refaisait surface.

— Viens avec moi, intima-t-il d'un ton dur.

S'accrochant à son bras, il l'entraîna en balayant le sol devant eux avec sa canne.

Elle ne dit rien. Elle ne protesta pas. Elle ne dit pas un mot. Il bouillonnait de rage. Si seulement…

Oh ! si seulement il pouvait voir son visage ! Oui, ses autres sens s'étaient aiguisés depuis l'accident. Mais en ce moment même ils ne pouvaient pas remplacer sa vue. Loin de là.

Il l'entraîna hors de la salle de bal, dans une sorte d'alcôve. Apparemment il n'y avait personne à proximité. Mais de toute façon, même s'il y avait des gens, personne n'oserait les interrompre. Au cours des cinq dernières années, en plus d'apprendre à se débrouiller sans ses yeux, il s'était forgé une réputation redoutable. Celle d'un homme qui ne faisait pas de quartier. Il se comportait de manière éthique. Il était déterminé à ne jamais rien avoir de commun avec Michael Adair ou qui que ce soit du même acabit. Mais il était tout aussi déterminé à ne pas retourner d'où il venait.

Le pouvoir mettait à l'abri. Il le savait bien. S'il s'était retrouvé à la merci de Michael Adair au départ, c'était uniquement parce qu'il était vulnérable. Parce qu'il n'avait pas de ressources. Pas de pouvoir.

Il s'était juré de ne plus jamais se retrouver dans cette situation. Jamais. Et sa cécité n'avait fait que l'inciter à redoubler d'efforts.

C'était un accident dont il se serait bien passé, bien sûr. Cependant, il avait renforcé sa détermination. Et, au départ, son handicap avait poussé beaucoup de ses concurrents à le sous-estimer. Si bien que lorsque sa société de conception et fabrication de composants électroniques avait pris progressivement de l'essor avant de s'imposer comme leader du marché, ils n'avaient rien vu venir.

Une ironie qu'il trouvait particulièrement réjouissante.

— Que fais-tu ici ? demanda-t-il. Ton mari t'a rendu ta liberté ? Ou bien t'a-t-il seulement accordé ta soirée ?

— Je… Je…

Était-ce bien elle ? Était-ce sa voix ? Ça faisait si longtemps… Et la mémoire pouvait être trompeuse. Si c'était une simple illusion née d'un désir qu'il ne devrait plus ressentir…

— Charlotte Adair. Est-ce toujours ton nom ? Ou bien as-tu pris celui de Stefan en l'épousant ?

— Vous faites erreur, murmura-t-elle d'une voix à peine audible.

Il fit remonter sa main le long de son bras, suivit du bout des doigts la ligne de sa clavicule, effleura son cou, puis saisit son menton entre le pouce et l'index.

— Je ne fais jamais erreur. Tu ferais bien de t'en souvenir.

Il se pencha et sentit son parfum. Lavande. Roses. Charlotte.

Son cœur s'affola.

C'était forcément elle. Aucune femme ne l'avait troublé à ce point depuis cinq ans. Aucune femme ne l'avait troublé du tout.

Et puis ce soir il avait l'impression de renaître.

— Si tu me mens, je te le ferai payer. Ça te coûtera très cher.

Elle se mit à trembler et il se pencha encore.

— Tu ne peux pas me mentir, murmura-t-il tout près de sa bouche. Tu as peut-être un mari, mais crois-moi, il n'y a aucun homme au monde qui te connaisse aussi bien que moi.

Elle était gravée dans sa mémoire à tout jamais. Parce que perdre la tête pour elle lui avait coûté très cher. Il restait marqué à vie.

Il n'avait pas seulement perdu la vue. Les cicatrices hideuses dont son corps était couvert témoignaient de la gravité des blessures dues à sa chute lorsqu'il était tombé du balcon.

Lorsqu'on l'avait poussé dans le vide.

— Mon… Mon père est mort. Je suis venue à Londres pour régler certaines de ses affaires.

Il laissa échapper un petit rire froid.

— Petite idiote. As-tu vraiment cru un seul instant que j'ignorais la mort de ton père ? J'ai failli donner un jour de congé à mes employés. Pour fêter ça.

Il fit glisser sa main sur son cou et sentit son pouls battre frénétiquement sous son pouce.

— Je me doute bien que tu ne leur aurais pas accordé un congé pour donner libre cours à ton chagrin.

Le ton de Charlotte était neutre, mais sa respiration hachée trahissait sa peur.

— J'ai ouvert une bouteille de mon meilleur champagne, ce soir-là.

Elle bougea et il eut le sentiment qu'elle le regardait en face pour la première fois.

— Moi aussi, répliqua-t-elle. Ne crois pas que tu es le seul à mépriser cet homme.

— C'est probablement la seule chose que nous ayons encore en commun, *cara mia.*

Elle se raidit et il sentit son pouls s'accélérer encore sous son pouce. Mais de son côté, il avait le cœur qui battait aussi vite. Il lui en voulait. Il lui en voulait tellement ! Il avait envie de la détruire. De l'anéantir comme il avait été lui-même anéanti par sa trahison.

Mais il avait également envie d'elle. Dire qu'il avait tenu à préserver sa virginité, qu'il avait fait des efforts surhumains pour résister à la tentation… Tout ça pour qu'elle épouse un autre homme ! Ça le rendait fou.

— Ton mari est ici ?

Elle eut une brève hésitation.

— Non.

— Il me semble que nous avons une affaire à régler, toi et moi, dit-il en effleurant de nouveau sa lèvre inférieure du bout du pouce. Tu n'es pas d'accord ?

Il entendit un léger reniflement et il l'imagina relevant le menton d'un air hautain. Il l'avait souvent vue faire ça. Il y avait longtemps. Très longtemps.

— Je ne vois pas de quoi tu parles.

— Charmant. Mais je pense que tu vois très bien, au contraire.

Il fit glisser ses doigts jusqu'à la petite veine qui battait frénétiquement à la base de son cou.

— Ton pouls est aussi rapide que dans mon souvenir.

J'affole toujours ton cœur. Et je me demande si je te fais toujours mouiller.

Il sentit qu'elle suffoquait et il attendit une gifle qui ne vint pas.

— J'ai peur, dit-elle d'une voix faible.

— Je ne te crois pas. Une femme qui ose mettre les pieds à Londres, dans un endroit où elle savait sûrement que je serais, si tôt après la mort de son père… Eh bien, je ne crois pas que cette femme ait peur de quoi que ce soit. Non. Je ne crois pas que ce soit de la peur, Charlotte.

— Ce n'est pas parce que tu ne le crois pas que ce n'est pas vrai.

— Détrompe-toi. Ce que je crois ou ce que je souhaite devient souvent la vérité. Pour la bonne raison que je suis plus riche que ton père ne l'a jamais été. Les gens font ce que je leur ordonne, non pas parce qu'ils ont peur de moi mais parce que je peux faire des tas de choses pour eux.

Il serra les dents. Cinq ans. Cinq ans qu'il n'avait pas touché une femme. Et encore plus longtemps qu'il n'avait pas fait l'amour. Il n'y avait plus eu aucune autre femme dès l'instant où il l'avait rencontrée. Et il avait réprimé son désir par déférence pour son innocence.

— Je peux faire en sorte que tu me désires, déclara-t-il avec une assurance qu'il était loin de ressentir.

C'était horrible. Pour la première fois depuis des années, il doutait de lui. Parce que s'il avait beaucoup de certitudes, il ne pouvait pas être certain qu'elle allait avoir envie de coucher avec un aveugle couvert de cicatrices.

— Que proposes-tu exactement ? demanda-t-elle d'un ton neutre.

— Je vais être très clair. Je me moque de ce que tu as fait pendant cinq ans. Je me moque que tu aies épousé Stefan. Je me moque de ce que tu feras demain. Ce qui m'intéresse c'est cette nuit. Cette nuit je veux conclure ce qu'il y a entre nous. Cette nuit je te veux dans mon lit.

Il tressaillit lorsque des doigts tremblants se posèrent sur sa lèvre inférieure. Le choc fut si intense qu'il se figea. Il y avait si longtemps que personne ne l'avait touché… Il resta immobile tandis qu'elle traçait le contour de sa bouche. Répétant ses propres gestes, elle fit glisser ses doigts le long de son cou et les immobilisa sur son pouls.

— À moins que tu aies peur de moi, il semble que je te fasse le même effet qu'autre fois, commenta-t-elle.

Il lui prit le menton.

— Peut-être. Mais une chose a changé. Je ne t'aime pas, Charlotte. C'est même tout l'inverse. Si tu couches avec moi, tu te donneras à un homme qui te hait. Mais est-ce important ? En tout cas, pour moi ça ne l'est pas. Je constate que ça ne m'empêche pas de te désirer.

— Une nuit ? demanda-t-elle d'une voix soudain légèrement tremblante.

— Une nuit.

Elle laissa échapper un long soupir qui résonna dans le couloir.

— D'accord. Une nuit.

Chapitre 3

Elle était folle. C'était sans doute normal d'avoir des troubles psychiques après toutes ces années d'isolement. Non qu'elle ait vécu dans un isolement total. Elle s'était fait des amis partout où elle était allée. Mais avec en permanence à l'esprit l'idée qu'elle ne pouvait pas rester trop longtemps au même endroit. Et, bien sûr, elle n'avait jamais pu se confier à aucun de ses nouveaux amis, même les plus merveilleux. Révéler la vérité sur sa situation aurait été trop dangereux.

Pour eux comme pour elle.

Contre son gré, elle avait toujours été obligée de garder ses distances avec tout le monde.

Son passé la tenait toujours entre ses griffes, quel que soit le nombre de kilomètres parcourus dans sa fuite. Elle avait passé cinq ans à regarder par-dessus son épaule. Cinq ans à redouter de voir surgir devant chez elle ou devant la boutique où elle travaillait un des hommes de son père ou de Stefan. Cinq ans à déménager d'un endroit à un autre à l'étranger. Cinq ans à se cacher.

Mais à présent son père était mort. Et la seule griffe qui restait encore enfoncée dans sa peau l'empêchant d'être vraiment libre, c'était Rafe. Oui, elle était venue à Londres ce soir pour l'apercevoir une dernière fois avant de tourner la page. Mais passer la nuit avec lui était peut-être préférable. Peut-être en avait-elle besoin pour être définitivement délivrée de son passé.

Cinq ans plus tôt, elle était prête à lui offrir sa virginité. C'était lui qu'elle avait choisi pour ça. Peut-être était-ce son destin.

Oui, elle avait beaucoup souffert à cause de Rafe. En l'abandonnant il l'avait profondément blessée. Mais de toute façon il n'aurait rien pu faire pour elle. Et elle n'aurait pas pu le rejoindre tant que son père était en vie.

Si son père avait appris où elle se trouvait, il serait venu la chercher. Et il aurait certainement tué Rafe.

Lorsqu'elle pensait à Rafe, c'était avec un mélange de colère et de tristesse. Oui, elle lui en avait voulu. Au milieu de la nuit, allongée dans son lit avec un poids énorme sur la poitrine, elle l'avait souvent traité intérieurement de tous les noms. Parce qu'il ne l'avait pas sauvée. Parce qu'il n'avait pas escaladé la tour pour venir la chercher et l'emmener. Quelque part dans la forêt. Où des souris et des oiseaux leur auraient construit une cabane.

Pas le moindre souci. Pas le moindre contact avec l'extérieur.

Malheureusement, on était dans la vraie vie. Pas dans un conte de fées. Et rien de tout cela n'était possible.

C'était un beau rêve. Mais en réalité elle avait dû s'échapper de la tour toute seule. En réalité, elle n'avait pu compter que sur elle-même pour se sauver. Toute personne impliquée dans sa fuite aurait couru un grave danger.

Alors ce n'était pas grave si Rafe était parti. C'était mieux. Mieux pour lui.

Et elle souffrait toujours quand elle pensait à lui.

Alors coucher avec lui était peut-être ce dont elle avait besoin pour pouvoir passer à autre chose. Peut-être.

Était-ce la voie du salut ou celle de la perdition ? Pour

l'instant elle l'ignorait. Mais quelle que soit la réponse à cette question, c'était la voie qu'elle avait choisie.

Il y avait très longtemps qu'elle ne s'était pas déplacée en limousine. Même ce soir, vêtue d'une robe qui lui avait coûté toutes ses économies, elle avait pris un taxi.

Dépenser toutes ses économies ne lui avait pas posé de problème étant donné qu'elle devait toucher son héritage la semaine prochaine. Par ailleurs, cette soirée était censée être une sorte de fantasme. Ou, plutôt, le dernier chapitre d'une vie qu'elle n'avait pas choisi de vivre.

Elle crispa les doigts sur sa pochette, les yeux fixés droit devant elle tandis que les lumières de la ville défilaient derrière la vitre.

Rafe lui pressa l'épaule.

— Je vérifie juste que tu es toujours là.

— Comme si j'avais pu sauter en marche…

— Non. Je t'entends respirer. J'entends presque ton cœur battre. Dis-moi, Charlotte, es-tu nerveuse ?

— Je t'ai dit que j'avais peur.

— Tu n'as pas peur. Tu sais que je ne te ferai aucun mal. J'en ai eu très souvent l'occasion quand j'étais seul avec toi et que je voyais encore. J'aurais pu te faire n'importe quoi. Si tu avais crié, les gardes de ton père seraient arrivés trop tard. Aujourd'hui, ton père étant mort, tu n'as absolument plus rien à craindre de moi. Et de toute façon, tu ne représentais plus un moyen de pression depuis déjà très longtemps.

Charlotte resta un instant silencieuse. Jamais il ne lui était venu à l'idée qu'il aurait pu menacer de s'en prendre à elle pour faire pression sur son père… Jamais elle n'avait pensé qu'il pourrait se servir d'elle. Parce qu'elle était très jeune. Parce qu'elle avait confiance en lui.

Et il ne s'en était jamais pris à elle.

Aujourd'hui, il ne pourrait lui vouloir du mal que pour

des raisons personnelles. Pour se venger, par exemple. Mais de quoi ? C'était lui qui l'avait quittée. Ce qui prouvait que ses sentiments pour elle n'avaient jamais été très profonds.

S'il avait refusé de coucher avec elle, c'était pour éviter de se mettre en danger. Pas du tout par respect pour elle ou par souci de la protéger, comme il l'avait prétendu.

— Je ne crois pas que tu as l'intention de me faire du mal, finit-elle par dire, la gorge nouée. Que diraient les gros titres ? Tout le monde nous a vus partir ensemble. Ce soir personne ne savait qui je suis, mais si on découvrait mon corps dans une chambre d'hôtel, il ne faudrait pas longtemps à la police pour établir le lien entre nous.

La main toujours sur son épaule, il eut une moue de dérision.

— Allons, je ne vais pas te tuer. C'est davantage le style de ton père que le mien. J'ai bâti mon empire sur le roc. Pas sur le sable.

— Fantastique. La pluie ne risque pas d'emporter la maison, alors.

— C'est le but, acquiesça-t-il d'un ton caustique.

Charlotte secoua la tête. Cette situation paraissait si absurde, tout à coup… Elle avait du mal à croire qu'elle se trouvait là, en robe de soirée, dans cette limousine, en compagnie de Rafe. Quelques heures plus tôt elle avait enfilé sa robe dans l'intention de se faufiler dans la salle de bal, de l'observer de loin pendant quelques instants, puis de repartir. Mais il… Il avait senti sa présence.

Elle n'avait pas prévu ça.

Elle aurait pourtant dû savoir que Rafe était imprévisible.

— Que veux-tu de moi ? demanda-t-elle.

— Il me semble que c'est évident. Je ne veux rien d'autre que ce que j'ai toujours voulu. Ton corps, Charlotte. Je veux tout ce que je n'ai pas eu il y a cinq ans. Ce qui m'a été volé après des semaines de préliminaires.

Elle plissa le front.

— Pourquoi dis-tu que je t'ai été *volée* ? Tu es parti.

— Je suis parti ? C'est ça, l'histoire ?

Il eut un petit rire sarcastique.

— On m'a flanqué dehors, oui.

— Un matin on m'a annoncé que tu étais parti et que j'allais être envoyée chez Stefan pour l'épouser. Que mon père était au courant de notre relation et qu'il t'avait offert de l'argent pour que tu t'en ailles. Et que tu avais accepté. Que tu m'avais préféré ta liberté. J'ai été très blessée, Rafe, mais je pouvais te comprendre. Je savais comment était mon père. Moi-même, si j'avais pu me libérer de lui aussi facilement, je n'aurais pas hésité. Je ne vais pas prétendre que je ne t'en ai pas voulu. Mais j'ai accepté ton choix.

Elle le regarda au moment où la limousine passait devant une vitrine éclairée. Son visage était impénétrable.

— Je ne t'ai pas quittée, déclara-t-il après un silence.

— Vraiment ?

— Non. On m'a dit que tu étais partie. Que tu avais décidé de te soumettre à la volonté de ton père et d'épouser l'homme qu'il avait choisi pour toi.

Elle eut un petit rire sans joie.

— Apparemment, nous avons été aussi stupides l'un que l'autre. Il fallait l'être pour croire un seul mot de ce que pouvaient dire Josefina ou mon père ! C'étaient l'un et l'autre de grands manipulateurs. Mais de toute façon, avec nous ils n'avaient pas besoin d'être particulièrement doués. Il semble que nous étions tous les deux vulnérables et prêts à croire le pire. Sans la moindre illusion sur le monde et tous ceux qui le peuplent.

— Pourquoi en aurait-il été autrement ?

Après un silence, elle déclara :

— Je veux vraiment passer cette nuit avec toi. Et toi ?

— Je n'ai pas voulu grand-chose d'autre depuis cinq ans. J'ai amassé une immense fortune, mais il y a deux choses que je n'ai jamais réussi à obtenir malgré ma richesse. Ma vue et toi. Toi, je peux t'avoir. Toi, je t'aurai.

La limousine s'arrêta devant un immeuble dont la façade éclairée brillait dans la nuit.

— Nous sommes arrivés, dit-il.

Il retira sa main de son épaule et ils attendirent en silence.

Le chauffeur ouvrit la portière de Rafe, qui descendit et fit le tour de la voiture en s'appuyant sur la carrosserie et en balayant le sol avec sa canne.

Elle sentit son cœur se serrer. Il y avait déjà un certain temps qu'elle avait appris qu'il était devenu aveugle, mais cela ne l'empêchait pas de souffrir pour lui.

Et aujourd'hui, savoir que son père et sa belle-mère leur avaient menti à tous les deux…

Oui, ils avaient mérité cette nuit. Quoi que leur réserve l'avenir, cette nuit leur appartenait.

Rafe ouvrit sa portière et lui tendit la main. Elle n'hésita qu'une fraction de seconde avant de lui donner la sienne. Il la hissa sur ses pieds et elle se retrouva contre lui, la main posée sur son torse, juste à l'endroit de son cœur.

Qui battait aussi vite que le sien.

— Rafe…

— Rentrons. Tout de suite. Sinon je suis capable de te prendre contre le mur.

Pourquoi pas ? Chassant cette pensée de son esprit, elle répondit d'une voix étranglée :

— D'accord.

Il l'entraîna dans l'immeuble d'une démarche assurée, et traversa le hall jusqu'à un ascenseur dont les portes dorées s'ouvrirent devant eux. Elle le suivit dans la cabine.

De toute évidence, il était dans son domaine. Ses gestes n'avaient rien d'hésitant et seul le mouvement rapide de sa canne témoignait de son handicap.

Elle déglutit péniblement. Il y avait cinq ans qu'elle n'avait pas vu cet homme. Cinq années de fantasmes nourris par deux semaines de caresses et de baisers. Et à présent elle était là avec lui. Mais ce n'était plus *son* Rafe. Ce n'était plus un jeune stagiaire lié à son père par un contrat, mais un des hommes d'affaires les plus puissants du monde. Un milliardaire. Un homme dont la presse vantait les succès. Et dont les femmes parlaient avec des étoiles dans les yeux.

À cette pensée, elle eut l'impression de recevoir un coup de poing dans l'estomac. Depuis la dernière fois qu'ils s'étaient retrouvés dans sa chambre dans la tour, avec combien de femmes avait-il couché ?

Sauf qu'elle n'avait jamais vraiment couché avec lui. Il semblait donc stupide d'être jalouse de celles qui l'avaient fait.

Cette nuit, tu vas coucher avec lui. Et toutes ces femmes n'auront aucune importance. Elles n'ont rien à voir avec toi. Cette nuit c'est toi seule qui comptes. Cette nuit est à toi. À personne d'autre.

Oui, il y avait trop longtemps que sa vie était en sommeil. Elle en avait assez.

Cette nuit elle allait coucher avec Rafe sans se préoccuper des conséquences.

L'ascenseur s'immobilisa et les portes s'ouvrirent.

Ils ne s'étaient même pas embrassés. Ils ne s'étaient pas embrassés depuis cinq ans. Elle lui avait dit oui uniquement à cause du contact de ses doigts sur son cou…

Il lui prit la main et l'entraîna hors de la cabine.

Le décor du loft était spartiate, avec quelques meubles disposés contre les murs pour dégager l'espace.

Rafe mit sa canne dans un porte-parapluies situé à proximité de la porte.

— Ma situation financière a beaucoup changé, commenta-t-il en balayant l'espace d'un geste de la main.

— Elle n'a jamais eu aucune importance pour moi, répondit-elle en l'observant.

Il avait le visage fermé et une tension extrême émanait de son corps. Elle avait envie de le toucher. Mais aussi de le fuir. Il était à la fois effrayant et attirant.

— Pour moi, si, finit-il par dire après un long silence.

— Bien sûr. Je ne voulais pas dire…

— Je ne veux pas de tes excuses, Charlotte. L'heure n'est pas aux récriminations. Pas encore. Toi et moi nous devrions avoir oublié depuis longtemps un flirt de jeunesse. De toute évidence, ce n'est pas le cas. Et pour ma part, j'ai besoin d'y remédier.

Il tendit la main et elle le rejoignit. Refermant un bras sur elle, il l'attira contre lui et s'empara de sa bouche dans un baiser vorace. Encore plus passionné que ceux dont elle gardait le souvenir.

Il lui avait donné son premier baiser: Et aucun autre homme ne l'avait embrassée depuis.

Depuis cinq ans, elle n'avait jamais noué une relation aussi intime avec un homme. Non seulement elle craignait d'avoir de nouveau le cœur brisé, mais elle se trouvait dans une situation trop précaire pour envisager de s'engager durablement.

Quant à avoir des relations purement sexuelles… Elle n'en avait jamais ressenti l'envie, sans trop savoir pourquoi.

C'était pourtant ce qu'elle avait accepté ce soir. Avec Rafe. Il ne lui avait rien promis et elle n'avait pas l'intention de lui demander quoi que ce soit.

Cette nuit il s'agissait de commencer une nouvelle vie. La vie dont elle voulait, libérée de l'emprise de son père.

Ce qui impliquait de se libérer également de l'emprise de Rafe.

Après cette nuit, elle serait libre. Entièrement libre. Du moins c'était ce qu'elle espérait.

Mais ce baiser n'avait pas un goût de liberté. Il avait un goût de besoin impérieux. De dépendance volontaire. C'était comme si le lien qui l'attachait encore à lui se resserrait au fur et à mesure que ce baiser s'approfondissait.

Mais il n'était pas question de tomber dans la dépendance. Il fallait absolument qu'elle reste fidèle à son objectif. La liberté.

La liberté était un privilège qu'elle n'avait jamais eu. Elle ne pouvait pas y renoncer au moment même où elle était enfin à sa portée.

Mais elle n'avait jamais eu non plus le bonheur de coucher avec Rafe. Et elle en avait tellement envie… C'était une envie irrésistible. Elle ne pouvait pas plus s'en priver qu'elle ne pouvait arrêter de respirer…

Rafe mordilla sa lèvre inférieure et une chaleur liquide se répandit entre ses cuisses. C'était une sensation exquise dont le souvenir s'était peu à peu estompé au fil des ans, sans tout à fait disparaître. Aujourd'hui, cette sensation était de retour. Plus intense et plus exquise que jamais.

Cette sensation, elle ne l'avait jamais éprouvée qu'avec lui. Et tout à coup elle était ramenée cinq ans en arrière. Dans sa chambre. À l'époque où la seule joie, le seul bonheur de sa vie était Rafe. Pour lui elle était prête à tout. Y compris à prendre le risque auquel ils s'efforçaient tous les deux de ne pas trop penser.

Bien sûr, ils savaient qu'ils devaient éviter d'être surpris et ils en avaient parlé. Mais ils se comportaient davantage comme des enfants qui faisaient des bêtises que comme deux adultes qui couraient un grave danger.

Aujourd'hui, il n'y avait plus de danger. L'attrait de

l'interdit avait disparu. Mais il n'y avait plus de murs non plus. Ni l'un ni l'autre n'était prisonnier. S'ils étaient là, c'étaient parce qu'ils l'avaient choisi.

Elle leva la main pour détacher ses cheveux, comme il le lui avait toujours demandé. Il sentit son mouvement et devina son intention.

— Non, dit-il en lui saisissant le poignet.

— Mais…

— Il n'est pas question de ça. Laisse tes cheveux attachés.

Elle fut profondément blessée. Il ne semblait pas avoir envie d'être conscient que c'était bien elle. Après tout, il ne pouvait pas la voir. Et lui demander de garder ses cheveux attachés revenait à lui demander de rester anonyme.

Était-elle blessée au point de s'en aller ?

Non. Parce qu'il ne s'agissait pas d'essayer de retrouver quelque chose qui avait existé entre eux autrefois. Il s'agissait d'aller de l'avant. De fermer la porte sur le passé, une fois pour toutes.

Il fallait considérer cette nuit comme une expérience unique. Et s'il voulait qu'elle garde les cheveux attachés, elle était d'accord.

Ses cheveux avaient été considérés comme beaucoup trop importants pendant beaucoup trop longtemps.

Peut-être était-ce un autre changement à envisager après cette nuit.

Après tout, elle avait gardé la même coiffure pendant toutes ces années. Et elle savait pourquoi, bien sûr. Ça n'avait rien à voir avec son père. Comme le lui avait dit Rafe un jour, la fascination obsessionnelle de son père pour ses cheveux était tout simplement malsaine.

Si elle n'avait rien changé à sa coiffure pendant toutes ces années, c'était pour Rafe. Autrefois il aimait les enrouler autour de sa main. Il aimait enfoncer les doigts dedans. Elle les avait gardés toujours aussi longs pour lui. Pendant cinq ans.

— Déshabille-toi, intima-t-il d'un ton impérieux qui la fit tressaillir.

Le cœur serré, elle hésita. À peine une seconde.

— D'accord.

Elle mit une main derrière son dos pour saisir la tirette de la fermeture Éclair de sa robe.

— Je veux que tu me dises comment tu es habillée.

— Que… Que je te le dise ?

— Oui. Décris-moi en détail ce que tu portes ce soir. Une robe, je suppose. Taillée dans un tissu intéressant. Pas soyeux. Un tissu assez lourd, recouvert d'un autre beaucoup plus fin. C'est ça ?

— Oui.

— Décris-la moi pendant que tu l'enlèves.

Il était debout au centre de la pièce, le visage impassible, le regard perdu dans le vague derrière elle.

— Elle… Elle est rouge, commença-t-elle d'une voix hésitante tout en baissant la fermeture Éclair d'une main aussi hésitante que sa voix. Décolletée en V, avec de fines bretelles. Moulante jusqu'aux genoux, à partir desquels elle s'évase. Un peu comme la queue d'une sirène.

— Très intéressant. Et qu'y a-t-il en dessous ?

Elle fit glisser les bretelles sur ses épaules et la robe tomba en flaque à ses pieds.

— En dessous…

Elle déglutit péniblement.

— Mon soutien-gorge est rouge. Assorti à la robe. Il est en dentelle.

— Est-ce que je pourrais voir les pointes de tes seins à travers ? Elles étaient très pâles. Je m'en souviens parfaitement. Tout chez toi est très pâle. Les pointes de tes seins… Elles sont d'un rose très particulier que je trouve extrêmement excitant. On dirait des bonbons. Rien que d'y penser, j'en ai l'eau à la bouche.

Parcourue de longs frissons, elle déglutit de nouveau.

— Oui. Tu pourrais les voir.

— Si je pouvais voir…

— Oui, acquiesça-t-elle dans un souffle. Si tu pouvais voir.

— S'il te plaît, dis-moi que ta culotte est assortie. Qu'elle est en dentelle rouge et que je pourrais voir tes boucles dorées à travers.

Le souffle court, elle vacilla sur ses jambes.

— Oui. Elle est transparente.

Elle n'avait jamais joué les séductrices. Autrefois, dans sa chambre, c'était lui qui était le séducteur. Et même si elle l'avait souvent supplié d'aller plus loin — de lui faire l'amour — c'était lui contrôlait la situation. Aujourd'hui c'était très différent. L'air était électrique entre eux. Et son expression… La tension qui l'habitait était de plus en plus perceptible.

Le fait qu'il lui demande de se décrire, de lui donner une image d'elle qu'il puisse voir en pensée avait quelque chose de très excitant et d'émouvant à la fois. Elle pourrait lui raconter n'importe quoi, mais elle n'en avait aucune envie. Elle voulait juste être honnête avec lui. Parce que chez cet homme grand et fort il y avait une certaine vulnérabilité. Il était plus fort qu'elle. Plus expérimenté qu'elle. Comme il l'avait toujours été.

Mais aujourd'hui elle avait un certain pouvoir.

Un pouvoir qu'il lui avait donné.

— Enlève ton soutien-gorge.

Elle s'exécuta aussitôt sans la moindre hésitation.

— Maintenant dis-moi, les pointes de tes seins sont-elles dressées ? À cause de la fraîcheur de l'air ? Ou bien parce que ma voix t'excite ? Ou parce que tu sais exactement ce que je vais faire ? Parce que tu me connais et que tu sais à quel point j'aime tes seins. Je vais aspirer un de ces délicieux bourgeons dans ma bouche, le sucer, le lécher, le savourer.

Elle frissonna.

— Oui…

— Oui, tu veux que je te savoure ? Ou bien oui, ils sont dressés ?

— Les deux, murmura-t-elle d'une voix rauque qu'elle ne reconnut pas.

Un sourire étira les lèvres de Rafe. Un sourire qui lui parut empreint de cruauté.

— À présent, la culotte. Fais-la glisser lentement sur tes hanches. Et tu ne m'as pas parlé de tes chaussures.

— Talons aiguilles. Rouges. Comme la robe.

— Et tu les as encore aux pieds ?

— Tu ne m'as pas encore dit de les enlever.

Le sourire de Rafe s'élargit.

— Bien. Garde-les.

Elle suivit ses instructions et fit glisser lentement sa culotte le long de ses jambes avant de l'écarter du bout du pied.

— Maintenant, dis-moi, reprit-il d'une voix rocailleuse. Est-ce que tu mouilles pour moi ? Es-tu impatiente de sentir ma main se glisser entre tes cuisses ? Comme autrefois. Souviens-toi. Mes doigts effleuraient ton sexe humide, accentuaient peu à peu leurs caresses et le faisaient ruisseler. Tu te souviens ?

— Oui.

— Est-ce cela que tu veux maintenant ? Ma langue sur ta féminité moite ? Mes doigts dans son cœur brûlant ?

Elle avait essayé. Plus d'une fois elle avait essayé de se donner le même plaisir elle-même. Mais ce n'était jamais aussi intense qu'avec lui. Elle n'avait pas éprouvé ce genre de plaisir depuis cinq longues années. Et aujourd'hui, la voix de Rafe, les paroles de Rafe, lui faisaient un effet inouï… Il fallait se rendre à l'évidence. D'accord, elle avait besoin de coucher avec lui pour pouvoir tourner la page. D'accord, elle considérait cette nuit comme la clé qui ouvrirait la porte de sa nouvelle vie. Mais pourquoi se mentir ? Ce n'était pas là l'essentiel.

Elle avait avant tout envie de Rafe. La seule chose qui comptait, c'était le désir irrésistible qu'elle éprouvait pour lui. Un désir brûlant, impérieux, qu'elle avait cru éteint pour toujours. Un désir qui s'était réveillé et qu'il n'était pas question de ne pas assouvir.

— Oui, c'est ce que je veux.

— Bien.

Il se tourna.

— Viens avec moi dans ma chambre. Tu peux garder les chaussures.

Chapitre 4

Les talons de Charlotte claquèrent sur le sol de marbre tandis qu'elle suivait Rafe. Il poussa une porte et elle sentit son cœur s'affoler à la vue d'un immense lit. Ils allaient partager ce lit et, cette fois, rien ne pourrait les arrêter. Rien ni personne ne pourrait les empêcher de donner libre cours à la passion qui les consumait depuis si longtemps.

Prenant une profonde inspiration, elle traversa la chambre et s'immobilisa au pied du lit.

— Où es-tu ? demanda Rafe.

— Juste au pied du lit.

Il fit quelques pas vers elle.

— De quelle couleur est ton rouge à lèvres ? J'espère qu'il est rouge. Comme tout le reste.

— Oui, répliqua-t-elle, le cœur battant à tout rompre.

— J'en veux sur tout mon corps. Viens ici.

Elle franchit les deux mètres qui les séparaient.

— Embrasse-moi, intima-t-il. Juste là.

Il pointa un doigt vers la base de son cou. Elle y pressa les lèvres puis s'écarta.

— Tu as laissé une marque ?

— Oui.

— Bien. Maintenant tu vas me déshabiller. Commence par ma veste. Puis ma cravate. Ensuite ma chemise.

Le souffle court, elle fit glisser sa veste sur ses épaules

et la laissa tomber par terre. Puis elle défit le nœud de sa cravate, qui glissa à son tour sur le sol.

Avec des doigts tremblants, elle ouvrit son col et les deux boutons suivants, puis elle pressa ses lèvres sur son torse juste au-dessus du cœur.

— Je t'ai laissé une autre marque, murmura-t-elle.

Elle continua à déboutonner sa chemise en humant sa peau et fut assaillie par une foule de souvenirs. Elle avait souvent déboutonné sa chemise. Elle l'avait souvent vu nu.

Aujourd'hui son torse était encore plus musclé, et la toison qui le recouvrait plus épaisse. Mais c'était toujours Rafe. Et elle se souvenait de tout.

Elle sortit sa chemise de son pantalon et l'embrassa juste au-dessus de la ceinture avant de déboucler celle-ci avec des doigts de plus en plus tremblants. Elle avait déjà fait ça. Pour lui. C'était même elle qui l'avait obligé à accepter qu'elle le fasse. Parce qu'il jouait les chevaliers servants en lui donnant du plaisir sans jamais coucher avec elle et sans jamais rien demander pour lui.

Alors elle avait insisté. Et une fois qu'elle avait commencé, il n'avait pas pu l'arrêter. Ou plutôt, il n'avait sans doute pas eu envie qu'elle s'arrête. Il avait beau mettre un point d'honneur à garder son sang-froid, il l'avait perdu volontiers quand elle s'était mise à genoux devant lui. Pourvu que ce soit encore la même chose aujourd'hui…

Elle fit glisser en même temps son pantalon et son slip sur ses cuisses et une vive chaleur l'envahit à la vue de sa virilité pleinement éveillée. Son souvenir était resté gravé dans sa mémoire. Elle se rappelait sa forme, sa douceur, sa dureté… Sa beauté fascinante et grisante…

Elle referma les doigts dessus avec un petit soupir. Rafe tressaillit et un grognement étouffé lui échappa. Soudain, le temps fut aboli. Lorsqu'elle se pencha vers lui pour lécher sa virilité avant de la prendre dans sa bouche, elle se retrouva dans sa chambre dans la tour cinq ans plus tôt, pendant une de leurs nuits interdites.

Il referma la main sur son chignon, la ramenant brutalement au présent. Ses cheveux étaient encore attachés… Ils n'étaient pas dans la tour, cinq ans plus tôt. Et ils n'étaient plus le même Rafe ni la même Charlotte.

Elle fut assaillie par une bouffée de tristesse, mais celle-ci se dissipa très vite. Aujourd'hui ils étaient libres. Aucun danger ne les menaçait et la nuit leur appartenait. Toute la nuit.

Elle le prit plus profondément dans sa bouche, mais il tira sur son chignon pour l'obliger à s'écarter.

— Assez. Ça, je l'ai déjà eu.

— Et… Tu n'en as plus envie ?

Il posa son pouce sur sa lèvre inférieure.

— Tu auras l'occasion de m'offrir ce plaisir plus tard. Crois-moi. Mais pour l'instant, je veux me perdre en toi.

Après un silence, il demanda :

— Tu m'as laissé de nouvelles marques de rouge à lèvres ?

Les joues en feu, elle vérifia.

— Oui.

Laissant échapper un nouveau grognement, il se baissa pour passer un bras autour de sa taille et la hissa sur ses pieds contre lui. Puis il recula de quelques pas et se laissa tomber avec elle sur le lit. Le reste de ses vêtements et leurs chaussures à tous les deux atterrirent bientôt par terre, puis il l'embrassa comme s'il était un damné à qui elle pourrait apporter le salut.

— Tu es si douce, murmura-t-il en quittant ses lèvres pour l'embrasser dans le cou. Si chaude… J'imagine que tu es rouge de désir. Je me souviens que ta peau blanche devenait rose. Ça commençait par les joues puis ça descendait dans le cou.

Il pressa son pouce sur son pouls.

— Oui, et ton cœur battait très vite, comme maintenant. Et puis…

Il referma la main sur un sein et caressa sa pointe du bout du pouce.

— Oui. Les pointes de tes seins étaient toujours très sensibles. Très dures. Pour moi.

Il la pinça légèrement, puis se pencha sur son sein et lécha le bourgeon durci avant de l'aspirer avec avidité.

Elle poussa un long gémissement. Après tant d'années sans le moindre contact physique, c'était presque trop. Mais loin de s'arrêter, il redoubla d'ardeur. Et lorsqu'elle laissa échapper un sanglot étranglé, il glissa la main entre ses cuisses pour caresser sa fleur ruisselante.

Tout en insistant sur le bouton gorgé de désir du bout du pouce, il enfonça un doigt dans le cœur de sa féminité, lui arrachant de nouveaux gémissements. Il approfondit encore ses caresses et introduisit un deuxième doigt en elle. Chose qu'il n'avait jamais faite autrefois. Pour préserver son innocence… Elle renversa la tête en arrière, savourant les sensations inouïes qui l'assaillaient de toutes parts. Son chignon formait une boule inconfortable et des épingles lui entraient dans la peau du crâne, mais elle en avait à peine conscience. Rien d'autre n'existait que le plaisir qui montait en elle.

Elle s'efforçait de retarder l'instant où il la submergerait. C'était ce qu'elle faisait autrefois. Pour prolonger le temps passé avec Rafe. Parce qu'une fois qu'elle était satisfaite, il s'en allait. Rester trop longtemps dans sa chambre était trop risqué, pour lui comme pour elle. Si bien qu'elle avait appris à retarder sa jouissance. À aimer cette torture exquise.

Pour garder plus longtemps Rafe auprès d'elle. Pour sentir plus longtemps ses doigts sur elle et en elle.

Mais il y avait si longtemps… Elle était incapable de résister une seconde de plus… Avec un long gémissement modulé, elle s'engloutit dans cet océan de volupté dans lequel Rafe était le seul à l'avoir jamais fait sombrer. Pendant un long moment elle resta en état d'apesanteur, savourant les vagues qui déferlaient en elle, encore et encore.

Lorsqu'elle eut la force de bouger, elle tourna la tête vers Rafe. Ses yeux étaient fermés.

Il retira lentement ses doigts du cœur encore palpitant de sa féminité, les porta à sa bouche et les suça. À peine remise du plaisir qu'il venait de lui donner, elle fut transpercée par une flèche de désir qui lui coupa le souffle. C'était la première fois qu'il faisait ça. Et c'était très troublant.

Il se redressa et prit place entre ses cuisses. Sa virilité fièrement dressée était plus belle que jamais, et pour la première fois… impressionnante.

Il s'apprêtait à entrer en elle, or cette situation était toute nouvelle. Elle avait toujours été fascinée par sa virilité. Elle avait toujours aimé la regarder, la caresser, la sucer. Si bien que ce soir elle n'avait pas imaginé un seul instant qu'elle pourrait éprouver de l'appréhension au moment de l'accueillir enfin en elle. Ils avaient déjà été plusieurs fois nus ensemble et ils s'étaient déjà donné mutuellement du plaisir. Ce qui lui avait donné l'impression d'avoir de l'expérience.

Une impression fausse, qui venait de disparaître…

Il s'empara brièvement de sa bouche dans un baiser fougueux, puis elle sentit sa virilité contre sa fleur humide. Elle voulut lui dire de faire attention, d'y aller progressivement. Avant qu'elle en ait le temps, il plongea en elle d'un coup de reins puissant. Une douleur fulgurante la transperça. Elle se mordit la lèvre mais très vite la douleur s'atténua, compensée par une joie immense. Elle était enfin unie à Rafe. Son rêve de toujours…

De son côté, il s'était figé. Le visage impénétrable. Silencieux. Il finit par déposer un baiser sur ses lèvres avant de s'enfoncer jusqu'au plus profond d'elle avec douceur.

Puis il l'agrippa par les hanches et il ne fut plus du tout question de douceur. Fermant les yeux, elle se laissa emporter dans un tourbillon de passion. C'était ce qu'elle voulait. De la passion. Il y avait si longtemps qu'ils attendaient ce moment…

Elle se cramponna à ses épaules, les ongles plantés dans sa chair, tandis qu'il crispait les doigts sur ses hanches. Elle allait sans doute avoir des bleus, songea-t-elle confusément. Tant mieux. Elle voulait que cette nuit lui laisse des marques. Demain, en rentrant chez elle, elle voulait voir dans le miroir l'empreinte de ses mains sur son corps.

Il lui parla à l'oreille d'une voix rauque. En italien. Des mots qu'elle n'avait jamais entendus. Des mots grossiers, sans aucun doute… Électrisée, elle redoubla d'ardeur, l'incitant à accélérer encore le rythme. Puis elle se mit à lui parler à son tour. À lui dire des mots qu'elle ne comprenait pas plus que ceux qu'il venait de lui dire.

Le plaisir montait de nouveau en elle, prodigieux, implacable. Elle s'efforçait de retarder le moment de l'explosion finale mais elle sentait sa volonté faiblir. Pourquoi voulait-elle à tout prix résister ? Elle ne savait plus très bien…

Un cri rauque s'échappa de la gorge de Rafe. Aussitôt, elle bascula avec lui dans un gouffre sans fond. C'était la première fois qu'ils se fondaient en un seul être emporté par le même maelström.

C'était l'extase ultime. Le bonheur parfait.

La fin de l'histoire.

Du moins c'était l'objectif, songea-t-elle lorsqu'elle eut

repris ses esprits. Ce moment de plaisir partagé était ce qu'elle attendait depuis cinq ans. Il était censé lui permettre de tourner la page et d'aller de l'avant. Et pourtant, alors même qu'elle venait d'être comblée au-delà de ses rêves les plus fous, elle n'était pas rassasiée. Elle avait encore envie de Rafe. Loin d'être éteint, son désir pour lui était plus brûlant que jamais.

Il s'écarta d'elle et roula sur le dos.

— Tu pourrais m'expliquer ?

— Je n'aurais jamais cru que tu aurais besoin que je t'explique ce qui vient de se passer, plaisanta-t-elle d'un ton qu'elle espérait léger.

Le recours à l'humour était la meilleure arme quand on éprouvait le besoin de se protéger. Elle se sentait si vulnérable, tout à coup…

— Ce n'est pas ça la question, et tu le sais parfaitement. Je suppose que tu n'es pas mariée.

Elle plissa le front avec perplexité, puis la mémoire lui revint. Au bal, il lui avait parlé de son mari. Un détail estompé par tout ce qui avait suivi. La découverte qu'ils avaient été dupés l'un et l'autre par son père et sa belle-mère. La flambée de désir. L'explosion de plaisir.

— Non, en effet. Tu croyais que je l'étais, et je ne l'ai pas démenti. Mais franchement, avec tout ce qui s'est passé je n'y ai pas vraiment pensé.

— Et tu étais toujours vierge.

— Les cinq dernières années n'ont pas été particulièrement fastes. Du moins pour moi.

Rafe eut un petit rire amer.

— Alors que moi je n'ai jamais eu aucun problème.

— Excuse-moi. Je n'aurais pas dû dire ça. C'était maladroit de ma part. Je ne suis pas mariée, en effet. Parce que je me suis échappée.

— Échappée ?

— Mon père m'a kidnappée pour me marier de force. Parce que j'ai refusé de me le faire de mon plein gré après qu'on m'a annoncé ton départ. Il pensait sans doute qu'étant donné que tu n'étais plus là je n'avais aucune raison de résister. Mais j'ai eu l'audace de ne pas être d'accord pour épouser un seigneur du crime.

Rafe s'assit dans le lit.

— Ton père a essayé de te marier de force ?

— Tu sembles surpris. Je te rappelle que nous parlons d'un homme de qui nous nous cachions de peur qu'il nous tue tous les deux.

— Et pourtant, à la fin, il était visiblement au courant. Et il a choisi de ne nous tuer ni l'un ni l'autre.

Elle hocha la tête.

— Je n'ai jamais compris pourquoi.

— En ce qui me concerne, je sais que c'est en partie parce que j'ai fini par devenir trop en vue.

Il y avait quelque chose d'étrange dans ces propos… Mais pour l'instant, elle avait l'esprit trop embrumé pour s'y attarder, décida-t-elle.

— Et tu es parti.

— Quand on m'a annoncé que tu avais choisi d'épouser un autre homme, j'ai décidé que je n'avais aucune raison de rester, répliqua-t-il d'un ton crispé.

— Mais ce n'était pas vrai. J'ai été emmenée en voiture. Et je me suis échappée. J'ai passé les cinq dernières années à me cacher. La tactique inverse de la tienne. Tu es devenu plus visible. Moi, j'ai disparu dans la nature. Ça a été assez facile, tout compte fait. Après tout, jusque-là, j'avais toujours vécu cachée dans la tour.

La fureur qui se lisait sur le visage de Rafe était terrifiante.

— Si ton père n'était pas mort, je le tuerais. Et le meurtre est un des très rares péchés que je n'ai jamais commis.

— Ça n'aurait pas valu la peine de te détruire.

Les yeux noyés de larmes, elle cligna les paupières.

— De toute façon, ça n'a plus d'importance. Nous sommes libérés de lui.

— Oui. Et nous avons encore du temps devant nous avant la fin de la nuit.

Assaillie par une bouffée de désir, elle se pencha vers lui et déposa un baiser sur sa bouche.

— Oui, c'est vrai.

Et ensuite, elle trouverait sa liberté.

Cette nuit marquait la fin de leur histoire.

La fin dont ils avaient besoin l'un et l'autre. Pour pouvoir enfin commencer une vie qu'ils auraient choisie.

Chapitre 5

— Avez-vous reçu le rapport que j'ai demandé ?

Il y avait des semaines que Charlotte était sortie de son appartement et de sa vie, une fois de plus. Mais cette fois c'était une décision prise d'un commun accord. Malgré tout, Rafe était perturbé. Parce qu'il s'inquiétait pour elle, se disait-il. Pour sa sécurité. Après tout, pendant cinq ans elle avait vécu dans des petites maisons dans la campagne ou dans des petits villages. Elle n'avait pas l'habitude de se débrouiller à Londres.

En réalité, il n'avait aucune raison de se préoccuper de son sort. Cependant, à présent qu'il savait qu'elle ne l'avait pas abandonné il culpabilisait d'avoir cru sa belle-mère sur parole.

Mais il était vrai que de toute façon, se lancer à sa recherche n'aurait pas été facile. Il lui avait fallu des mois pour se remettre de ses blessures. Sans parler de celles qui n'avaient jamais vraiment guéri. Lorsqu'il avait été enfin remis d'aplomb, il était persuadé qu'elle était installée dans sa nouvelle vie.

Comment aurait-il pu se résoudre à jouer le rôle du petit ami handicapé cherchant à renouer avec la femme qui l'avait quitté ?

Mais il aurait dû savoir.

— Oui, monsieur Costa. J'ai reçu les documents.

Mais il me semble que la plupart des informations qu'ils contiennent sont couvertes par le secret de la vie privée.

Rafe soupira.

— Absolument. C'est bien pour ça que j'ai payé une personne extérieure pour les obtenir au lieu de vous le demander à vous, Alyssa.

— Eh bien, je les ai reçues. Voulez-vous que je vous les envoie par mail ?

— S'il vous plaît.

Après avoir pris congé de son assistante, Rafe raccrocha et se tourna vers la fenêtre. D'après ce qu'on lui avait dit, la vue sur Londres était spectaculaire. La Tamise. Le London Eye. Big Ben et Westminster Abbey. Avoir un bureau avec une vue de ce genre était un signe extérieur de réussite. Bien sûr il ne pouvait pas en profiter, mais la vue était là. Il en tirait une fierté perverse.

C'était une preuve de son pouvoir. Comme sa capacité à garder un œil sur Charlotte. Il avait trouvé son adresse assez facilement, et il avait demandé à son enquêteur de lui communiquer toutes les autres informations pertinentes. Celles qui lui permettraient d'accéder par des moyens détournés aux différents comptes qu'elle avait pu ouvrir sur Internet.

Rafe aimait la technologie. Parce qu'il avait bâti sa fortune dessus, mais aussi et surtout parce qu'elle présentait des tas de failles. Lorsque les informations étaient archivées sur des supports physiques, leur confidentialité était facile à assurer. Mais à partir du moment où elles étaient mises en ligne, elles devenaient vulnérables.

Le portable de Rafe sonna et il soupira. C'était la sonnerie correspondant à son ami, le prince Felipe. Son Altesse Royale était un vrai casse-pieds… Il prit l'appel.

— À quoi dois-je le plaisir ? demanda-t-il sans en penser un mot.

— Ne quitte pas une seconde.

— C'est toi qui m'appelles ! protesta Rafe, prêt à perdre patience.

Mais il était vrai que sa patience était très limitée depuis le moment où Charlotte était partie de chez lui…

— Je sais bien, répliqua Felipe. Mais je suis aussi en train d'appeler Adam.

Le prince Adam Katsaros était l'autre ami que s'était fait Rafe à l'école privée où l'avait envoyé Michael Adair. Ça avait été la période la plus heureuse de sa vie. Une période où il jouissait d'une certaine indépendance tout en ayant les ressources nécessaires pour vivre.

Bien sûr, il y avait un prix à payer. Le contrat qui le lierait à Michael Adair. À l'époque, cela lui avait paru raisonnable.

— Allô ?

Adam était en ligne.

— Parfait, dit Felipe. Je voulais demander à Rafe qui est la femme en compagnie de qui on l'a vu quitter une réception il y a quelques semaines.

Rafe serra les dents.

— C'est pour ça que tu m'appelles ? Pourquoi maintenant ? Pourquoi pas il y a plusieurs semaines ?

— Parce que, aujourd'hui, j'ai aussi quelque chose à vous demander à tous les deux, répondit Felipe. Et que je ne suis pas du genre à téléphoner à tort et à travers.

— C'est faux, intervint Adam. Tu passes ton temps à téléphoner et à parler à tort et à travers.

— Je te remercie pour cette opinion très flatteuse. Ma femme ne la partage pas.

— Alors c'est une chance que ce soit toi qu'elle ait épousé au lieu d'Adam ou moi, ironisa Rafe. Si tu en venais au fait ?

— Briar organise une exposition dans deux mois. Et je

voulais m'assurer que je pouvais compter sur la présence de mes très influents amis. Ce sera une vitrine de l'art classique de mon pays. Et elle y présentera également ses premières œuvres. Alors vous devez être là, sinon la prochaine fois que vous viendrez me voir je vous jetterai au cachot.

— Pas de problème pour moi, déclara Rafe. Même si j'ai un peu de mal à apprécier les expositions depuis quelque temps.

— Oui, mais apparemment tu n'as soudain plus aucun mal à apprécier les belles femmes. Ce qui était loin d'être le cas depuis quelques années, n'est-ce pas ? insista Felipe.

— Tout semble l'indiquer, renchérit Adam.

— Vous devriez peut-être vous intéresser davantage à vos mariages respectifs qu'à ma vie sexuelle, non ?

— Nous nous inquiétons pour toi parce que nous sommes de vrais amis.

Rafe marmonna que l'amitié était surfaite. Au même instant son ordinateur émit un signal sonore. Il coupa le micro de son portable puis il utilisa la commande vocale pour demander à son ordinateur de lire le mail qu'il venait de recevoir.

Le fichier était volumineux. Sa Charlotte avait été très occupée.

Il suivait d'une oreille la discussion d'Adam et de Felipe à propos des détails pratiques de l'exposition, mais son attention se relâcha au fur et à mesure qu'il écoutait la lecture du fichier concernant Charlotte. Elle était allée à la banque. Elle avait encaissé une grosse somme d'argent. Il disposait de toutes les informations, y compris la provenance de cet argent. Contre toute attente, son père avait laissé de l'argent pour elle sur un compte. Très surprenant… Aurait-il oublié cet argent ? Faire ce legs à sa fille était peut-être un moyen pour lui d'escamoter momentanément une partie de sa fortune, qu'il avait prévu de récupérer avant sa mort. Il connaissait suffisamment le père de Charlotte pour savoir qu'il avait tendance à se croire immortel. Nul doute qu'il n'avait pas imaginé que sa dernière heure viendrait aussi vite.

Le fichier contenait également des informations plus banales. Des factures d'achats en ligne. Sans intérêt. Elle avait acheté une lampe. Un gant isolant pour four.

Et dernière information, elle avait pris rendez-vous avec un médecin. Dans une clinique privée spécialement dédiée à la femme.

Il était tout à fait possible que ce soit pour des examens de routine. Tout à fait possible.

Mais il y avait plusieurs semaines qu'ils avaient couché ensemble, et la première fois il n'avait pas mis de préservatif. Il avait perdu la tête et elle aussi. Par ailleurs, elle était vierge, ce à quoi il ne s'attendait pas du tout. Mais cela laissait supposer qu'elle n'était pas sous contraceptif.

Une clinique spécialement dédiée à la femme. Cette information tournait en boucle dans l'esprit de Rafe. Felipe parlait toujours, mais il y avait longtemps qu'il ne l'écoutait plus.

Le rendez-vous était fixé à cet après-midi… Et l'adresse de la clinique figurait dans le dossier. Il avait un peu plus d'une heure pour traverser la ville.

Il activa le micro de son portable.

— Il faut que j'y aille. Je serai au vernissage, ne vous inquiétez pas.

Il raccrocha et appela son assistante.

— Faites préparer mon hélicoptère.

Charlotte pénétra dans la clinique, les mains moites. Son cœur battait à grands coups et elle avait du mal à respirer. Après dix tests de grossesse, elle savait à quoi s'attendre. Mais ce serait la confirmation officielle…

Un rendez-vous pour une échographie précoce dans un établissement de ce genre coûtait horriblement cher, mais elle n'avait pas de généraliste, et à l'hôpital la liste d'attente était longue. Si bien qu'après une recherche sur Internet elle avait décidé de profiter de l'héritage de son père pour se faire suivre dans une clinique privée dédiée à la femme.

Si elle était vraiment enceinte de Rafe, utiliser l'argent de son père pour en avoir la confirmation était plutôt réjouissant. Même si c'était bien la seule chose qui l'était…

Elle avait beau essayer de se rassurer en se disant que son retard était dû au stress occasionné par son changement de vie, elle avait beaucoup de mal à y croire. Elle avait vécu pendant cinq ans dans la hantise que son père la retrouve, et son cycle était toujours resté très régulier. Non, inutile de se voiler la face. L'explication la plus probable était qu'elle avait fait l'amour pour la première fois de sa vie, et cela sans prendre de précautions. Un détail qu'elle avait préféré oublier dès l'instant où elle avait quitté l'appartement de Rafe.

Après s'être présentée à l'accueil, elle entra dans la salle d'attente. Et elle crut que son cœur allait exploser.

Il était là. À la clinique. Comment était-ce possible ? Elle avait réussi à échapper pendant cinq ans à un des parrains les plus puissants du crime organisé. Personne n'avait jamais retrouvé sa trace.

Mais aujourd'hui, Rafe savait qu'elle avait rendez-vous dans cette clinique ?

— Que fais-tu ici ? demanda-t-elle.

Au son de sa voix il tourna la tête vers elle.

— Je te retournerais bien la question, mais je crois connaître la réponse.

— Je suis venue faire faire un frottis.

— Je doute fort que ce soit vrai.

— Mademoiselle Adair.

Charlotte se tourna vers l'infirmière qui se tenait sur le seuil de la salle d'attente.

— Le Dr Schultz est prêt à vous recevoir.

— Je l'accompagne, déclara Rafe en se levant de son fauteuil.

Il saisit sa canne, noire avec un bout argenté, et avança dans la direction de l'infirmière.

— Il n'en est pas question, protesta Charlotte à mi-voix.

Il s'approcha d'elle avec beaucoup plus de vivacité qu'elle ne s'y attendait.

— Ne fais pas une scène, *cara mia*. Tu n'apprécierais pas du tout la manière dont ça se terminerait.

Elle était trop perturbée pour persister à protester. Pourtant, elle devrait. Elle devrait hurler et renverser la plante verte qui se trouvait à côté de la porte. Alors quelqu'un empêcherait peut-être Rafe de l'accompagner. Mais qui ? Qui s'aventurerait à s'opposer à Rafe Costa, célèbre homme d'affaires milliardaire ? Et même si les gens ignoraient qui il était, il mesurait plus d'un mètre quatre-vingts et il était tout en muscles.

Elle n'avait aucune chance de trouver un allié dans cette clinique…

Le sang battait à ses tempes, tandis qu'ils suivaient l'infirmière dans le couloir. Elle avait l'impression que les murs étaient en train de se refermer sur elle. Que le plafond était prêt à lui tomber sur la tête.

Pourquoi avait-elle éprouvé la nécessité de cacher la situation à Rafe ? C'était son enfant. Ce réflexe initial, ce besoin de garder le secret avait été provoqué par la panique. Mais il était là. Il était venu. N'avait-il pas le droit de savoir ?

Ce n'était pas parce que son père avait été un homme plus qu'odieux qu'elle devait se méfier de Rafe. Rafe n'était ni un criminel ni un despote. Elle le savait.

Mais peut-être n'y avait-il pas de bébé. Ce serait un soulagement. Elle était en train de prendre un nouveau départ après avoir passé toute son existence en marge de la vraie vie.

Elle commençait tout juste à se demander ce qu'elle voulait vraiment et à réfléchir à son avenir. Sans personne autour d'elle pour prendre les décisions à sa place. Mais comment y parviendrait-elle si elle se retrouvait soudain dans le rôle de mère ?

Elle n'avait même jamais tenu un bébé dans ses bras. Il n'y avait jamais eu d'autres enfants qu'elle dans la propriété de son père.

Bien sûr, elle avait vu des femmes avec des poussettes quand elle était vendeuse. Elle les avait vues sécher des larmes sur des joues rebondies avec des baisers. Et bien sûr, elle s'était demandé quel effet ça faisait. D'avoir quelqu'un à aimer. Quelqu'un de qui on recevait de l'amour en retour.

Cette pensée lui serra le cœur. Oh ! mon Dieu, elle était complètement perdue…

Et puis il y avait Rafe. Présence imposante juste derrière elle.

L'infirmière lui tendit un gobelet en plastique et lui indiqua la porte des toilettes. Embarrassée à l'idée que Rafe ne pouvait pas ignorer ce qu'elle allait faire, elle y entra les joues en feu.

Quelques instants plus tard, l'infirmière la laissa seule dans la salle d'examen en compagnie de Rafe.

— Quand comptais-tu me prévenir ? demanda-t-il dès que la porte se fut refermée derrière l'infirmière.

— Je voulais attendre d'avoir consulté un médecin.

Quand on y réfléchit, c'est un peu ridicule de se fier à un gadget acheté en pharmacie.

— Je vois. Et combien de ces gadgets as-tu acheté ?

— Je ne sais pas. Peut-être dix.

— Je vois.

La mine sombre, Rafe crispa la mâchoire.

— Et que t'ont dit ces dix tests, Charlotte ?

— Que je suis enceinte.

On frappa à la porte et Dr Schultz entra dans la pièce. Quelques instants plus tard, Charlotte fixait l'écran d'un échographe tandis que le médecin faisait glisser la sonde sur son ventre.

— Il n'y a pas grand-chose à voir à ce stade, commenta celle-ci. Il s'agit juste de s'assurer de la viabilité.

— Que voyez-vous ? demanda Rafe.

— Rien pour l'instant, répondit le médecin.

— Juste des lignes noires, dit Charlotte.

Puis il y eut un mouvement sur l'écran. Presque imperceptible.

Charlotte pouffa. Ce fut plus fort qu'elle. Et la réaction la plus étrange qu'elle aurait pu imaginer.

— Qu'y a-t-il ? demanda Rafe.

— Quelque chose a bougé, répliqua-t-elle en regardant le médecin.

— Oui, confirma Dr Schultz.

Elle actionna une commande et un bruit confus s'éleva. Parmi lequel de faibles battements réguliers.

— C'est le cœur, commenta-t-elle.

Charlotte jeta un coup d'œil à Rafe.

Il avait pâli.

Un second battement régulier s'ajouta au premier. Charlotte tourna vivement la tête vers le médecin.

— Est-ce que… ?

— C'est un second cœur. Félicitations. Ce sont des jumeaux.

Les paroles du médecin résonnaient encore dans l'esprit de Rafe, pendant que Charlotte se rhabillait en silence. Il n'entendait que des froissements de tissu.

L'obscurité infernale dans laquelle il vivait sembla se refermer encore plus étroitement sur lui. La vague distinction qu'il parvenait à faire entre l'ombre et la lumière avait été gommée.

Des jumeaux. Charlotte attendait des jumeaux.

Et lui, qui n'avait jamais eu de père, qui n'avait pas la moindre idée de ce qu'était la paternité, il était censé savoir comment réagir.

Il ne voyait rien. Il ne verrait jamais ses enfants. Comment pourrait-il prendre soin d'eux ?

« En engageant des nurses. Bien sûr. C'est à ce genre de choses que sert l'argent. »

Un petit cri étranglé s'échappa de la gorge de Charlotte. Il avait parlé à voix haute, comprit-il.

— Je n'aurai certainement pas besoin de nurses, déclara-t-elle d'un ton crispé.

— Tu n'aimais pas les tiennes ?

Il appréciait bien la sienne. Du moins c'était le souvenir qu'il gardait d'elle.

Cette vie-là n'avait duré que cinq ans. Halls de marbre, nurse et toute la nourriture qu'il pouvait désirer. Il avait été heureux à cette époque. Si sa mémoire était bonne.

Charlotte eut un petit rire amer.

— Au contraire, elles étaient beaucoup plus bienveillantes que mon père et ma belle-mère. Ma mère était peut-être bien, mais je ne sais rien d'elle, étant donné qu'elle est morte en me mettant au monde et que mon père ne parlait jamais d'elle. J'ai toujours eu le sentiment que Josefina était déjà sa maîtresse avant la mort de ma mère. Elle a juste déménagé. Et gagné un titre officiel.

— Alors tu vois, les nurses ne sont pas si mal.

— Peut-être, mais je n'en aurai pas besoin. L'argent que mon père m'a laissé — intentionnellement ou non — ne durera pas éternellement et un jour il faudra que je travaille. Mais ce n'est pas urgent.

— Tu sembles déterminée.

— Je le suis.

Elle se dirigeait vers lui, comprit-il au bruit de ses talons. Quelle plaie d'être aveugle ! Il aimerait tant pouvoir voir ses réactions. Ne pas être obligé de se contenter de ses paroles courageuses soigneusement choisies. Il aimerait voir son visage. Vérifier s'il était pâle. Si on y lisait la peur qu'elle ressentait sans doute.

Toute sa vie était organisée de manière à ce que sa cécité ne lui pose pas de problèmes, si bien qu'il y pensait rarement. Mais Charlotte réveillait une foule de souvenirs en lui. Il se remémorait ce qu'il ressentait quand il la tenait dans ses bras, quand il contemplait son corps à la peau laiteuse, quand il passait les doigts dans ses cheveux dorés.

Des images d'elle s'imposaient à lui. Comme ce jour où elle se trouvait dans un champ et où sa beauté était rehaussée par la lumière du soleil.

Ces souvenirs rendaient d'autant plus frustrante l'impossibilité de la contempler aujourd'hui. Et la perspective d'avoir des enfants qu'il ne verrait jamais.

— Moi aussi je suis déterminé.

Il la rejoignit et lui tendit la main. Il perçut son hésitation.

— Donne-moi la main, s'il te plaît. Je ne connais pas cet endroit et ça m'aiderait.

Ce n'était pas tout à fait faux, mais ce n'était pas tout

à fait vrai non plus. Elle lui prit la main et le conduisit vers la porte, qu'il aurait pu trouver tout seul.

— Tu es venue en taxi ?

— Oui. Je ne me sentais pas très bien et je n'avais pas envie de prendre le métro.

— Où dois-tu aller, maintenant ?

— Chez moi.

Ça, il n'en était pas question, songea-t-il aussitôt. Mais il n'allait pas le lui dire…

— J'ai un hélicoptère. Tu crois qu'il est possible de se poser sur le toit de ton immeuble ?

Il y eut un silence. De toute évidence, il avait réussi à la laisser sans voix. Et il fallait reconnaître que c'était gratifiant.

— Tu sais, quand j'ai emménagé je n'ai pas demandé s'il y avait un parking pour hélicoptères…

— Tu aurais dû.

— Ce n'est pas la peine de me raccompagner.

— Permets-moi de le faire. Mon pilote saura exactement où il peut se poser à proximité de ton immeuble.

— Rafe…

— Il paraît que le spectacle est impressionnant. Bien sûr, je ne suis pas en mesure de l'apprécier. Ce serait bien si un de nous deux pouvait en profiter.

Elle poussa un profond soupir.

— D'accord. Je veux bien que tu me raccompagnes. Je ne suis jamais montée à bord d'un hélicoptère. Ni d'un avion, d'ailleurs.

— Tu as peur ?

— Non, répliqua-t-elle d'un ton qui suggérait que cette question la surprenait.

Ils montèrent jusqu'au toit de la clinique, où l'hélicoptère les attendait. Une fois qu'ils furent installés, il mit son casque mais ne lui donna pas tout de suite le sien. Le bruit du rotor était assourdissant, si bien qu'elle n'entendrait pas les instructions qu'il allait donner au pilote. Ce qui était exactement le but recherché…

— Au château, dit-il.

Puis il donna son casque à Charlotte.

Elle comprendrait bien assez tôt. Quand ils survoleraient la mer. Mais à moins qu'elle se jette de l'appareil, ce qui paraissait peu probable, il serait trop tard…

Un moment plus tard, il devina qu'ils quittaient Londres lorsqu'elle déclara :

— Mon appartement est de l'autre côté.

— J'aime bien ton anglais, commenta-t-il. C'est un mélange intéressant. Une dominante d'anglais américain avec des pointes d'anglais britannique. Si je me souviens bien, ton italien est excellent également.

— Fantastique. Mais ça n'a rien à voir avec ce que je viens de dire.

— Parce que ce que tu viens de dire ne m'intéresse pas.

— Ça ne t'intéresse pas de savoir que ton pilote est peut-être perdu ?

— Mon pilote n'est pas perdu. Il va où je lui ai dit d'aller.

— Où… Où lui as-tu dit d'aller ?

— Eh bien, à mon château en Allemagne, *cara mia*.

— Je viens juste de m'enfuir d'Allemagne, rétorqua-t-elle sèchement. Pourquoi voudrais-je y retourner ?

— Tu semblais en garder de bons souvenirs. Je trouve incroyable que nous ayons passé du temps dans le même pays sans le savoir.

Rafe se cala dans son siège, de plus en plus détendu. Il avait gagné.

— J'ai entendu parler d'un château à vendre et je n'ai pas pu résister. Après tout, mes deux meilleurs amis sont de sang royal. Je n'avais pas envie de me sentir exclu.

— Quel intérêt ? Tu ne peux même pas le voir !

Ces mots firent à Rafe l'effet d'une gifle. Ce qui ne lui déplut pas. Charlotte avait été élevée par un cinglé prêt à la vendre pour consolider son empire et qui n'avait jamais le moindre geste de tendresse envers elle. Il était réjouissant de constater que loin de l'avoir détruite son passé l'avait rendue forte.

— C'est vrai, mais ça me plaît de savoir que ce qui m'entoure est beau. Et de toute façon, tu dois savoir qu'un château possède une certaine atmosphère. Qu'il est impossible de trouver dans un immeuble moderne. En fait, une telle atmosphère est sans doute plus importante pour quelqu'un comme moi que pour quelqu'un comme toi. Quand je parcours mon château, je sens l'histoire. Je sens l'âge des murs. Dans les bâtiments récents tout est très lisse. Ça manque de texture.

— Pourquoi m'emmènes-tu là-bas ?

— Parce que je trouve que j'ai perdu suffisamment de choses dans ma vie pour prendre le risque de perdre aussi mes enfants. Tu n'avais pas l'intention de me prévenir. Tu le sais aussi bien que moi. Pourquoi, je l'ignore. Je croyais que nous nous étions expliqués et que tout était clair. Je ne t'ai pas abandonnée et tu ne m'as pas abandonné non plus. Pourtant, tu continues à te comporter avec moi comme si tu avais des raisons de ne pas me faire confiance.

— Dit-il alors qu'il me kidnappe en hélicoptère…

Rafe pouffa.

— C'est vrai que je ne t'avais jamais kidnappée.

— Tu travaillais pour mon père. Tu sais ce que ça dit de toi.

— Ça ne te gênait pas quand tu avais dix-huit ans et que tu me laissais mettre ma main entre tes cuisses. Et ça ne te gênait pas davantage il y a quelques semaines quand tu me suppliais de…

— Arrête.

— Toi et moi nous aurons largement le temps de discuter au cours des prochains mois. Donc, pour l'instant, je vais arrêter. Mais plus tard… Plus tard toi et moi nous réglerons nos comptes. Je te le promets.

Chapitre 6

Plusieurs heures plus tard, assise dans une des multiples chambres de ce qui ressemblait à un château de conte de fées, Charlotte était encore tout étourdie.

L'hélicoptère avait atterri dans une clairière au milieu d'une forêt aux couleurs de l'automne avant de redécoller aussitôt.

Comme par magie, une voiture avait fait son apparition au bord de la clairière, puis un chemin de terre qui sinuait à flanc de montagne les avait conduits jusqu'au château.

Splendide avec ses tourelles qui montaient vers le ciel, ce dernier semblait avoir été taillé directement dans la paroi rocheuse au sommet de la montagne.

Au moins, il y avait un chemin. Sinon, on pourrait facilement imaginer que ce château et ses habitants étaient figés dans le temps et l'espace par un mystérieux sortilège. Mais bien sûr, il n'y avait pas un seul village à des kilomètres à la ronde. En tout cas, elle n'avait rien vu qui y ressemble depuis l'hélicoptère puis la voiture.

Difficile de trouver un endroit plus isolé. Et elle n'avait aucune affaire avec elle. À part son sac, dans lequel se trouvaient ses cartes de crédit et ses papiers d'identité… qui ne lui seraient sûrement d'aucune utilité. En fait, elle avait le sentiment très désagréable d'avoir été transportée plusieurs années en arrière, à l'époque où elle vivait recluse dans sa tour.

Elle se leva en soupirant et se dirigea vers une vasque en porcelaine incrustée de pierres — jade, jaspe et obsidienne — et surmontée d'un miroir encadré de bois doré. À la vue de son reflet, elle eut une moue de dérision. Le contraste entre son apparence et le décor ne pouvait pas être plus saisissant !

Des mèches folles échappées de son chignon encadraient son visage pâle aux traits tirés. Quant à sa tenue, un pull à col roulé noir et un jean, elle paraissait scandaleusement décontractée dans un cadre aussi raffiné.

À vrai dire, elle manquait un peu trop de chic pour une victime de kidnapping. Elle plissa le front. Ce n'était pas la première fois qu'elle était kidnappée. D'accord, il y avait longtemps qu'elle avait accepté le fait que sa vie n'était pas normale. Mais là, ça allait vraiment trop loin.

On frappa à la porte. Elle traversa la pièce pour aller ouvrir.

— Oui ?

Une femme qu'elle n'avait jamais vue déclara :

— M. Costa demande que vous descendiez au bureau.

— Et moi je voudrais demander à M. Costa de sauter dans un lac. Mais je suppose qu'il n'apprécierait pas vraiment.

La femme se contenta de la regarder sans rien dire. Elle soupira.

— Je n'ai pas le choix, n'est-ce pas ?

La femme haussa les épaules.

— Je crois que si vous refusiez, M. Costa viendrait vous chercher pour vous porter en bas lui-même.

— Ça lui ressemble.

Ou du moins, ça ressemblait à l'homme qu'il était devenu. Un homme un peu trop semblable à son père à son goût. Un homme qui n'hésitait pas à la garder prisonnière parce que ça l'arrangeait. Elle sentit son cœur se serrer douloureusement. C'était encore plus déchirant que de le savoir aveugle.

Oui, ce changement de caractère était beaucoup plus perturbant que n'importe quel changement physique.

Mais à quoi bon discuter ? Elle suivit la femme dans le labyrinthe de couloirs. Tout en marchant elle effleura du bout des doigts les fleurs de lys dorées gravées dans la pierre des murs.

C'était à ce genre de choses qu'il faisait allusion quand il avait parlé de la texture qui manquait aux bâtiments modernes et de l'atmosphère particulière qui régnait dans ce château. Une atmosphère bien réelle, qu'il était impossible de nier.

Elle préférerait pourtant pouvoir se dire qu'il était fou. Que l'homme qui avait tant compté pour elle autrefois n'existait plus.

Malheureusement, ce n'était pas le cas. C'était bien Rafe. Devenu riche et puissant. Elle avait lu beaucoup de choses sur les effets pernicieux du pouvoir, et elle avait pu les constater elle-même pendant son enfance.

Découvrir que Rafe n'était pas immunisé lui fendait le cœur.

Elle secoua la tête. Il aurait mieux valu le laisser dans le royaume des fantasmes. Elle aurait pu continuer pour toujours à rêver de lui tel qu'il était dans son souvenir. Mais non. Il avait fallu qu'elle cherche à le revoir. Qu'elle passe une nuit torride avec lui.

Ce qui lui valait d'être à la fois enceinte et captive.

La femme s'arrêta devant une porte bleue à double battant, qu'elle ouvrit avant de s'effacer.

— Merci, dit Charlotte.

Puis elle pénétra dans le bureau. Rafe était assis dans une bergère à oreilles devant la cheminée.

— C'est gentil de te joindre à moi.

Elle sentit son cœur s'affoler. Puis battre à coups redoublés quand Rafe tourna la tête vers elle. À la lumière des flammes, son visage était splendide. Fascinant.

Sa barbe naissante serait rêche sous ses doigts si elle lui caressait la joue. Et ses lèvres… Des lèvres qui s'adouciraient sous les siennes, puis qui redeviendraient fermes lorsqu'il approfondirait son baiser. Lorsqu'il glisserait sa langue dans sa bouche…

À son grand dam, elle sentit tout son visage s'enflammer. Elle se mordit la lèvre en se maudissant. Comment pouvait-elle encore le désirer ? Il l'avait kidnappée et il la retenait prisonnière, bon sang !

— Eh bien, comme en ce qui concerne ma présence dans ce château, on ne m'a pas vraiment laissé le choix, répliqua-t-elle.

— Malgré tout, c'est très agréable de recouvrir tout ça d'un vernis de courtoisie, tu ne trouves pas ?

— Je ne comprends pas très bien pourquoi tu y tiens. Ce n'est certainement pas par égard pour moi. Je n'ai pas connu beaucoup d'hommes courtois. Et tu n'en es pas un non plus. Tu es de la même espèce que mon père, qui n'hésitait pas à me transporter d'un endroit à un autre pour servir ses intérêts. Félicitations.

Le visage de Rafe devint dur comme du granit.

— Je ne suis pas comme ton père.

— Eh bien, tu fais bien semblant. Me traîner jusqu'à un château… dans l'intention de m'imposer un mariage forcé.

Rafe pouffa et se leva. Il se rapprocha de la cheminée et tendit les mains vers le feu.

— Je n'ai jamais parlé de mariage, *cara mia*.

Elle se mordit de nouveau la lèvre. Quelle idiote ! Il n'en avait pas parlé en effet…

— Étant donné que tu m'as enlevée parce que je porte ton enfant — *tes enfants* — j'ai supposé que tu avais l'intention de faire en sorte qu'ils naissent légitimes.

Il haussa les épaules.

— Je ne suis pas un enfant légitime moi-même. Pourquoi voudrais-je qu'ils le soient ?

Elle le considéra avec perplexité. Que répondre à cela ? Ayant été kidnappée, elle en avait conclu qu'il voulait la garder.

— Ça n'a rien à voir avec moi, n'est-ce pas ?

À peine ces mots eurent-ils franchi ses lèvres qu'elle se maudit de nouveau. Décidément, quelle idiote ! Que lui avait-il pris de demander ça ? Elle venait de lui dévoiler l'espoir enfoui tout au fond de son cœur… Un espoir d'autant plus ridicule qu'elle n'appréciait pas du tout l'homme qu'il était devenu.

— C'est uniquement une question de pouvoir, répliqua-t-il d'un ton dur, confirmant ses pires craintes.

— Et tu as été obligé de m'amener jusqu'ici, dans un château, pour avoir l'impression que tu as du pouvoir ? Franchement, Rafe, si je n'avais pas eu la preuve de ta virilité, je penserais que tu souffres d'un complexe d'infériorité.

Contre toute attente, il rit.

— Tu n'avais pas l'intention de me mettre au courant, n'est-ce pas ?

— Je n'en sais rien, répondit-elle avec honnêteté. Je n'avais pas encore réellement assimilé la nouvelle. Et d'ailleurs, je ne l'ai toujours pas fait.

— Nous ne nous connaissons pas très bien.

— Tu es la personne que je connais le mieux. Tu m'as vue nue, après tout, ajouta-t-elle, les joues en feu.

— On peut voir des tas de femmes nues sans jamais les connaître. Là-dessus, tu peux me faire confiance. Tu n'étais pas la première femme que je voyais nue.

Il eut un sourire contrit.

— Mais tu as été la dernière.

Elle resta silencieuse. Que conclure de cette affirmation ? Elle ignorait quand avait eu lieu son accident, mais c'était sans doute peu de temps après leur séparation…

— Rafe, as-tu vraiment cru que j'étais partie épouser un autre homme sans avoir une seule pensée pour toi ? Tu pensais vraiment que je ne faisais que m'amuser avec toi ?

— C'est ce que font les gens riches, dit-il d'un ton dur. Ils utilisent ceux qui sont privés de pouvoir comme des pions dans des jeux dont ils sont les seuls à connaître les règles.

— Et tu pensais que c'était ce que je faisais avec toi ? C'est vraiment ce que tu pensais ?

— Non. Jusqu'au jour où je suis allé dans ta chambre et où j'y ai trouvé ta belle-mère. Elle était manifestement au courant pour nous. Ce qui signifie que ton père l'était aussi.

— Et elle t'a dit que je… Que je t'avais trahi.

La gorge de Charlotte se noua. Elle avait imaginé une foule de choses pendant toutes ces années passées loin de lui, mais ça… Non, jamais. Quand elle avait commencé à voir des articles sur lui dans les journaux, il ne lui avait jamais effleuré l'esprit qu'on avait pu lui faire croire non seulement qu'elle l'avait abandonné mais qu'elle l'avait dénoncé à son père.

Un grand froid l'envahit.

— Rafe, comment as-tu réussi à t'échapper ? Mon père était un homme impitoyable. Je ne peux pas croire qu'il t'a laissé…

— Il ne m'a pas laissé m'enfuir.

Rafe se détourna du feu et se dirigea vers Charlotte.

— Si j'ai réussi à quitter vivant le domaine de ton père, c'est parce qu'il croyait m'avoir tué. Le temps qu'il découvre son erreur… il ne pouvait plus rien contre moi. Son intention était que je parte dans une housse mortuaire. Et à vrai dire, c'est pratiquement ce qui s'est passé.

Rafe réprima un soupir. Il n'avait pas prévu de raconter l'histoire à Charlotte aussi rapidement. Mais après tout, il n'y avait pas de raison d'attendre plus longtemps. Ils étaient cloîtrés dans ce château pour plusieurs mois. Parce qu'il avait bien l'intention d'y rester avec elle jusqu'à ce qu'elle soit prête à accoucher. Il avait déjà trouvé un médecin, à qui il avait versé une somme plus que généreuse pour la convaincre de suivre Charlotte et de faire la sourde oreille si celle-ci se plaignait d'être retenue prisonnière.

Ah, le pouvoir que donnait l'argent…

Ils avaient donc du temps devant eux. Et il n'y avait aucune raison de cacher à Charlotte ce qui s'était passé. Personne n'était au courant, mais elle, il valait mieux qu'elle le soit. Il valait mieux qu'elle sache exactement ce qui lui était arrivé.

Oui, elle avait été obligée de se cacher pendant cinq ans. Oui, cette période avait été difficile pour elle. Mais de son côté, il avait beaucoup souffert. Et beaucoup perdu.

Dire qu'elle avait envisagé de lui cacher qu'elle était enceinte ! De le priver de ses enfants ! Encore quelque chose qui lui aurait été volé par la famille Adair. Il ne pouvait pas accepter ça. C'était tout simplement intolérable.

— La dernière fois que j'ai grimpé jusqu'à ta chambre, ta belle-mère m'attendait sur le balcon.

— Josefina est une vipère. Depuis toujours.

— La belle-mère malfaisante. Un vrai cliché.

— Un cliché dont elle semblait vouloir absolument prouver le bien-fondé.

— Elle m'a dit que tu étais partie. Que tu avais avoué à ton père que je venais régulièrement te rejoindre dans ta chambre la nuit. Et que tu avais choisi d'épouser Stefan, que tu considérais comme un mari plus approprié pour une femme de ton rang.

— Comment as-tu pu la croire ? demanda Charlotte d'une voix tremblante. J'étais prête à tout pour toi. Je voulais me donner à toi. Je t'ai supplié plusieurs fois d'accepter, mais tu n'as jamais voulu.

— Parce que j'étais plus lucide que toi. Je savais que même si tu étais réellement prête à tout pour moi, un jour ou l'autre tu finirais par m'en vouloir. À cause de tout ce que tu aurais perdu. Je n'aurais jamais pu t'offrir tout de suite une existence aussi privilégiée. Mais tu étais trop gâtée pour penser à ce genre de détails. Tu ne pouvais pas imaginer la vie en dehors de ta tour.

— Au contraire ! Je rêvais d'une vie en dehors de la tour. C'est très injuste de ta part de penser le contraire.

— D'accord, j'ai été injuste avec toi. Mais ne voulais-tu pas savoir comment je me suis échappé ?

Il entendit un froissement d'étoffe. Était-ce le signe qu'elle s'impatientait ?

— Je te promets de ne plus t'interrompre.

— Donc, quand je suis arrivé elle m'attendait sur le balcon. Elle m'a dit que j'arrivais trop tard. Elle m'a également annoncé que ton père allait envoyer des gardes pour s'occuper de moi et que je quitterai certainement la propriété dans une housse mortuaire. Ce sont ses propres mots… Elle souriait. C'était vraiment monstrueux. Ma détresse la réjouissait. Elle prenait un grand plaisir à me menacer. Je pense que ton père devait la tenir pour responsable de nos rendez-vous clandestins. Parce qu'elle était la maîtresse de maison et qu'elle ne s'était rendu compte de rien. Elle m'a dit qu'elle ne me laisserait pas détruire tout ce qu'elle avait construit. Qu'elle ne nous permettrait pas de provoquer sa chute.

« J'ai compris qu'il fallait que je reparte par le même chemin le plus vite possible pour tenter de fuir si je le pouvais. Je ne me faisais aucune illusion. Je savais qu'elle avait raison. Si les hommes de ton père me trouvaient, j'étais un homme mort. Je me suis écarté d'elle et je me suis rapproché de la balustrade. J'étais sur le point de l'enjamber quand elle m'a poussé dans le vide. Elle a profité du fait que mon attention était concentrée sur les gestes à accomplir pour me déséquilibrer.

Un petit cri étranglé s'échappa de la gorge de Charlotte.

— Comment as-tu survécu à ça ?

— C'est un miracle et un mystère. Même si ma chute a été ralentie par les saillies du mur, j'ai été gravement blessé à la tête. Une tuméfaction qui provoquait des troubles de la vision. Pendant quelque temps les médecins ont gardé l'espoir qu'elle se résorberait et que je retrouverais la vue. Aujourd'hui ils estiment que c'est très improbable.

— Mais pas impossible.

— Je préfère penser que ça n'arrivera pas, Charlotte. Je n'ai jamais été du genre à croire aux miracles.

— Qui t'a aidé à t'enfuir ?

— Un des hommes de ton père m'a découvert. Pietro. Un homme d'un certain âge qui semblait… las des affaires. J'avais discuté deux ou trois fois avec lui au fil des années. Il me parlait d'une femme qu'il avait laissée quand ton père l'avait appelé. Lui aussi était redevable à Michael. Il était arrivé au domaine et n'en était plus jamais reparti. Il n'avait jamais revu la femme qu'il aimait.

— C'est triste.

— La vie avec ton père était triste, comme tu le sais. Je pense que cet homme avait envie de reprendre une vie honnête. De retrouver son amour. Il a été envoyé au pied de la tour pour récupérer mon cadavre et s'en débarrasser. Mais quand il est arrivé, il s'est rendu compte que je respirais encore. Même si j'étais inconscient et si j'avais plusieurs os brisés. Il a risqué sa vie pour me sauver. Il m'a recouvert avec un drap et il a dit à ton père qu'il allait faire disparaître mon corps, comme prévu.

« Mais en réalité il m'a emmené chez un médecin en qui il avait confiance. Celui-ci s'est occupé de moi jusqu'à ce que mon état se stabilise. Puis il m'a fait transporter à ses frais jusqu'à un hôpital distant de plusieurs centaines de kilomètres. À cette époque, je dépendais complètement d'inconnus. Ma vie était entre leurs mains. Je ne supporte pas d'être sans défense. Mais il est difficile d'être plus désarmé qu'un aveugle qui souffre de multiples fractures et qui doit se cacher pour éviter d'être assassiné. Je ne sais pas ce qui est arrivé à Pietro quand ton père a découvert que je n'étais pas mort. J'imagine que ça ne s'est pas bien terminé pour lui.

Rafe poussa un profond soupir. Il n'oublierait jamais le visage ridé de cet homme. Un visage qui s'éclairait uniquement lorsqu'il parlait de son amour. Un amour qu'il n'avait sans doute jamais revu.

— J'espère… J'espère seulement qu'il se sentait… Il souffrait beaucoup d'avoir perdu son humanité au service d'un criminel. Il me l'a dit. J'espère seulement que, quel que soit le prix qu'il a payé, il avait le sentiment de s'être racheté.

Il entendit Charlotte s'asseoir. Ou, plutôt, se laisser tomber lourdement sur le canapé qui se trouvait à sa droite.

— Rafe, je regrette de ne rien avoir su de tout cela.

— Pourquoi ? demanda-t-il avec perplexité.

— Parce que je me serais mise à ta recherche et je t'aurais rejoint. Pendant ce temps-là, je me cachais de mon côté. Je n'avais aucune raison de penser que tu avais des ennuis. On m'avait dit que tu avais décidé de partir, et je le croyais.

— Tu m'aurais rejoint, et ensuite ? Nous aurions été beaucoup plus facilement repérables si nous avions été tous les deux au même endroit. Et je n'aurais jamais pu réussir comme je l'ai fait si nous avions été liés.

Il s'en serait moqué, reconnut Rafe intérieurement. À ce moment-là, il aurait fait n'importe quoi pour être avec elle.

Mais ça aurait été une erreur. Parce qu'il ne devait pas son salut à Charlotte. Il le devait à l'argent. Au pouvoir. L'amour de l'argent était peut-être bien la cause de tous les maux mais, pour sa part, il préférait avoir à sa disposition tout l'argent dont il avait besoin pour faire ce qu'il voulait.

— Je regrette quand même de n'avoir rien su, insista Charlotte.

Dans le silence qui suivit, il l'entendit respirer avec difficulté.

— J'ai été très triste quand j'ai appris… Quand tu as commencé à être connu, j'ai lu des articles. J'ai compris que tu étais devenu aveugle à la suite d'un accident, mais les médias ne donnaient aucun détail.

— Bien sûr. Personne ne sait ce qui m'est arrivé. À l'hôpital j'ai inventé une histoire. Personne ne pouvait donc savoir. Ton père était le seul qui aurait pu révéler les liens qui existaient entre nous. Mais bien sûr, il ne l'a pas fait.

— À cause de cette façade de respectabilité qu'il a toujours eue. Il ne pouvait pas s'en prendre à toi. Pas ouvertement.

— Il a préféré laisser tomber. Nous avions tout intérêt, lui et moi, à nous ignorer.

Il y eut un nouveau silence, uniquement troublé par le

crépitement du feu. Puis il perçut le léger frottement de ses doigts dans ses cheveux.

Aussitôt, l'image de ces cheveux défaits s'imposa à son esprit. Il sentit son cœur se serrer. Il eut envie d'oublier le monde extérieur et de la prendre dans ses bras.

D'effacer le passé.

Mais il ne pouvait pas revenir en arrière. Le soleil était resté là-bas. Et lui était ici. Plongé dans l'obscurité.

— L'argent est le seul véritable moyen de maîtriser son avenir, Charlotte, dit-il d'un ton dur. C'est le levier nécessaire pour affronter les situations difficiles.

— C'est vrai. Pourquoi prendrais-tu la peine de discuter avec quelqu'un que tu peux tout simplement enlever et séquestrer dans un château ?

— Tu voulais me cacher que tu étais enceinte. Je n'avais pas d'autre choix. Tu ne comprends pas. J'ai été trop souvent manipulé dans ma vie. Je ne le tolérerai plus. Plus jamais.

Il l'entendit remuer. Le bref frottement de ses semelles sur le sol de marbre indiquait qu'elle changeait de position.

— Comment ? De quelle manière as-tu été manipulé ?

— L'heure n'est plus aux confidences.

— Très bien.

Il entendit taper du plat des mains sur le canapé.

— Je ne pourrai jamais te comprendre si tu fais tout pour m'en empêcher. Je ne pourrai jamais te connaître si tu refuses de me dire ce qu'il y a à savoir. Tu as dit que nous ne nous connaissions pas, mais tu refuses de m'en apprendre davantage à ton sujet.

— Ce n'est pas nécessaire dans la situation actuelle. Nous ne sommes plus des enfants jouant à des jeux amoureux. Nos enfants vont naître dans un monde où leur père est privé de la vue. Je ne peux rien laisser au hasard. Pas même toi.

— Tu ne me fais pas confiance. Tu penses que je risque de te priver de tes enfants.

— Absolument.

— Il n'y a rien que je peux faire pour changer ça ?

Il serra les dents.

— Charlotte, je ne fais confiance à personne d'autre que moi. J'ai pu vérifier que si je ne prenais pas le contrôle des choses elles m'échappaient. Je l'ai vérifié des dizaines de fois.

Sur ces mots, Rafe quitta la pièce. Il connaissait son château par cœur. Son plan était gravé dans son esprit et dans son âme. C'était son objectif quand il l'avait acheté. Se créer un domaine assez vaste, où il pourrait se mouvoir avec facilité. Le personnel avait reçu des instructions très claires. Chaque objet avait sa place bien précise. Et rien ne devait être déplacé. Jamais.

Il passait beaucoup de temps au château et il pouvait très bien y gérer ses affaires à distance. Ce qu'il comptait faire le temps de prendre une décision au sujet de Charlotte. Elle s'attendait à ce qu'il l'oblige à l'épouser, mais il n'en voyait pas l'intérêt.

Le mariage n'était qu'un morceau de papier. Facile à déchirer. Et Charlotte savait comment disparaître. Il fallait trouver une solution beaucoup plus efficace.

Si tu ne l'avais pas kidnappée, tu aurais pu envisager de la séduire.

Il eut un petit sourire contrit. Oui, la séduction aurait peut-être été la meilleure solution. Qu'il ait pensé d'abord au kidnapping en disait sans doute long à son sujet. Mais il était trop tard.

À moins que…

La séduction était peut-être toujours la réponse appropriée. Charlotte voulait de la confiance. Elle voulait avoir le sentiment de garder un certain contrôle sur la situation.

Elle voulait de la sécurité et des certitudes. Elle voulait retrouver un peu de ce qu'ils avaient eu autrefois.

Il avait perdu sa capacité à aimer en même temps qu'il avait perdu la vue. Et, de toute façon, cette capacité n'avait jamais été immense. Charlotte était la seule personne au monde pour qui il avait éprouvé ce genre d'amour. Même à l'époque, sa foi en l'amour était chancelante.

Aujourd'hui, elle avait complètement disparu. Mais Charlotte n'avait pas besoin de le savoir.

Le contrôle. C'était ça qui comptait.

Il tenait déjà Charlotte à sa merci. Pour obtenir exactement ce qu'il voulait, il suffisait qu'il garde le contrôle de lui-même.

Depuis qu'il avait perdu la vue, beaucoup de choses lui posaient des problèmes. Garder le contrôle de lui-même ne lui en posait aucun.

Chapitre 7

Charlotte était fébrile. Après sa conversation avec Rafe la veille au soir, elle s'était couchée et avait sombré dans un sommeil agité. Elle s'était réveillée avec la bouche pâteuse et la sensation d'être passée sous une voiture.

Depuis, une question tournait en boucle dans son esprit. Que faire, à présent ? Difficile de savoir quelle était la meilleure attitude à adopter…

Elle se sentait terriblement isolée dans ce château. Bien sûr, l'isolement, elle avait l'habitude. Mais au cours des cinq dernières années elle avait tout de même gardé en partie le contrôle de sa vie. C'était elle qui décidait quand elle déménageait, où elle allait, et où elle travaillait.

Aujourd'hui, c'était Rafe qui lui imposait ce nouvel exil. Juste au moment où elle s'apprêtait à retrouver une certaine stabilité. Et en plus, elle était enceinte de lui…

Elle allait avoir des jumeaux.

Prise d'une nausée soudaine, elle se précipita aux toilettes. Elle en ressortit en sueur et les jambes tremblantes. Elle remit les vêtements qu'elle portait la veille. La veille au soir, un domestique lui avait apporté un pyjama, mais elle n'avait rien d'autre. On l'avait informée qu'une garde-robe complète serait bientôt livrée, mais parmi ses nombreux problèmes c'était celui qui la préoccupait le moins.

Poussant un profond soupir, elle se regarda dans le miroir. Elle était encore plus pâle et échevelée qu'hier…

En ouvrant la porte de sa chambre, elle découvrit un plateau de petit déjeuner. Fronçant le nez, elle l'enjamba. Elle n'avait pas envie d'avaler quoi que ce soit. Pas pour l'instant.

Elle descendit l'escalier en spirale et se retrouva dans un grand hall. Se trouvait-elle bien à l'avant du château ? Ce dernier avait tout d'un labyrinthe et elle avait un mal fou à s'orienter. Alors que Rafe y parvenait visiblement sans le moindre problème. Comment faisait-il ?

Mais il était vrai qu'il faisait toujours en sorte de tout maîtriser. Elle sentit son cœur se serrer. La façon dont il avait évoqué l'époque où il dépendait entièrement des autres après son accident… Pour un homme comme lui, se sentir impuissant était la pire des épreuves.

En dépit des circonstances, elle ne pouvait s'empêcher d'éprouver de la compassion pour lui.

Elle prit une profonde inspiration. Une odeur très particulière flottait dans l'air. Une odeur qui contribuait à l'atmosphère vantée par Rafe. Une atmosphère chargée d'histoire qui n'avait rien à voir avec celle des bâtiments modernes, en effet.

Mais, à vrai dire, cette odeur était un peu trop envahissante à son goût. Depuis quelque temps tous ses sens étaient aiguisés. Et son odorat était particulièrement sensible.

Elle prit un couloir qui conduisait à une pièce pourvue d'immenses fenêtres par lesquelles la lumière entrait à flots. Non, deux de ces fenêtres étaient en réalité des portes, constata-t-elle.

Voilà ce dont elle avait besoin. Prendre l'air. S'éclaircir les idées.

Elle se dirigeait vers les portes lorsque la femme qui

était venue la chercher dans sa chambre la veille entra dans la pièce.

— Mademoiselle, M. Costa vous cherche.

Bien sûr… Le maître requérait sa présence, et par conséquent elle se devait d'obtempérer. Mais elle n'était pas d'humeur.

— Il devra attendre un peu, répliqua-t-elle en réprimant une nouvelle nausée.

Non, elle n'était vraiment pas d'humeur.

— Mademoiselle, je ne pense pas que ce soit une bonne idée.

— Si M. Costa veut me parler, il peut venir dans le jardin.

La femme pâlit, visiblement horrifiée que quelqu'un ose défier M. Costa.

— M. Costa ne va jamais dans le jardin.

— Dans ce cas, M. Costa devra attendre.

Charlotte se dirigea d'un pas décidé vers les portes-fenêtres et ouvrit la première. De toute évidence, elle n'avait pas été utilisée depuis longtemps. Mais ce n'était pas son problème.

Rafe l'avait amenée dans ce château perdu dans la montagne allemande sans lui demander son avis. Il n'était pas question d'être une captive docile. Elle l'avait été pendant beaucoup trop longtemps dans le passé. Et même si, à sa grande tristesse, Rafe était devenu assez semblable à son père, elle savait qu'il n'allait pas la jeter du haut d'un tour pour la punir de son insubordination.

Elle referma la porte et savoura la fraîcheur de l'air automnal.

Envahi par la végétation, le jardin était visiblement laissé à l'abandon.

De grandes statues de pierre entièrement recouvertes de plantes grimpantes donnaient l'impression que la nature avait décidé de reprendre possession du lieu et d'en effacer toute trace de présence humaine.

Elle inspira profondément et expira un petit nuage de buée. Quel calme... Le silence n'était troublé que par le bruissement des feuilles et le pépiement des oiseaux.

Elle avait souvent trouvé l'apaisement dans la nature. En fait, se retrouver dans ce jardin en friche lui rappelait la forêt où elle s'était cachée après avoir échappé aux hommes de son père. Ces derniers n'avaient pas envisagé un seul instant qu'elle pourrait choisir la forêt comme refuge parce qu'ils la considéraient comme une petite princesse choyée.

Ils ignoraient que la nature était la seule chose qui l'avait préservée de la folie pendant toutes ces années où elle avait été prisonnière chez elle. Pendant ses longues promenades dans le domaine, elle avait un sentiment de liberté salutaire bien qu'illusoire.

Elle suivit la petite allée envahie par les herbes jusqu'à un banc de pierre que la végétation n'avait pas entièrement recouvert. Elle s'assit, ferma les yeux et savoura la brise qui faisait voler autour de son visage des mèches échappées de son chignon.

Elle n'avait pas encore eu le temps de changer de coiffure. De couper ses cheveux.

C'était son intention après sa nuit avec Rafe. Et puis... Elle ne l'avait pas fait. Elle avait eu d'autres priorités. Le testament. Son appartement. Puis elle avait commencé à avoir des nausées.

Et ensuite, il y avait eu les tests de grossesse. Le médecin. Et Rafe. On en revenait toujours à Rafe.

Une immense fatigue la submergea. Elle venait à peine de se réveiller, et pourtant elle était épuisée. La grossesse n'était pas de tout repos...

À cette pensée, elle fut prise de vertige. Dire qu'elle allait avoir un bébé… Non, deux bébés.

Elle s'allongea sur le banc. La fraîcheur de la pierre lui apporta un vague réconfort. Elle avait seulement besoin de se reposer. Juste un instant.

— Où est-elle ? demanda Rafe à Della, sa gouvernante.

— Elle est sortie il y a plusieurs heures. Personne ne l'a vue depuis.

Il fut assailli par une bouffée de rage. Elle l'avait défié et il avait décidé de ne pas réagir pour lui apparaître comme un peu moins despotique. Après tout, il voulait la séduire. Nouer des liens avec elle. C'était le meilleur moyen de prendre réellement le contrôle de la situation.

S'il fulminait contre elle au moindre acte de rébellion, il ne risquait pas d'y parvenir.

Mais ça… Il ne pouvait pas accepter ça.

— Et vous n'avez pas eu l'idée de venir m'en informer plus tôt ?

— Excusez-moi, monsieur Costa, répliqua Della, d'un ton qui n'avait rien de contrit. Je ne savais pas que notre invitée était prisonnière. Je n'avais aucune raison de l'empêcher de faire un tour dehors.

— Elle risque de s'enfuir, déclara-t-il d'un ton glacial. Et elle porte mes enfants. Par conséquent, sa sécurité est de la plus haute importance pour moi, et je tiens à savoir en permanence où elle se trouve.

À sa grande satisfaction, un petit bruit étranglé échappa à Della. Eh bien, il avait fini par la déstabiliser…

— Elle est sortie dans le jardin ?

— Oui, monsieur.

Il pourrait envoyer quelqu'un la chercher, mais ce n'était

pas la bonne solution. Il fallait qu'elle comprenne qu'il ne l'avait pas amenée ici pour qu'elle le défie ouvertement.

Il l'avait amenée dans ce château parce que c'était celle de ses résidences qu'il connaissait le mieux, et dans laquelle il se déplaçait avec le plus d'aisance. Et il avait fallu qu'elle aille dans le seul endroit où il ne mettait jamais les pieds !

Serrant les dents, Rafe gagna le solarium et se dirigea vers les portes-fenêtres. Troisième et quatrième panneau à partir du fond de la pièce… Une fois dehors, il s'immobilisa et écouta. Rien. Juste le bruissement des feuilles.

Elle ne pouvait pas s'être enfuie. C'était impossible. Le village le plus proche se trouvait à des dizaines de kilomètres, et la marche dans la montagne serait très difficile. D'autant plus qu'il avait l'impression qu'elle souffrait de nausées matinales. Elle devait donc être affaiblie.

Sauf qu'elle ignorait à quelle distance se trouvait le village le plus proche. Et quand elle avait échappé aux hommes de son père… Allons bon, voilà qu'il comparait sa situation actuelle à celle dans laquelle elle se trouvait quand son père voulait la marier de force. Non, ça n'avait rien à voir. Il n'était pas comme son père. Il n'avait pas l'intention d'user de contrainte à son égard.

Non, tu vas te contenter de la manipuler.

Réprimant un juron, il avança dans le jardin en balayant le sol devant lui avec sa canne. Celle-ci heurta quelque chose de dur. Une pierre, sans doute…

Il pourrait l'appeler. Elle répondrait peut-être. Si elle n'avait pas décidé de se cacher de lui. Or, c'était sans doute le cas. Non, c'était certainement le cas… Un sentiment d'impuissance mêlé de colère envahit Rafe. Il ne supportait pas ce genre de situation. Il ne supportait pas de ne pas pouvoir s'en sortir tout seul. Malheureusement, il allait être obligé de faire demi-tour pour demander à quelqu'un d'aller la chercher à sa place.

Heureusement, son sens de l'orientation lui permettait toujours de revenir sur ses pas sans s'égarer. Dans sa situation, c'était impératif.

Il s'arrêta un instant pour sentir d'où soufflait la brise. Puis il leva la tête et perçut vaguement une tache plus claire. Le soleil. Il percevait les variations de la lumière. Mais ce n'était pas ça qui allait l'aider à trouver Charlotte…

Au lieu de faire demi-tour, il continua à avancer. Au bout d'un moment, sa canne heurta de nouveau quelque chose de dur. Quelque chose qui était plus gros qu'une pierre… Il en suivit les contours avec sa canne. Un banc. C'était certainement un banc…

— Attention !

La voix de Charlotte. Qui venait de saisir le bout de sa canne pour l'immobiliser.

— Charlotte ?

— Je me suis endormie. Comment… Comment m'as-tu trouvée ?

Il fut tellement soulagé qu'il vacilla sur ses jambes. Dieu merci, elle n'était pas en train d'errer dans la montagne ! Enceinte. Seule.

— Je t'ai repérée à ton odeur, répondit-il d'un ton pince-sans-rire. Tu sais, quand on perd la vue, les autres sens sont aiguisés.

— Je ne te crois pas.

Il haussa une épaule.

— C'est pourtant vrai.

— Non. Je crois que tes autres sens sont aiguisés, mais je ne crois pas que tu as suivi ma piste comme un chien de chasse.

Il entendit comme un reniflement. Était-elle en train de

se sentir ? Il eut envie de pouffer. L'idée était réjouissante, il fallait bien le reconnaître.

— Je ne sens rien, protesta-t-elle.

Faux ! Elle avait une odeur. C'était même à cela qu'il l'avait reconnue au bal. Ce parfum fleuri qu'il n'avait jamais associé qu'à elle.

— Si tu le dis.

— J'avais juste besoin de sortir un peu du château.

— Charlotte, tu ne peux pas quitter le château.

— Je suis désolée, Rafe, mais je quitterai le château si j'en ai envie. Je ne peux pas être retenue prisonnière à l'intérieur.

— Si. Parce que dehors tu risques de te perdre.

Il y eut un bref silence.

— Non, je pense que c'est toi qui risques de te perdre, répliqua-t-elle, beaucoup trop perspicace à son goût.

— Je m'oriente sans problème.

— Mais tu ne connais pas vraiment le jardin. Et ça ne te plaît pas.

— Charlotte…

— Je ne suis pas une *chose* que tu peux manipuler comme tu l'entends, Rafe Costa. Je ne l'ai jamais été. Je ne comprends pas comment tu peux te comporter ainsi avec moi sachant ce que mon père m'a fait.

— Je ne suis pas ton père.

— Tu donnes de plus en plus l'impression d'être de la même étoffe.

— Sauf que si j'étais ton père, je serais en train de réfléchir à un moyen de te punir très sévèrement pour ta rébellion. Il aimait ça. Punir les gens.

Elle laissa échapper un petit rire qui ressemblait à un sanglot.

— Tu crois que je ne le sais pas ? demanda-t-elle d'une voix tremblante. Bien sûr, il n'a jamais commis de violences physiques sur moi. Il ne pouvait pas se le permettre, puisque j'étais destinée à faire un jour ou l'autre un mariage qui serve ses intérêts. Il avait tout intérêt à me garder intacte. Mais il m'a maltraitée d'une autre manière. En me gardant prisonnière. Isolée du monde. Pour me tenir dans la dépendance et me persuader que je serais incapable de me débrouiller seule si l'envie me prenait de m'échapper. Je sais parfaitement quel genre de torture morale mon père était capable d'infliger aux gens.

— Torture physique également, insista Rafe.

Il n'était pas d'humeur à la ménager. Ni à compatir. Il n'était pas son père, et il tenait à ce qu'elle en prenne bien conscience.

— Il avait à son service des hommes engagés spécialement pour torturer quiconque s'opposerait à lui. Pour briser les os des récalcitrants.

Il y eut un long silence.

— Il t'est arrivé de faire ça ?

— Non, mais j'en ai été témoin.

Un bruissement de feuilles. Elle s'agitait. Sans doute réfléchissait-elle à la meilleure façon de formuler sa prochaine question.

— C'est ça que je ne comprends pas, Rafe. Pourquoi n'as-tu jamais rien empêché ? Pourquoi travaillais-tu pour lui ?

— Je n'avais pas le choix. Comme je l'ai déjà dit, l'argent c'est le pouvoir. Ton père m'a évité la prison à Rome alors que j'avais été arrêté pour vol. Mais il ne s'est pas contenté de ça. Il m'a proposé de me payer des études. Et il a payé un logement à ma mère. Nous étions à la rue à l'époque.

— Si nous parlions d'un autre homme, je dirais que c'était extrêmement généreux de sa part. Mais connaissant mon père…

— Il s'achetait un courtisan dévoué. Le fait de tenir le destin de ma mère entre ses mains lui donnait un grand pouvoir sur moi.

— Qu'est-il arrivé à ta mère après que…

— Lorsqu'il m'a cru mort, il aurait pu la jeter à la rue puisqu'elle ne pouvait plus lui servir de moyen de pression. Mais apparemment il avait oublié qu'il payait son loyer. Et une fois que j'ai été suffisamment riche, je l'ai installée dans une maison où elle se trouve très bien.

— Tu la vois ?

Il eut un rire amer.

— Non. Je n'en ai aucune envie. Elle me demande toujours plus d'argent. Il n'y a que ça qui l'intéresse. Et même si je ne lui refuse pas…

— Tu ne parlais jamais d'elle. Autrefois. Tu ne m'as jamais parlé de ta mère.

— Il y a des tas de choses dont je ne t'ai jamais parlé.

— Oui. Et je me demande pourquoi…

— Il est inutile de revenir sur le passé. Parlons plutôt du présent. Il est hors de question que je sois privé de mes enfants, Charlotte.

Se rappelant qu'il avait décidé de l'enjôler, il s'efforça d'adoucir sa voix.

— Tu pourrais être heureuse ici. Avec moi.

— Si c'était vrai, tu ne crois pas que je l'aurais été également dans la tour de mon père ?

Chapitre 8

Rafe l'évita pendant une semaine. Mais peut-être ne l'évitait-il pas. C'était une possibilité.

Mais elle en doutait.

Il tenait beaucoup trop à tout contrôler pour s'en remettre au hasard. S'il avait voulu lui parler, elle l'aurait vu.

Charlotte poussa un profond soupir et se mit à arpenter le solarium, qu'elle en était venue à considérer comme sa pièce. Elle continuait à sortir dans le jardin malgré les avertissements de Rafe. Il la retenait peut-être prisonnière, mais il n'était pas question qu'il lui impose ce qu'elle devait faire ou pas dans sa cage dorée.

Vu l'isolement du château elle ne risquait pas de s'enfuir, et elle n'avait aucune raison de se priver d'air frais.

Aujourd'hui, cependant, il pleuvait et elle se contentait de profiter de la pâle lumière qui entrait par les fenêtres.

Elle poussa un des canapés à travers la pièce pour le placer juste en face de l'une d'elles. Puis elle en fit autant avec la table basse. C'était beaucoup plus agréable de pouvoir s'asseoir juste devant la fenêtre. Elle s'installa confortablement pour contempler la vue.

Au bout d'un moment, elle eut envie d'une tasse de thé. Bien sûr, elle pourrait demander à un membre du personnel de la lui apporter. Tout le monde était très attentionné avec elle. Elle avait même souvent l'impression que Della, la gouvernante, n'approuvait pas qu'il la retienne prisonnière.

Cela lui donnait l'impression d'avoir une alliée, et c'était réconfortant.

Non que Della puisse faire grand-chose pour la délivrer. Elle tenait certainement à son poste. Or, enfreindre les ordres de Rafe lui vaudrait automatiquement d'être renvoyée. Il n'y avait aucun doute là-dessus. Rafe ne dirigeait pas une démocratie mais une dictature.

Cependant, aujourd'hui, elle se sentait étonnamment en forme et elle ne voulait pas qu'on la serve. Elle avait envie de préparer son thé elle-même. Elle avait besoin de s'occuper.

C'était le problème. Être enfermée dans cet endroit lui rappelait beaucoup trop le passé. Et lui laissait beaucoup trop de temps pour ruminer.

Et ses pensées tournaient essentiellement autour de Rafe, bien sûr. Savoir qu'il était devenu presque aussi dur que son père l'emplissait d'une tristesse infinie. Mais il y avait aussi les souvenirs du passé. De l'époque où il lui avait donné le sentiment d'être aimée pour la première fois de sa vie.

C'était à cause de ces souvenirs qu'elle ne parvenait pas à le haïr aujourd'hui. Qu'à chaque fois qu'elle entendait des pas elle ne pouvait s'empêcher d'espérer que c'était lui qui venait la retrouver.

Malheureusement, les mensonges de Josefina, les séquelles de ses blessures, et les années de séparation avaient étouffé l'amour naissant qu'ils avaient partagé autrefois. C'était comme s'ils avaient traversé un hiver interminable. Une période glaciaire. Et le tendre bourgeon de leur amour avait été tué.

Néanmoins, il restait gravé dans sa mémoire. Comme si c'était la seule fleur qu'elle avait jamais vue.

C'était le seul amour qu'elle ait jamais connu.

Alors comment pourrait-elle haïr Rafe ? C'était impossible. Même si c'était sans doute ce qui pourrait lui arriver de mieux.

Elle se rendit dans la cuisine et se fit du thé. Lorsqu'elle regagna le solarium, Rafe venait visiblement d'y entrer et il se dirigeait d'un pas déterminé vers les fenêtres. Elle n'eut pas le temps d'empêcher l'accident. Il se cogna contre la table basse qu'elle avait placée à côté du canapé et tomba sur le sol de marbre en la renversant dans sa chute.

Le cœur de Charlotte fit un bond dans sa poitrine et elle lâcha sa tasse qui se fracassa contre le sol. Comme si elle éprouvait inconsciemment le besoin de casser quelque chose comme il avait cassé la table. Pour qu'il ne soit pas le seul.

C'était absurde. Elle le savait. Mais elle n'était pas en état de raisonner. Elle était trop bouleversée.

Trop perturbée à l'idée qu'elle était la cause de son humiliation. Et qu'il était peut-être blessé.

Il jurait en italien. Elle ne comprenait pas tous les mots, mais l'idée générale ne faisait aucun doute. Et elle restait figée.

Il finit par se relever péniblement, le pantalon déchiré et taché de sang. Une marque rouge indiquait qu'il s'était également cogné la tête.

— Je… Je suis vraiment désolée, bredouilla-t-elle.

— C'est toi qui as déplacé les meubles ? demanda-t-il d'une voix glaciale.

Elle hocha la tête. Puis se rappela qu'il ne voyait pas. Et elle faillit s'effondrer.

— Je n'ai pas réfléchi, dit-elle en s'efforçant de maîtriser le tremblement de sa voix. J'ai déplacé le canapé pour pouvoir m'asseoir plus près de la fenêtre, et ensuite je suis allée à la cuisine pour me faire du thé. Je n'ai pas pensé que tu pourrais venir ici. Ça fait une semaine que nous ne nous sommes pas croisés. Je pensais qu'il y avait très peu de chances que tu viennes dans cette pièce.

C'était faux. Elle n'avait pas pensé du tout. Il ne lui avait pas effleuré l'esprit qu'il était dangereux de modifier la disposition des meubles.

Presque chaque fois qu'elle avait vu Rafe parcourir les couloirs du château, c'était sans sa canne. Ce qui signifiait qu'il connaissait par cœur le plan de ce dernier et l'emplacement de chaque obstacle. Il était donc essentiel pour lui que rien ne change jamais de place.

— Non, ce n'est pas vrai, avoua-t-elle. En réalité, je n'ai pas réfléchi. Je suis désolée.

Il se dirigea vers elle, se guidant au son de sa voix. Elle sentit son estomac se nouer. Le visage déformé par un rictus féroce, il était visiblement fou de rage.

— Rafe…

Il passa un bras autour de sa taille et l'attira contre lui. Il lui prit le menton et la tint ainsi pendant quelques secondes.

Puis il fit descendre ses doigts le long de son cou et les referma sur sa gorge, le pouce contre son pouls qui battait frénétiquement.

— Tu as peur de moi ?

— J'ai peur *pour* toi, répliqua-t-elle d'une voix tremblante.

— Il n'y a aucune raison d'avoir peur pour moi, *cara*. Mais si tu crois vraiment que je suis comme ton père, c'est la peur qui fait battre ton cœur aussi vite.

— Tu n'es pas mon père.

— Tu ne dois jamais rien déplacer ici. Tu n'es pas chez toi, mais chez moi. Tu n'es pas libre de faire ce que tu veux. Tu n'as pas le droit d'aller partout où tu veux.

Ni de toucher tout ce que tu veux. Cet endroit est à moi. À moi seul.

Elle leva une main tremblante et lui caressa la joue en murmurant :

— Je suis désolée.

Chapitre 9

Le cœur de Rafe cognait à grands coups. La blessure la plus cuisante était celle qui venait d'être infligée à son amour-propre. Il ne supportait pas de courir à tout instant le risque de se ridiculiser. D'être aussi dépendant de l'obéissance des gens qui l'entouraient. De se sentir par moments aussi vulnérable qu'un enfant. Ça le mettait dans une fureur noire !

Et Charlotte était « désolée ».

Il serra les dents. Le pire, c'était le désir qui le tenaillait malgré sa colère.

— Si tu veux me prouver que tu es désolée, le mieux serait de te mettre à genoux.

Au lieu de le gifler comme il s'y attendait, elle continua à promener ses doigts sur son visage, comme si c'était un objet fragile dont elle voulait s'assurer qu'il n'avait pas été fêlé.

Bon sang ! Il était tombé du haut d'une tour et s'en était sorti. Ce n'était pas cet incident ridicule qui allait le briser.

Il saisit le poignet de Charlotte pour l'empêcher de le caresser comme s'il était un chiot.

— Ce n'est pas comme ça que tu vas m'apaiser. Tu veux te racheter de ta faute ?

Elle tremblait. De peur ou d'autre chose ? Il n'était pas sûr que la réponse l'intéressait.

— Tu sais que je suis attirée par toi, murmura-t-elle d'une voix rauque. Mais tu veux vraiment que ça se passe comme ça ? Que je t'obéisse parce que tu m'en donnes l'ordre ?

— Oui. Si ça ne te plaît pas tu peux toujours t'en aller. Sinon, je te suggère de me présenter tes excuses en te servant de ta bouche, mais pas pour parler.

Cette fois elle allait partir en courant, songea-t-il. Elle allait fuir sa colère…

Mais elle s'agenouilla devant lui. Presque machinalement, il chercha dans ses cheveux la pince qui les retenait.

— Laisse, dit-elle, je vais le faire moi-même.

Il écarta sa main tout en se demandant pourquoi il s'exécutait. Ce n'était pas à lui de lui obéir. Ce n'était pas lui qui devrait se sentir coupable. C'était elle. Elle méritait d'être punie pour l'humiliation qu'elle lui avait fait subir.

Il avait beau tenter de se convaincre du bien-fondé de son raisonnement, il n'y parvenait pas.

Elle ne toucha pas sa ceinture. Ni sa braguette. Il sentit qu'elle écartait sur la jambe de son pantalon la déchirure provoquée par sa chute au niveau du genou.

— Tu saignes, dit-elle d'une voix douce.

Il sentit son souffle sur l'égratignure. Une sensation à la fois apaisante et excitante.

— Je sais, répliqua-t-il sèchement.

— Tu saignes et c'est ma faute. Je comprends pourquoi tu éprouves le besoin de faire saigner mon cœur.

— Je ne veux pas de ton sang. Je veux ta bouche. Sur moi.

— Et je suis prête à t'exaucer. Mais je suppose que tu préférerais que je n'en aie pas envie. Je suppose que le fait que je sois d'accord annule la punition.

Elle continua à souffler sur son genou, comme s'il était un enfant qu'elle tentait d'apaiser.

Puis tout à coup elle fit remonter sa main le long de sa cuisse et la posa sur sa virilité pleinement éveillée. Elle la caressa à travers le tissu.

— Tu es furieux contre moi, mais ça ne t'empêche pas de me désirer.

— Je n'ai pas demandé de commentaire.

— Non, en effet.

— Ta bouche devrait être occupée.

Elle déboucla sa ceinture et ouvrit sa braguette. Il l'entendit expirer profondément lorsqu'elle referma la main sur sa virilité.

Il donnerait une grande partie de sa fortune pour être capable de la voir en ce moment. Sa longue chevelure blonde enroulée en chignon, les joues sans aucun doute en feu, à cause de la colère sinon du désir. Et sa bouche pulpeuse entrouverte, sur le point de… À cette idée, il fut submergé par une vague de désir qui lui coupa le souffle.

Le contact de sa langue, douce et chaude, lui arracha un grognement étranglé. Quelques instants plus tard sa bouche se referma sur sa virilité, l'enveloppant tout entière dans sa chaleur moite. Une bouche gourmande, qui l'honorait exactement comme il le lui avait appris autrefois. Elle n'avait pas oublié.

Et il n'y avait pas eu d'autres hommes. Aucun. Elle s'était donnée à lui encore vierge, comme elle l'était autrefois.

Elle l'avait attendu. « Elle l'avait attendu ! »

Ce fut le cri de triomphe qui explosa dans l'esprit de Rafe au moment où la bouche de Charlotte le précipita dans un abîme insondable. Un abîme dans lequel il aurait voulu que sa chute vertigineuse se prolonge jusqu'à la fin des temps.

Un moment plus tard, il prit conscience de l'écho de leurs respirations hachées. Aussitôt, il se représenta le tableau qu'ils devaient offrir. Charlotte à genoux devant lui, des éclats de porcelaine éparpillés sur le sol — d'après le bruit qu'il avait entendu, elle avait cassé une tasse — une table renversée. Et lui debout, le pantalon baissé sur les hanches et déchiré au genou.

Un juron faillit lui échapper. Il était censé la séduire. Faire vibrer son corps et son cœur. Et qu'avait-il fait ? Il l'avait accablée de reproches, puis il lui avait ordonné de s'agenouiller pour lui donner du plaisir. Tout ça après l'avoir évitée pendant une semaine.

Belle entreprise de séduction !

Avec elle, il ne contrôlait rien. Il avait élaboré un plan, mais il semblait incapable de l'exécuter. C'était incompréhensible.

Après s'être rajusté, il se baissa, la hissa sur ses pieds et la serra contre lui.

— Rafe…

— As-tu déplacé autre chose ?

— Non…

Il la souleva de terre, quitta la pièce et l'emporta à travers le château. Enfin, il se sentait de nouveau maître de la situation.

Il portait Charlotte. Comme si elle était faible et lui fort. Elle se cramponnait à lui, figée. La peur, sans doute.

Il fallait rectifier le tir. D'une manière ou d'une autre. Il fallait faire en sorte qu'elle ait envie de rester avec lui.

Elle portait ses enfants. Il ne pouvait pas la laisser partir.

Mais il ne deviendrait jamais comme son père.

Jamais.

Il longea le couloir, monta un escalier en spirale en comptant les marches, un exercice machinal, arriva sur le palier sans encombre, prit un autre couloir, s'arrêta devant la porte de sa chambre, l'ouvrit, franchit le seuil et la referma derrière lui d'un coup de pied. Puis il traversa la pièce et déposa Charlotte au pied du lit.

— Tu vois pourquoi il ne faut rien déplacer ?

— Oui, répondit-elle d'une voix à peine audible qui lui serra étrangement le cœur.

— Je ne t'ai pas blessée, j'espère ?

Contre toute attente il était sincère, constata-t-il. Il espérait réellement qu'il ne l'avait pas blessée.

— Ça va.

— Cette distance entre nous, ça ne peut plus durer, dit-il d'une voix rauque.

Il fallait qu'il répare ses erreurs. Et ce n'était pas en discutant qu'il y parviendrait. De toute évidence, il était incapable de trouver les mots qu'il fallait. En revanche, il pouvait lui donner du plaisir. De ce côté-là, il n'avait aucun problème.

De même qu'il n'avait pas besoin de voir pour se repérer dans le château, il n'avait pas besoin de voir pour honorer le corps de Charlotte. Celui-ci restait gravé dans sa mémoire. Elle était la dernière femme qu'il avait vue nue, après tout. Il ne l'oublierait jamais. Mais même s'il avait vu un millier de femmes nues après elle, il en garderait sans doute quand même un souvenir aussi précis.

— Comment sont tes dessous, aujourd'hui ?

— Ordinaires.

— Dommage. Mais dans ce cas, les enlever pour moi ne te coûtera pas trop.

— Ai-je dit que je les enlèverai pour toi ?

Une question qu'il méritait sans doute, songea-t-il.

— Tu veux bien ?

— Pourquoi ? demanda Charlotte après une brève hésitation.

— Il me semble que c'est évident, non ?

— Tu veux coucher avec moi, bien sûr. Ça, j'ai compris. Mais je veux savoir pourquoi. Est-ce uniquement pour ta satisfaction personnelle ou bien y a-t-il autre chose ?

Parce que je n'ai plus envie qu'on se serve de moi, Rafe. J'aimerais être sûre que si tu veux coucher avec moi ce n'est pas pour me manipuler.

Il resta impassible. Nier qu'il cherchait à la manipuler serait lui mentir. Mais après tout, il ne s'était jamais considéré comme un modèle d'intégrité. Pourquoi ne lui dirait-il pas ce qu'elle avait envie d'entendre ? Pourquoi ne lui mentirait-il pas si ça la rendait heureuse ?

— À l'instant, dans le solarium, j'ai eu un comportement très égoïste. Je n'ai pensé qu'à mon propre plaisir. Et plus encore à mon ego. Parce que pour un homme comme moi, ce genre d'incident est très humiliant. Mais maintenant que j'ai retrouvé ma lucidité, je veux te rendre le plaisir que tu m'as donné.

— Ton genou est très abîmé. Tu vas te faire mal.

— Ça m'est égal.

Il la souleva, l'allongea sur le lit, puis la rejoignit. Le frottement de l'édredon contre sa plaie lui arracha une grimace.

— Je te l'avais dit, commenta-t-elle d'une voix douce.

Elle effleura sa joue, fit descendre ses doigts le long de son cou et les posa sur la petite veine qui battait frénétiquement.

— Ton pouls est très rapide.

— Parce que j'ai envie de toi.

Il roula sur le dos et l'installa à califourchon sur lui.

— Si mon genou te préoccupe à ce point, il y a toujours cette solution.

Il la sentit bouger et tendit l'oreille. Elle enlevait son chemisier… Son soutien-gorge… Il posa les mains sur ses hanches et sentit la ceinture de son jean.

— Tenue très décontractée pour un château.

— C'est vrai. J'ai les robes qui ont été commandées pour moi, mais aujourd'hui il fait très froid.

— J'aimerais que tu portes une robe pour moi.

— Vraiment ?

Il perçut un sourire dans la voix de Charlotte.

— Oui. Pour pouvoir la retrousser et te prendre comme ça, sans te l'enlever.

— Je ne savais pas que tu avais ce genre de fantasme.

— Et moi je ne savais pas que tu étais aussi bavarde.

Elle pouffa.

— Je devrais être offensée par cette réflexion.

— Mais tu ne l'es pas. Parce que tu es trop excitée. Tu as trop envie de moi pour m'en vouloir.

— Tu es d'une arrogance incroyable, rétorqua-t-elle.

Mais elle ondula des hanches, lui prouvant qu'il avait raison.

— Oui. Très arrogant. Mais ne crois-tu pas que mon amour-propre a suffisamment souffert au cours de ma vie et qu'il est temps de le soigner ?

Elle déposa un baiser au coin de ses lèvres.

— Si.

Elle s'écarta de lui et il devina qu'elle se tortillait sur le lit. Elle enlevait son pantalon… Dans la foulée elle le débarrassa du sien, puis elle déboutonna sa chemise. Quelques instants plus tard, ils étaient nus tous les deux et elle avait repris sa place, à califourchon sur lui.

Il caressa ses hanches, savourant le contraste entre leur rondeur et la finesse de sa taille. Il remonta lentement jusqu'à ses seins, qu'il soupesa tout en effleurant leurs pointes dressées du bout du pouce.

Le gémissement qu'elle laissa échapper l'emplit d'une joie indicible. C'était comme un baptême. Comme s'il était lavé de toute la souffrance accumulée dans le passé. De la colère qui l'avait consumé dans le solarium. De la colère qui l'avait consumé pendant des années.

Il quitta ses seins, referma les mains sur ses hanches

et la souleva légèrement. Elle poussa un nouveau gémissement au contact de sa virilité dure comme la pierre contre sa fleur ruisselante. Creusant les reins et baissant peu à peu le bassin, elle le prit en elle avec une lenteur presque insoutenable qui attisa encore son désir. Elle se pencha sur lui et appuya son front contre le sien tout en ondulant des hanches. Sa bouche à quelques millimètres de la sienne, il sentait son souffle chaud sur ses lèvres tandis que des dizaines de petites flèches de plaisir le transperçaient.

Incapable de rester passif une seconde de plus, il resserra les doigts sur hanches et accéléra le rythme de leur danse lascive. Elle s'agrippa à lui avec des gémissements étranglés, enfonçant les ongles dans ses épaules.

— Dis-moi que tu as envie de moi, intima-t-il d'une voix rauque. Dis-moi que c'est bon.

— Oui, c'est bon…

Il donnerait n'importe quoi pour voir le désir altérer ses traits. Pour voir ses lèvres s'entrouvrir sur ses gémissements.

Mais vouloir l'impossible ne servait à rien. Mieux valait se concentrer sur la texture de sa peau. Ses gémissements plus ou moins aigus. Sa respiration plus ou moins rapide. Son parfum familier mêlé de l'odeur du sexe. La morsure de ses ongles. Il ne verrait jamais les marques sur ses épaules, mais il imaginait leur forme, leur profondeur.

Il glissa la main entre Charlotte et lui, trouva le point le plus sensible de sa féminité et le stimula jusqu'à ce que le plaisir la submerge.

Mais pas question d'en rester là… Sans plus se soucier de son genou, il la fit rouler sur le dos, se retira d'elle, puis s'enfonça de nouveau dans sa chaleur moite avec une lenteur infinie. Il parsema son cou de baisers, puis ses lèvres tracèrent un sillon humide jusqu'à un de ses seins. Elles se refermèrent sur sa pointe, qu'il aspira goulûment.

Il la suça, la lécha et la mordilla tour à tour, éperonné par ses petits cris extatiques.

De la lumière dansait sous ses paupières. Charlotte lui rendait la lumière et celle-ci éclairait son âme. Perçant l'obscurité qui y régnait depuis des années.

Le plaisir menaçait de le balayer d'un instant à l'autre, mais il voulait y sombrer avec elle.

— S'il te plaît, supplia-t-il d'une voix hachée. Jouis pour moi… avec moi…

Elle se tendit sous lui en poussant un cri rauque et ce fut elle qui l'entraîna dans un tourbillon irrésistible. Jamais il n'avait éprouvé de sensations aussi intenses. Si intenses qu'elles en devenaient presque douloureuses…

Lorsqu'il reprit ses esprits, il eut l'impression d'avoir perdu une part essentielle de lui-même pour la remplacer par une autre part tout aussi vitale. Que lui arrivait-il ? Jamais il n'avait éprouvé un sentiment aussi étrange. Un mélange extraordinaire d'abandon et de plénitude.

Charlotte se blottit contre lui, son corps doux et chaud contre le sien. Il savait qu'il était tôt dans la journée. Et pourtant il avait très envie de rester au lit. De laisser la torpeur l'envahir. De tenir Charlotte contre lui.

D'oublier le contrôle drastique qu'il était obligé d'exercer sur son univers. Au moins pendant quelques heures.

La routine était devenue primordiale pour lui au cours des dernières années. Il avait été obligé de conditionner son horloge interne afin de ne pas se coucher et se lever à n'importe quelle heure, puisqu'il n'avait pas le repère de la lumière du jour. Il utilisait des réveils et des minuteurs, mais il s'était également soumis à un entraînement qui lui permettait de garder en permanence la notion du temps.

Mais à cet instant, il se moquait de la perdre. Savourer pleinement la présence de Charlotte blottie tout contre lui était beaucoup plus important.

Lorsque Charlotte se réveilla l'après-midi touchait à sa fin et elle fut surprise d'avoir dormi aussi longtemps. Mais le plus incroyable était la présence de Rafe à côté d'elle, profondément endormi.

Elle se leva avec précaution et ramassa ses vêtements. Elle se sentait hypersensible et avait besoin de prendre un peut de distance pour s'éclaircir les idées. Bien sûr, étant donné ce qui s'était passé entre eux, il risquait de ne pas très bien le prendre.

Mais s'il envoyait quelqu'un la chercher elle irait le retrouver. Elle avait juste besoin d'un peu de temps. Elle avait besoin de… quelque chose.

— *De ne pas tomber amoureuse de lui ?* se demanda-t-elle en s'éloignant dans le couloir le plus silencieusement possible.

Oui, elle apprécierait vraiment de ne pas tomber — ou plutôt retomber — amoureuse de lui. Parce que Rafe, tel qu'il était devenu, ne semblait pas le genre d'homme qui comprenait l'amour.

La façon dont il s'était comporté avec elle dans le solarium…

Elle devrait lui en vouloir. Sauf que, pour lui en vouloir, il faudrait qu'elle parvienne à se convaincre qu'elle avait agi sous la contrainte. Or, elle avait agi de son plein gré. Il lui avait laissé le choix de s'en aller, mais elle avait choisi de le défier. Elle avait décidé de lui prouver que sa punition n'en était pas une puisqu'elle s'y soumettait avec plaisir.

Et ensuite… Ce qui s'était passé dans sa chambre l'avait profondément bouleversée.

Elle se rendit dans le solarium. Tout avait été nettoyé et le canapé avait retrouvé sa place habituelle. Il n'y avait plus de traces du chaos qu'elle avait semé…

Elle se figea. Comment avait-elle pu s'enfuir comme une

voleuse et le laisser seul dans son lit après ce qu'il avait subi à cause d'elle ? Elle quitta le solarium et se rendit dans la cuisine. Comme elle l'espérait, elle y trouva Della.

— Della, avez-vous une trousse à pharmacie ?

— Oui.

— J'en ai besoin. Pour M. Costa. Il s'est blessé tout à l'heure. Parce que j'ai stupidement déplacé les meubles.

— Je vais vous donner ça. Mais vous ne voulez pas que je m'occupe de lui ?

— Merci, mais j'estime que c'est à moi de le faire.

— Si je peux me permettre, je pense que c'est une bonne chose pour M. Costa de rencontrer de temps en temps une certaine résistance.

— Peut-être, mais je trouve qu'il s'est déjà heurté à suffisamment de difficultés au cours de sa vie, répliqua Charlotte, le cœur serré.

Della haussa les épaules.

— C'est un point de vue. Attendez-moi ici.

Chapitre 10

Lorsque Rafe se réveilla, il sentit des mains douces sur sa jambe.

— Qu'est-ce que… ?

— Je te mets un pansement.

Charlotte, bien sûr. Il l'avait reconnue avant même qu'elle lui parle…

— Ne t'énerve pas, ajouta-t-elle.

— Pourquoi crains-tu que je m'énerve ?

— Parce que j'ai pu constater que tu te mettais souvent en colère, Rafe Costa.

Il sentit quelque chose de frais sur sa peau. Un désinfectant, sans doute. Elle le soignait. Il aimerait être furieux contre elle. Lui en vouloir de faire preuve de sollicitude à son égard.

Mais comment se mettre en colère quand il sentait ses mains sur sa peau ?

— Il faut savoir se montrer au moins aussi dur que la vie, tu ne crois pas ? demanda-t-il.

— Non. Je ne crois pas.

— Pourquoi ?

— Parce que. Je ne vois pas l'intérêt. Il n'y a aucune satisfaction à faire preuve de dureté. J'ai vécu longtemps dans des conditions très pénibles, mais je ne suis jamais devenue dure. Même si j'avais de plus en plus de mal à supporter l'isolement. Ce n'est pas une vie. J'aspire vraiment à autre chose aujourd'hui.

— Et tu estimes que ce que je t'offre aujourd'hui ce n'est pas une vie non plus ? Mon château n'est pas assez bien pour toi ?

Charlotte poussa un profond soupir, puis il sentit qu'elle appliquait un pansement sur sa jambe.

— J'ai grandi dans un endroit luxueux et ça n'a pas suffi à me rendre heureuse. Nous avons déjà discuté de ça.

— Oui. Tu m'as dit que ta vie ici te rappelait l'époque où tu étais chez ton père. Mais j'estime que ça n'a rien à voir. Je ne t'ai jamais mise en péril.

À sa grande surprise, Rafe sentit une main se poser sur sa joue.

— Mais ce n'est pas la liberté, n'est-ce pas ?

— Et que ferais-tu de la liberté, *cara mia* ?

— Je ne te priverai jamais de tes enfants. Il va bien falloir que tu me fasses confiance sur ce point.

— Faire confiance n'est pas facile pour moi.

— Pourquoi ?

Charlotte ôta sa main de la joue de Rafe et continua à s'occuper de son genou.

— Nous avons vécu dans la misère, ma mère et moi, après avoir été jetés à la rue par mon père.

Il la sentit tressaillir.

— Pardon ?

— Mon père nous a jetés dehors. Quand sa femme est revenue.

Il y eut un silence. Elle semblait avoir des gestes très sûrs. À qui avait-elle déjà fait un bandage ? Un autre homme ? Il le tuerait. Des enfants ? L'imaginer avec des enfants était… troublant. Si troublant que c'était presque insupportable.

— Je ne savais pas du tout, finit-elle par dire d'une voix douce.

— Non. Parce que je ne t'en ai jamais parlé.

— Tu aurais dû. De quoi parlions-nous il y a cinq ans, Rafe ? Comment se fait-il que nous nous connaissions si peu ?

— Nous étions aveuglés par le désir.

Il pouffa.

— Et maintenant, je suis juste aveugle.

— Je sens encore une bonne dose de désir dans l'air, plaisanta-t-elle d'un ton malicieux.

Il tendit la main vers son visage, la posa sur sa joue et caressa sa pommette du bout du pouce.

— Mais tu me parlais de ton père.

Il retira sa main.

— Le désir est un sujet plus intéressant.

— Mais c'est à cause de lui que nous ne nous connaissons pas.

— Mon père était riche. Et marié. Il avait une maison à Rome. Dans laquelle j'ai vécu jusqu'à quatre ans. Il n'était pas souvent là, et j'avais la maison pour moi. J'étais le maître des lieux, en quelque sorte. Mais un jour il est arrivé et il nous a annoncé que sa famille allait emménager. Ce qui signifiait que nous devions partir.

— Il vous a juste mis à la porte sans… prendre de dispositions pour subvenir à vos besoins ?

Rafe changea de position. Ce sujet le mettait mal à l'aise. Il n'aimait pas penser à ça.

— Il n'était pas… très présent dans ma vie. Même quand j'habitais chez lui. J'étais élevé avant tout par des nurses et je m'en portais très bien. Mais… j'aimais la maison. Elle était belle. Et pleine de beaux objets. J'aimais les regarder. J'étais particulièrement fasciné par un gros poisson en verre carnaval. Un véritable arc-en-ciel chatoyant.

Rafe réprima un soupir. L'image de ce bibelot resterait gravée à tout jamais dans sa mémoire. Un gros poisson bleu avec des reflets mauves et verts…

— Quand nous sommes partis je n'ai pas demandé à emporter des jouets. La seule chose que je voulais, c'était ce fichu poisson.

— Oh ! Rafe…

— Mon père l'a pris sur la table basse et me l'a tendu. Au moment où j'allais le prendre, il l'a lâché. Le poisson s'est fracassé sur le sol de marbre. Réduit en miettes. En mille morceaux. Bleus, mauves et verts…

Rafe crispa la mâchoire. Lui aussi il avait été réduit en miettes ce jour-là. Un petit garçon, brisé par l'homme sans cœur qui l'avait engendré.

— Rafe… Comment a-t-il pu… ?

— Tu me demandes comment un père peut être aussi cruel avec son enfant ? Ton père a essayé de te marier de force parce que ça servait ses intérêts.

— Je sais. Le fait que ce genre de chose me surprend encore en dit sans doute long à mon sujet.

— Ça signifie tout simplement que tu es bien meilleure que la plupart des gens, déclara-t-il d'une voix rauque. Et que nos enfants ont de la chance.

Il fit de son mieux pour ne pas penser à la maison de son père. Il en gardait un souvenir extrêmement précis. Or, les images du passé avaient tendance à être encore plus envahissantes depuis que les images du présent lui étaient inaccessibles… Il revoyait le sol de marbre, les épais tapis sur lesquels il aimait s'asseoir en tailleur. Le grand lit en travers duquel il s'étalait, heureux comme un roi.

Jusqu'au jour où…

Le beau poisson en mille morceaux. Plus un seul jouet. La rue. La faim…

Il chassa ces souvenirs de son esprit.

Ses enfants ne manqueraient jamais de rien. Aujourd'hui il avait l'argent et le pouvoir nécessaires pour leur assurer une vie aisée. Et, bien sûr, il n'userait jamais de son pouvoir pour leur nuire. Ni pour nuire à quiconque était sous sa responsabilité.

Mais Charlotte n'était-elle pas sous sa responsabilité ? Et ne la retenait-il pas auprès de lui contre son gré ?

— Tu ne me quitteras pas, décréta-t-il d'un ton impérieux, au lieu d'essayer de prononcer des paroles conciliantes, comme il en avait l'intention.

— Rafe, je ne sais pas ce que je veux faire de ma vie. Tout ça… Les jumeaux… Des jumeaux, Rafe ! Je… Pour l'instant, je n'arrive pas à penser à autre chose. Pour l'instant, je suis bien ici. Je suis au calme. J'ai un peu l'impression que le temps est immobile et ce n'est pas désagréable. Mais de toute façon, une chose est certaine. Je ne te priverai jamais de tes enfants. Je te le promets.

— Et toi ?

En principe il n'avait aucune raison de poser cette question, songea-t-il aussitôt. En principe, il ne devrait se préoccuper que des enfants. Et pourtant, la garder auprès de lui semblait tout aussi important.

— Je… Je resterai. Pour les bébés, précisa-t-elle aussitôt.

Peu importait. L'essentiel était qu'elle avait promis de rester.

— Mon ami, le prince Felipe, organise une soirée la semaine prochaine.

— Pardon ?

— Je n'ai pas été clair ?

— Si. Mais c'est un changement de sujet abrupt.

— Pas du tout.

Il s'assit dans le lit.

— Tu viens de me promettre de rester avec moi. Je n'ai donc aucune raison de te garder enfermée ici. Ce qui signifie que nous pouvons aller au vernissage de la femme de Felipe.

— Oh ! c'est très généreux de ta part ! commenta Charlotte avec sérieux.

Il réprima une moue de dérision. Impossible de ne pas percevoir l'ironie de ce commentaire…

— Je ne prétends pas être généreux. Je t'informe du changement de programme.

— C'est ton ami qui possède lui aussi un château ? À cause duquel tu as acheté le tien ?

— Oui. Mon autre ami propriétaire de château, Adam, sera là également.

— Je suis très excitée à l'idée de rencontrer tes amis. En fait, je suis très excitée à l'idée que tu as des amis.

Avec un grognement, il la saisit par le bras et la renversa sur le lit.

— Je suis charmant.

— Et je ne suis pas insensible à ton charme. Sinon je ne serais pas ici.

Il s'empara de sa bouche au moment où elle pouffait. Parfait. Il avait enfin atteint son objectif. Elle avait promis de rester.

Il s'efforça d'ignorer la petite boule qui se formait dans son estomac. De ne pas penser aux promesses qu'il avait entendues quand il était enfant. « Ce soir tu dormiras au chaud. » « Tu seras en sécurité. » « Tu auras toujours un toit au-dessus de la tête. »

Il ignora ces promesses non tenues et resserra ses bras autour de Charlotte.

Le problème était que le passé était évocateur d'une foule d'images, alors que le présent était plongé dans le noir.

Mais au moins, Charlotte était là. Dans ses bras.

Chapitre 11

— Rafe, t'arrive-t-il souvent d'emmener des femmes à des soirées ? demanda Charlotte un soir pendant le dîner.

Il arqua un sourcil.

— Jamais.

— Tu crois que ma présence risque de faire sensation ?

— Oh ! sans aucun doute ! répondit-il d'un ton léger.

— Est-ce que ma grossesse est un secret ?

Il haussa les épaules.

— Pourquoi en serait-elle un ?

Elle réprima un soupir impatient. Par moments, il fallait lui arracher les informations. Il planifiait tout mais il semblait enclin à oublier de faire part de ses projets aux personnes concernées.

— Je n'en ai aucune idée, répondit-elle d'un ton pince-sans-rire.

— Ce n'est pas un secret.

— Comment vas-tu me présenter ?

Il poussa un soupir et but une gorgée de vin.

— Comme Charlotte Adair, je suppose.

— D'accord. Mais comment se fait-il que tu n'as jamais emmené de femmes dans des soirées ?

— Parce que je n'ai pas fréquenté d'autre femme que toi depuis mon accident.

Charlotte resta sans voix. D'accord, il avait répondu

à toutes ses questions avec la même désinvolture. Mais cette information était si incroyable ! Et elle soulevait une foule de questions. Jamais elle n'aurait pu imaginer que Rafe n'avait eu aucune maîtresse au cours des cinq dernières années. Certes, il lui avait dit qu'elle était la dernière femme qu'il avait vue nue. Mais étant donné la date de son accident, c'était logique. Elle n'en avait pas conclu un seul instant qu'elle était la dernière femme qu'il avait tenue dans ses bras nue.

— Tu n'as eu aucune aventure ?

— Toi non plus, rétorqua-t-il.

— Non, en effet.

Mais elle, elle était éperdument amoureuse de lui, autrefois. Et pendant cinq ans elle avait cru qu'il l'avait abandonnée. Comment aurait-elle pu imaginer qu'il n'avait pas tourné la page ? D'autant plus que, dans la presse, beaucoup de femmes parlaient de lui. Bien sûr, aucune ne se vantait d'avoir été sa maîtresse, mais leurs propos enthousiastes le suggéraient.

— J'aurais pensé…

— J'aime rester maître de la situation dans toutes les circonstances. Pour coucher avec une femme il faut que je la connaisse très bien.

— Quand nous nous sommes retrouvés au bal, il y a plusieurs semaines, tu ne me connaissais pas. Je veux dire, tu ne me connaissais pas vraiment…

— Je pensais que conclure enfin ce qui avait commencé entre nous autrefois m'apporterait peut-être un certain apaisement.

— Et tu es apaisé ?

— Pas du tout.

Charlotte baissa les yeux sur son assiette. Il fallait changer de sujet. Il était trop personnel et trop douloureux. Rafe ne lui avait pas dit ce qu'elle avait envie d'entendre.

Qu'il n'avait eu aucune aventure pendant ces cinq ans parce qu'il ne pensait qu'à elle.

Mais bien sûr, la raison qu'il lui avait donnée était beaucoup plus vraisemblable.

— Serons-nous censés danser ensemble à cette soirée ? demanda-t-elle.

— Sans doute. Mais je n'ai pas l'habitude de faire ce qu'on attend de moi.

— Tu aimerais ?

— Quoi donc ?

— Que nous dansions. Tu tiens à garder le contrôle de la situation en toutes circonstances. Je l'ai bien compris, puisque c'est le thème central de la plupart de nos conversations. Si tu ne danses pas à cette soirée, je suppose que les gens comprendront pourquoi. Mais si tu danses…

— Tu me suggères de surprendre tout le monde ?

— Tu viens pour la première fois à une soirée en compagnie d'une femme. Une femme qui se trouve être enceinte de toi. Quant à offrir de l'inattendu au public, autant y aller carrément, non ? Ce serait une triple surprise.

Oui, elle avait envie de danser avec lui. Il fallait bien le reconnaître. Elle avait envie de sortir avec lui. De se montrer en public avec lui. D'arrêter de se cacher. Il y avait si longtemps qu'elle vivait cachée…

Si son avenir était lié à celui de Rafe, ce qui était le cas, elle voulait… Elle voulait que cet avenir soit radieux. Vécu au grand jour. Elle voulait que son amant la serre dans ses bras sur la piste de danse. Qu'ils s'affichent ensemble aux yeux du monde entier sans craindre les pires représailles.

Oui, son vœu le plus cher était de vivre enfin pleinement. Et que le monde entier en soit témoin.

— À moins que tu craignes que ce soit trop compliqué, ajouta-t-elle pour l'aiguillonner. On arrive à tout en s'exerçant un peu. Parfois, j'ai besoin de m'exercer un peu plus que d'autres, mais je n'ai pas peur de faire des efforts.

— Dans ce cas, je pense que nous devrions commencer à nous exercer dès maintenant.

Ils finirent de dîner, puis Charlotte suggéra d'aller dans le solarium.

— Je vais de nouveau pousser les meubles contre les fenêtres. Mais je laisserai des instructions à Della pour que tout soit remis à sa place dès demain matin.

— Parfait, approuva Rafe.

— Mais je n'ai pas de musique, dit-elle en lui prenant la main.

Il esquissa un sourire et elle eut envie de l'embrasser.

— Mais tu sais danser ?

— Eh bien, pour être franche, je n'ai jamais dansé avec personne. Mais je pensais que toi tu saurais peut-être ? Puisque tu es allé dans une école privée.

Rafe plissa le front.

— Ton père m'a payé une école privée et pas à toi ?

— J'ai eu des précepteurs. Il estimait qu'il pourrait avoir du mal à me marier selon ses intérêts si je n'avais aucune instruction. Mais bien sûr, il ne voulait pas que je sois trop instruite non plus. Parce que beaucoup d'hommes n'aiment pas ça.

— Ton père a vraiment fait des ravages immenses et de mille façons, n'est-ce pas ?

— Je crois qu'on peut dire que c'est toi qui as le plus souffert de sa cruauté.

— Je n'en suis pas certain. Il s'est servi de moi. Il a exercé des pressions sur moi. Mais il m'a donné beaucoup plus de liberté qu'il ne t'en a jamais laissé. Je pense que d'une certaine manière il me considérait comme son fils. Mais étant donné qu'il était capable d'en vouloir à la vie de sa fille biologique, ça ne veut pas dire grand-chose.

Le cœur serré, Charlotte s'efforça de prendre un ton léger.

— Tu sais danser ?

— Oui.

Rafe eut un petit sourire contrit.

— Mais ça fait au moins treize ans que ça ne m'est pas arrivé. Et je n'ai jamais été un champion.

— Peut-être que c'est comme le vélo.

Il pouffa.

— Il y a également très longtemps que je n'ai pas fait de vélo.

— Nous pouvons toujours essayer.

Lorsqu'elle eut écarté les meubles, ils commencèrent à danser. Rafe conduisait avec assurance. Il n'y avait pas de musique et leurs pas ne ressemblaient peut-être à rien, mais Charlotte s'en moquait.

Il n'y avait pas de musique, ni aucun autre bruit. Non seulement on n'entendait rien, mais Rafe ne voyait rien. À cette pensée, Charlotte ferma les yeux. Pour être comme lui. Elle s'en remit à lui et se laissa entraîner dans cette danse silencieuse pendant laquelle elle avait l'impression que ses pieds ne touchaient même plus terre. Accrochée à Rafe tandis qu'ils tourbillonnaient, elle avait le corps en feu. Et le cœur gonflé d'une émotion indicible.

Et lorsqu'ils arrêtèrent de danser, lorsqu'ils s'immobilisèrent dans les bras l'un de l'autre, le souffle court et le cœur battant, elle dut se rendre à l'évidence. Cette émotion qui menaçait de faire exploser son cœur avait un nom bien précis.

L'amour.

Elle aimait Rafe Costa. Et, vraisemblablement, elle n'avait jamais cessé de l'aimer. Même quand elle croyait qu'il l'avait abandonnée. Elle l'aimait depuis toujours. Le simple fait qu'elle n'ait jamais pu se résoudre à se couper les cheveux était la preuve de son amour pour lui. Mais il y en avait une autre. Depuis qu'ils s'étaient retrouvés, elle n'avait jamais pu se résoudre à les détacher pour lui.

Parce que c'était un symbole de tout ce qu'ils avaient été l'un pour l'autre autrefois. Parce qu'elle n'avait jamais détaché ses cheveux que pour lui. Comme un cadeau.

— Je pense que ça ira, murmura-t-elle.

— Ce sera peut-être plus compliqué quand il y aura d'autres gens sur la piste.

Bien sûr. Elle n'avait pas pensé à ça… Si elle avait pu fermer les yeux, c'était parce que la salle était vide.

— Tu conduiras, je te suivrai, et tous les autres n'auront qu'à s'écarter, déclara-t-elle.

Rafe sourit et elle eut le sentiment d'avoir gagné quelque chose d'infiniment précieux. D'avoir retrouvé quelque chose qu'elle croyait perdu à jamais.

Pendant toutes les années où elle s'était cachée, elle n'avait jamais imaginé qu'un jour elle retrouverait Rafe. Et encore moins qu'ils auraient des enfants ensemble. Qu'ils se soient retrouvés était un miracle. Peut-être y aurait-il un second miracle. Peut-être arriveraient-ils à être heureux. Rafe apprendrait peut-être la confiance. Il apprendrait peut-être l'amour.

C'était improbable, bien sûr. Elle en avait conscience. Mais après tout, ce n'était pas plus improbable que leur danse dans le noir.

— Rafe, je suis prête à aller me coucher.

Chapitre 12

Rafe n'avait jamais aimé les grandes réceptions. Il ne s'y était jamais senti à sa place. À l'école privée où il avait connu ses deux amis, il faisait partie des rares élèves qui n'étaient pas nobles. Certes, il y avait quelques nouveaux riches appartenant à la bourgeoisie, mais la plupart des élèves étaient des aristocrates. Des princes, comme Adam et Felipe, ainsi qu'un grand nombre occupant une place moins élevée dans la hiérarchie nobiliaire. Ducs, marquis, comtes et autres.

À sa connaissance, il était le seul à sortir du ruisseau. Et il avait toujours eu conscience que ce n'était pas à son mérite qu'il devait sa présence dans cet établissement prestigieux.

Non, il n'avait rien fait d'exceptionnel pour se retrouver là. Rien du tout. En fait, il avait commis un délit, et il avait été admis sur recommandation d'un seigneur du crime. Il avait donc toujours évité de s'étendre sur le milieu dont il était issu.

Aujourd'hui encore, malgré l'argent et le pouvoir qui étaient les siens, il était conscient de sa différence. Il y aurait toujours quelque chose qui le distinguerait des autres. Autrefois c'étaient ses origines, et aujourd'hui c'était sa cécité.

Ce genre de soirée ne lui avait donc jamais plu, mais aujourd'hui il était obligé d'y participer encore plus souvent qu'avant à cause de sa position sociale. Et parce que Felipe n'admettait pas qu'on refuse ses invitations.

Au moins, ce soir Charlotte était à son côté.

Ils montèrent main dans la main les marches du musée et traversèrent le hall avant de pénétrer dans la première salle. Elle se pencha vers lui et lui murmura à l'oreille :

— Nous sommes dans une salle immense et il y a un monde fou. Mais ça, tu t'en rends sûrement compte à cause du bruit.

— Oui, répondit-il en resserrant les doigts sur sa main d'un côté et sur sa canne de l'autre.

Il parvenait également plus ou moins à évaluer la taille d'une pièce en fonction de la qualité du son.

— Il y a quelques tables, et des serveurs qui circulent avec des plateaux chargés de verres ou de canapés. Il y a quelques sculptures. La plupart sont des statues représentant des êtres humains. Je suppose qu'elles appartiennent à l'art classique du pays. Ton ami a dit que celui-ci faisait partie de l'exposition, n'est-ce pas ?

— Oui. Sa femme, Briar, est passionnée d'art. Après leur mariage, elle a été chargée de faire revivre l'art du pays. Elle a retrouvé dans des caves et des greniers de manoirs et d'anciennes universités de nombreuses œuvres longtemps considérées comme détruites. Et aujourd'hui, elle expose également pour la première fois ses propres œuvres.

— Fantastique, commenta Charlotte avec un étrange pincement au cœur.

De la jalousie ? De l'envie ? C'était plutôt mesquin de sa part, se dit-elle aussitôt. Mais qu'une jeune femme accomplisse un travail aussi important pour son pays adoptif, elle trouvait ça admirable. Et oui, il fallait le reconnaître, elle ne pouvait s'empêcher d'envier la jeune femme en question. Sa propre vie s'était limitée pendant si longtemps à une simple lutte pour la survie…

— Ça doit être une femme extraordinaire, ajouta-t-elle.

— Oui. Il se trouve qu'elle est également princesse d'un autre pays.

— Vraiment ?

Sans doute la fille d'un autre seigneur du crime, songea-t-elle. Ce qui était beaucoup moins admirable que le travail qu'elle accomplissait.

Elle vit à l'autre bout de la salle un couple d'une beauté saisissante. Un homme grand et athlétique, aux cheveux noirs coiffés en arrière, vêtu d'un costume noir. Et une petite femme aux cheveux bouclés, vêtue d'une robe longue dorée qui mettait en valeur son teint mat.

— À l'autre bout de la salle, en face de nous légèrement à droite, il y a un homme très séduisant. Grand. Cheveux noirs. Souriant. En compagnie d'une femme extrêmement belle, vêtue d'une robe dorée.

— Sûrement Felipe et Briar. Felipe attire irrésistiblement le regard des femmes.

— Mon regard est attiré, en effet.

— Je n'ai bien sûr jamais vu sa femme, mais il ne la quitte jamais. C'est donc sans doute celle qui se trouve avec lui.

— Ils viennent d'être rejoints par un autre couple. Mais l'homme est moins beau. Il est… Il a des cicatrices impressionnantes. La femme est enceinte.

— Le prince Adam Katsaros. Sûrement en compagnie de sa femme, Belle. Adam a eu un grave accident il y a quelques années. C'est un point commun entre nous trois. Felipe est le seul à s'en être sorti indemne. Même si je soupçonne que cela ne concerne que les dommages corporels. Cependant, quelles que soient ses blessures, je pense que sa femme les a considérablement apaisées.

Ce commentaire réconforta Charlotte. Si Rafe reconnaissait que l'amour avait eu un effet salvateur sur ses amis, peut-être admettrait-il un jour qu'il pouvait en être de même pour lui. Peut-être. En tout cas, tout espoir n'était pas perdu.

— Tu crois que nous devrions aller leur parler ? demanda-t-elle.

Il pouffa.

— Si nous n'y allons pas, Felipe fera un scandale.

— Eh bien, nous ne voulons pas causer de scandale. Du moins pas avant d'y être prêts.

Rafe éclata de rire, à la grande joie de Charlotte. Oui, il y avait de l'espoir. Elle était même peut-être plus près du but qu'elle ne l'avait cru jusque-là.

Elle prit le bras de Rafe et ils rejoignirent ses amis.

Adam ne montra rien de ses sentiments, alors que Felipe les considéra avec un intérêt non dissimulé. Leurs épouses respectives les accueillirent avec de larges sourires.

Pendant les présentations, Charlotte eut du vague à l'âme. Elle aimerait tellement former un couple normal avec Rafe ! Un vrai couple comme ceux de ses deux amis.

— Seriez-vous la pièce manquante du puzzle ? demanda Felipe.

— Le puzzle ? répéta-t-elle avec perplexité.

— Le puzzle que constitue Rafe. Il a toujours été incroyablement discret sur certains aspects de son passé. De l'époque où nous n'avons eu aucun contact avec lui après la fin de l'école. J'ai toujours pensé qu'il y avait une femme dans l'histoire. Je constate aujourd'hui que j'avais raison.

— Tu ne sais pas si Charlotte appartient à mon passé, intervint Rafe. Je n'ai pas dit ça.

— Je ne le sais peut-être pas, mais mon intuition me trompe rarement. Et c'est la première fois que tu viens accompagné à une soirée de ce genre. À ma connaissance, tu as vécu comme un moine pendant ces cinq dernières années. Corrige-moi si je me trompe.

L'espace d'un instant Rafe parut contrarié, puis il redevint impassible.

— D'accord. Je connais Charlotte depuis de nombreuses années.

— Tu l'as kidnappée ? Parce que tu nous as très mal jugés quand Adam et moi nous avons kidnappé nos femmes.

— Ils vous ont kidnappées ? demanda Charlotte à Belle et Briar, qui échangèrent un regard philosophe avant de hocher la tête.

— Adam m'a fait prisonnière, très exactement, déclara Belle.

— Felipe m'a bel et bien kidnappée, précisa Briar. Dans un hôpital.

Charlotte arqua les sourcils.

— Eh bien…

Elle s'éclaircit la voix.

— Je ne suis pas l'épouse de Rafe.

— Mais êtes-vous sa prisonnière ? demanda Felipe. De mon point de vue, c'est le détail le plus important.

— Plus maintenant, répondit Charlotte.

— Plus maintenant, répéta Adam d'un ton sarcastique. Donc, il vous a kidnappée.

— Incroyable, commenta Felipe en secouant la tête. On pourrait pourtant penser que deux princes et un milliardaire devraient être capables de trouver des épouses sans avoir besoin de recourir à la force.

— Je ne suis pas son épouse, répéta Charlotte.

— Vous l'avez déjà dit, rétorqua Felipe.

— Mais sachez que vous êtes les premiers à apprendre que Charlotte et moi nous allons avoir des jumeaux.

Adam arqua les sourcils et Felipe eut un large sourire.

— Félicitations.

— Félicitations est le mot juste, n'est-ce pas ? demanda Adam.

— Oui, répondit Rafe, de nouveau visiblement agacé.

C'était étrange de le voir avec des amis. Elle n'avait jamais imaginé qu'il pouvait en avoir. Parce que chez son père il était aussi isolé qu'elle. Et ensuite, quand elle avait entendu parler de lui dans les médias, elle l'avait imaginé avec des maîtresses mais pas avec des amis.

— Eh bien, nous comptons être invités au mariage, déclara Felipe. Puisqu'elle n'est pas encore ta femme, cela signifie qu'elle finira par le devenir.

— Il ne m'a pas demandée en mariage, dit Charlotte.

Ce qui valut à Rafe des regards noirs de la part des deux femmes.

— J'ai été ravie de faire votre connaissance, Charlotte, déclara Briar. Il faut que j'aille faire le tour des invités, comme il se doit. Mais nous nous reverrons, je pense.

Sur ces mots, Briar s'éloigna dans la foule. Felipe pouffa.

— Je ferais mieux de faire le tour des invités moi aussi. Je dois m'assurer que ma femme reçoit l'accueil qu'elle mérite.

Il s'éloigna à son tour, laissant Charlotte et Rafe en compagnie d'Adam et Belle, beaucoup plus réservés.

— Je crois que je vais aller manger quelque chose, déclara Belle. Et boire. Il fait chaud ici.

— Bien sûr, approuva Adam en la couvant des yeux d'un air inquiet.

Après leur départ, Charlotte déclara :

— Tes amis semblent sympathiques. Étonnamment.

— Pourquoi étonnamment ?

— À cause de ton caractère, peut-être ?

Rafe pouffa.

— Il ne semble pas te déranger.

— C'est vrai.

Elle lui prit le bras et ils gagnèrent une autre salle, qui faisait office de salle de bal.

— On danse ? demanda Charlotte, le cœur battant.

— Nous nous sommes exercés pour ça, non ?

Il laissa sa canne contre le mur, puis il la prit dans ses bras. Et ce fut lui qui la conduisit jusqu'à la piste, se frayant un chemin à travers la foule avec l'assurance d'un homme qui s'attendait à ce que tout le monde s'écarte devant lui.

— Je suppose que nous allons faire sensation, commenta-t-il.

— Il est possible que nous devenions le point de mire, oui, répliqua-t-elle en lui caressant la joue.

— Surtout si je bouscule des gens.

— Oh ! je ne pense pas que ça poserait de problèmes ! Tu es un puissant milliardaire, après tout. Ils décideraient sans doute de t'imiter. Au cas où ce serait une nouvelle tendance.

Ils commencèrent à danser, parfaitement en rythme. Charlotte garda les yeux ouverts pour s'assurer malgré tout qu'ils ne bousculaient personne. On les regardait, en effet. Sans doute parce que Rafe Costa ne se montrait jamais en public avec des femmes. Et sans doute parce qu'il dansait. Mais peu importait la raison. La seule chose qui comptait c'était d'être enfin de sortie avec l'homme qu'elle aimait. D'être dans ses bras devant tout le monde. Il n'y avait rien à cacher. C'était un plaisir resté interdit pendant des années, et aujourd'hui elle y goûtait enfin.

Elle n'avait peut-être pas de projet ambitieux. Elle n'avait peut-être pas l'énergie ni le talent de la femme du prince Felipe. Mais elle avait ça. Ce grand amour malheureux. Qui avait brisé son cœur. Qui avait brisé l'homme qu'elle aimait. Qu'ils avaient caché pendant longtemps.

Mais plus aujourd'hui. Ce soir, ils se montraient au monde entier. Et tout semblait neuf. Tout semblait possible.

Rafe la fit tournoyer, puis la ramena contre lui. Ses gestes étaient incroyablement sûrs. Il la fit tournoyer encore et encore. À tel point qu'elle en avait le vertige. À tel point qu'elle finit par avoir l'impression qu'ils étaient seuls dans la salle, comme ils l'avaient été dans le château.

Une fois le morceau terminé, ils traversèrent la salle de bal main dans la main avec tous les regards braqués sur eux, et regagnèrent l'exposition.

Rafe se mit derrière elle et posa les mains sur son ventre dans un geste possessif. Puis il se pencha pour lui murmurer à l'oreille :

— Décris-moi les tableaux.

— Celui qui se trouve devant nous représente un paysage en soirée. Des collines à l'arrière-plan d'un champ. Des maisons sont éparpillées sur le flanc des collines. Il y a de la lumière aux fenêtres. C'est probablement l'heure du dîner. La nuit est tombée, mais il est trop tôt pour se coucher. Je parie que c'est l'hiver. Que le froid est vif. Et que la chaleur picote les joues quand on arrive dans les maisons bien chauffées. Tous les gens qui vivent dans ces maisons, je suis sûre qu'ils sont en famille. Ils discutent. Ils se racontent leur journée.

— Tu vois tout ça ?

— Je ne sais pas. Non, pas vraiment. Mais c'est le sentiment que me donne ce tableau.

— Même si je n'étais pas aveugle, je ne pense pas que je verrais tout ça. Je verrais juste des lumières allumées dans des maisons. Pas des familles. Pas des foyers chaleureux. Que tu sois encore capable d'imaginer ce genre de choses, et de le faire aussi facilement, tient du miracle.

— Je ne me sens pas spéciale. Et encore moins capable d'accomplir des miracles. Je suis juste Charlotte. Je n'ai pas… organisé une exposition magnifique, comme la princesse.

Je n'ai rien fait du tout. Quand ma liberté m'a été rendue, la première chose que j'ai faite c'est d'aller te trouver.

Elle se retourna vers Rafe. Il était devenu tout pâle.

— Rafe, qu'y a-t-il ?

— Rien. Je crois que tu es la première personne — à part ton père qui voulait me tuer — à m'avoir jamais recherché. Ce qui n'est pas rien, en réalité.

Ils poursuivirent la visite et elle continua de lui décrire les tableaux. Jusqu'à ce qu'elle finisse par avoir la voix enrouée et les pieds douloureux.

— Nous avons voyagé une bonne partie de la journée, dit Rafe. Je sais que Felipe nous a préparé une chambre. Il est peut-être temps que nous regagnions le palais ?

— Mon deuxième palais en quelques semaines. Un tel luxe paraît extravagant.

— J'aimerais bien pouvoir t'offrir encore plus de luxe. Mais chaque fois que j'en parle, tu me rappelles que chez ton père tu vivais dans le luxe et que ce n'était rien d'autre qu'une prison confortable. Si bien que je n'ose plus rien te proposer.

— Vivre avec toi n'est pas vivre en prison, assura-t-elle, prise de remords.

Il avait raison. Il lui avait fait des cadeaux qu'elle avait dédaignés. Parce que ce n'était pas ce qu'elle voulait. Ce qu'elle voulait, c'était lui. Il était toujours très généreux sur le plan matériel, mais beaucoup moins sur celui des sentiments. Or elle voulait tout de lui. Elle voulait qu'il se donne à elle corps et âme. Mais si elle le lui disait, il prétendrait sans aucun doute qu'il lui avait déjà tout donné.

Ils regagnèrent la sortie et reprirent la voiture qui avait été mise à leur disposition. Une fois au palais, ils furent conduits jusqu'à une entrée latérale qui permettait d'accéder par la voie la plus directe à la chambre, ou plutôt la suite, qui leur avait été attribuée. Nichée au fond du palais, elle était à l'écart des autres pièces. Un coin intime à l'intérieur de l'immense palais.

Dès que les portes furent refermées derrière eux, Rafe se tourna vers Charlotte. Elle lut sur son visage un désir incontrôlé. Sauvage. Animal. Une vive chaleur l'envahit tout entière.

— Je n'ai qu'une demande, chère Charlotte. Détache tes cheveux.

Oui, cette fois elle était prête à lui faire de nouveau ce cadeau. Parce que pendant toutes ces années, elle avait préservé ses cheveux pour lui. Et si elle les avait gardés attachés ces dernières semaines, c'était parce qu'elle avait réprimé ses sentiments. Mais si elle voulait qu'il se donne à elle corps et âme, elle devait en faire autant.

Elle ne pouvait pas continuer à se protéger.

Elle retira une épingle de son chignon et la laissa tomber par terre, tandis qu'une longue mèche blonde et bouclée se déroulait dans son dos.

Les traits de Rafe s'étaient figés.

Elle enleva les épingles une à une, les laissant tomber par terre à chaque fois. Le petit bruit qu'elles faisaient en touchant le sol semblait s'amplifier progressivement et résonner dans la pièce.

Mèche après mèche, ses cheveux tombèrent dans son dos, bien plus bas que sa taille. Des cheveux qui avaient été un fardeau et qui appartenaient davantage à son père qu'à elle.

Jusqu'à Rafe.

— Seulement pour vous, mon prince, dit-elle quand elle eut terminé.

Elle n'attendit pas qu'il vienne vers elle. Elle franchit l'espace qui les séparait, noua les bras sur sa nuque et déposa un baiser sur ses lèvres. Il enfonça les doigts dans ses cheveux, enroula une mèche autour de son poignet, puis tira dessus pour lui faire pencher la tête en arrière tandis qu'il approfondissait leur baiser.

Assaillie par des sensations inouïes, elle poussa un long gémissement. Ce baiser était le prélude à quelque chose qui allait la détruire, la transformer irrémédiablement. Elle le savait mais elle ne voulait pas l'arrêter. Au contraire.

Elle voulait tout de lui et elle prendrait tout ce qu'il était prêt à lui offrir.

C'était peut-être ça son don à elle. Ce qui la rendait spéciale. Cette capacité à aimer, à espérer, malgré tout ce qu'elle avait enduré. Autrefois elle était tombée amoureuse de Rafe bien que sachant leur histoire impossible. Puis elle avait continué à l'aimer malgré ce qu'elle croyait être sa trahison.

Elle se sentait déjà mère de ses enfants. Elle savait qu'elle les aimerait inconditionnellement, malgré ce que son père lui avait fait subir.

Bien que n'ayant jamais connu sa mère, elle savait qu'elle pouvait en être une.

Ce don pour l'amour qu'elle avait toujours eu sans jamais y attacher d'importance était miraculeux. Et ce soir, prête à s'abandonner à Rafe sans réserve quoi qu'il lui donne en retour, prête à lui offrir ce moment d'amour absolu, elle se sentait plus épanouie et plus en accord avec elle-même qu'elle ne l'avait jamais été.

Elle prenait un risque, bien sûr. Elle le savait. Mais c'était nécessaire. Sans ce don d'elle-même, sans cet abandon librement choisi, elle resterait toujours en cage. Une cage qu'elle aurait fabriquée elle-même. Elle refusait de laisser la victoire à son père et à sa belle-mère.

— Je veux que tu me décrives ta robe pendant que je te l'enlève, murmura-t-il contre ses lèvres.

— Bien sûr. Elle est en velours pourpre, avec une encolure bateau et des manches longues. Il y a une fermeture Éclair dans le dos.

Il baissa lentement cette dernière.

— La jupe est évasée. C'est une robe très sage. Qui ne révèle pas grand-chose.

— Ça me plaît d'être le gardien de tes secrets.

— Tu l'es. Et j'espère que c'est réciproque.

Sans répondre, il fit glisser sa robe sur son corps et la laissa tomber à ses pieds.

— Et tes dessous ?

— Ils sont moins… sages. En dentelle noire. Très fine.

Il effleura la pointe d'un sein à travers la dentelle de son soutien-gorge. Puis il dégrafa celui-ci et le jeta par terre, avant de faire glisser sa culotte sur ses hanches.

Lorsqu'elle fut entièrement nue, il la fit pivoter sur elle-même et passa la main sur ses cheveux dans son dos.

— Splendides. Si doux… Comme de la soie. Et si je me souviens bien, ils sont d'un blond doré très lumineux. J'en ai rêvé. De caresser tes cheveux ainsi. Ce sont les plus beaux cheveux du monde.

— Je les ai gardés longs pour toi.

C'était le moment de le lui dire, puisqu'elle avait décidé de se donner sans réserve.

— Seulement pour toi, ajouta-t-elle.

— Parce que tu savais que je les aimais ?

— Oui. Parce que tout au fond de moi je refusais de renoncer à nous. Malgré ce qu'on m'avait dit de toi. Malgré tout.

Il referma la main sur ses cheveux et les enroula de nouveau autour de son poignet. Puis il l'attira contre lui. Elle crut défaillir au contact de sa virilité dure comme la pierre contre ses fesses. En gémissant, elle se frotta contre lui. Elle le voulait en elle. Tout de suite. Sinon elle allait mourir…

— Décris-moi la chambre.

Lui décrire la chambre ? Alors que le désir lui brouillait les idées ? Elle fit de son mieux.

— Le lit est juste devant nous. À ta droite il y a une porte. Sans doute celle de la salle de bains.

— Y a-t-il une coiffeuse ?

— Oui. À gauche. Au milieu du mur du fond.

Sans la lâcher, il se tourna vers la gauche.

— Conduis-nous.

Elle s'exécuta et s'arrêta juste devant.

— Pose tes mains dessus, ordonna-t-il.

Vibrante de désir, elle posa les mains à plat sur le plateau en acajou. Elle l'entendit déboucler sa ceinture puis ouvrir sa braguette.

Il enroula ses cheveux puis étroitement autour de son poignet et tira, l'obligeant à lever la tête. Elle regarda leur reflet dans le miroir. Rafe, silhouette imposante et sombre derrière elle, le visage grave. Le contraste avec la peau très pâle de son corps nu était saisissant. Et la vue de ses mains crispées sur ses hanches… C'était incroyablement excitant.

C'était un tableau qui l'aurait sans doute effrayée autrefois. Cette image de soumission lui aurait trop rappelé qu'elle était prisonnière. Mais aujourd'hui, elle était libre. Et elle connaissait le pouvoir qu'elle avait sur Rafe. Il avait beau être plus fort qu'elle, il avait beau être en position dominante et la tenir fermement, elle savait qu'elle avait le pouvoir de le mettre à genoux.

Mais elle n'en avait pas envie. Il avait déjà été mis à genoux. Blessé. Trahi. Elle ne lui demanderait jamais de se mettre à genoux.

Il prit position entre ses cuisses.

— Je veux que tu nous regardes. Il y a un miroir, je suppose ?

— Oui.

— Regarde-nous. Et dis-moi ce que tu vois.

D'un seul coup de reins il s'enfonça au plus profond d'elle, lui arrachant un gémissement. Elle regarda dans le miroir.

— Je…

Il allait et venait en elle, accélérant déjà le rythme. Elle voulait lui obéir, mais par quoi commencer ? Que dire ? La femme qui se reflétait dans le miroir avait les pommettes colorées, les yeux étincelants, les lèvres entrouvertes. Elle était brûlante de désir, frissonnante de plaisir, et ça se voyait.

Ses seins aux pointes dressées bougeaient à chaque coup de reins de Rafe. Et bien sûr il y avait Rafe. Imposant, magnifique, les traits déformés par le désir, le souffle court…

Elle baissa la tête et posa la joue sur le bois lisse dans l'espoir de rafraîchir sa peau. Elle attendit qu'il la rappelle à l'ordre mais il ne dit rien.

Le plaisir montait en elle, lui arrachant des gémissements. Rafe tira sur ses cheveux, l'obligeant à relever la tête et à regarder dans le miroir. Pour n'importe quel spectateur elle ressemblerait sans doute à un ange déchu.

Mais en réalité, elle était en train de trouver son salut. De trouver la liberté. Il n'y avait rien dont elle puisse avoir honte. Rien à cacher.

— Oui, encore, murmura-t-elle. Plus fort.

Un grognement s'échappa de la gorge de Rafe et il redoubla d'ardeur. Ses mouvements devinrent frénétiques. Presque violents. Mais elle aimait ça. Cette passion débridée était exaltante.

Il s'interrompit brusquement, se retira d'elle et la prit dans ses bras.

— Guide-moi vers le lit.

— Juste derrière toi, répondit-elle, haletante et les jambes en coton.

S'il ne la tenait pas, elle s'affaisserait sur le sol, songea-t-elle confusément.

Il traversa lentement la pièce et elle le prévint lorsqu'il atteignit le lit. Il se laissa tomber dessus avec elle, puis il l'installa à califourchon sur lui. Il enfonça les mains dans ses cheveux, qui effleuraient son torse.

— Tout mon univers est plongé dans le noir, dit-il d'une voix rauque. Mais quand tu es avec moi, quand je suis en toi, je vois de nouveau la lumière. Et si c'est seulement en pensée, ça n'a pas d'importance. Parce que c'est la seule lumière que j'ai.

Une larme roula sur la joue de Charlotte. Heureusement qu'il ne pouvait pas la voir, se dit-elle aussitôt. Il n'aimerait pas qu'elle pleure pour lui. Il n'apprécierait pas du tout. Il serait furieux et il lui dirait qu'il n'était pas fragile. Elle le savait. Il n'était pas fragile.

C'était à son tour de les emporter tous les deux dans un tourbillon de passion. Elle le chevauchait avec fougue, aiguillonnée par la morsure de ses doigts sur ses hanches, et par les jurons anglais ou italiens qui lui échappaient aussi facilement que les mots tendres.

Le plaisir déferla en elle avec une telle force qu'il lui arracha des sanglots. Alors que les vagues se succédaient sans relâche, Rafe la rejoignit avec un long cri rauque.

Elle s'affaissa sur lui et ses cheveux se répandirent autour d'eux comme un nuage de soie. Lorsqu'il enfonça les doigts dedans pour les caresser elle ferma les yeux, savourant la douceur de ses gestes.

Oui, dans ses bras elle avait le sentiment de s'être enfin trouvée.

Elle pressa les lèvres sur son torse.

— Rafe, je t'aime.

Rafe eut l'impression que le palais s'écroulait sur lui. Il s'écarta tant bien que mal de Charlotte et s'assit dans le lit. Son cœur battait si fort qu'il semblait sur le point de transpercer sa poitrine.

— Tu ne m'aimes pas.

— Oh ! Vraiment ? Pourquoi suis-je ici avec toi, à ton avis ? Tu crois que c'est parce que j'aime les châteaux ? Je n'ai pas été assez claire à ce sujet ?

— Si. Mais ce que tu ressens n'est pas de l'amour.

— Oh ! Vraiment ?

Charlotte semblait furieuse, à présent. Et elle avait sans doute des raisons. Mais c'était plus fort que lui. Il était submergé par une angoisse insurmontable.

L'amour. L'amour c'était la souffrance. Toujours. L'espoir qu'il suscitait était immanquablement déçu.

Un beau poisson de verre réduit en miettes au moment où on le lui tendait.

Et ce n'était qu'un exemple. Cette souffrance lui était trop familière. À la fin de l'amour — et il avait toujours une fin — il y avait la souffrance.

— Je ne t'aime pas, assena-t-il d'un ton dur. Tu peux demander tout ce que tu veux, mais tu n'entendras pas ces mots de ma bouche, Charlotte Adair.

— C'est absurde.

Il réprima un soupir. Bien sûr. Sa Charlotte ne pouvait pas laisser tomber aussi facilement. Ce n'était pas son genre. Il fallait toujours qu'elle insiste. Qu'elle le pousse dans ses retranchements…

Elle manquait de jugement. N'importe quelle autre femme ayant vécu sous l'autorité d'un despote psychopathe aurait cent fois plus peur que lui. Elle n'oserait jamais se mettre en danger. Charlotte devrait être échaudée, sinon anéantie, par son passé. Mais non.

Quelle inconscience !

Elle n'avait pas assez de bon sens pour se protéger.

Il ne comprenait pas ça. Il ne comprendrait jamais.

— Ce n'est pas parce que tu trouves ça absurde que ce n'est pas la réalité. Qu'est-ce que l'amour, Charlotte ? Quand nous a-t-il été bénéfique à l'un ou à l'autre ?

— Tu n'aimeras pas nos enfants, Rafe ? Si tu ne penses pas les aimer, à quoi bon vouloir les garder avec toi ? Et moi, à quoi bon vouloir me garder avec toi ? Pour nous avoir en ta possession, comme des objets ? Dans ce cas, en quoi es-tu différent de mon père ? Tu prétends que tu n'es pas comme lui, mais tu as les mêmes réflexes tordus que lui.

Aux mouvements du lit, Rafe sentit que Charlotte s'écartait de lui, puis qu'elle se levait.

— J'en suis arrivée à la conclusion que l'amour est ce qui nous permet à tous de rester humains. C'est ce qui nous rend libres. Courageux. Bons. Sans amour nous nous replions sur nous-mêmes. Nous devenons des égoïstes uniquement préoccupés de notre intérêt personnel.

— C'est important de se préoccuper de son intérêt personnel. Si je ne l'avais pas fait, je serais mort.

— Peut-être, mais on ne peut pas penser qu'à ça. La défense de l'intérêt personnel crée les hommes comme mon père. L'amour les détruit.

— Dans ce cas, je ressemble peut-être davantage à ton père que nous le pensons. Parce que l'amour m'a toujours détruit.

— Rafe…

— J'aimais mon père. J'aimais notre vie. Notre maison. Mais au bout du compte, ça ne m'a valu que de la souffrance. Je t'aimais. Et qu'est-ce que ça m'a valu ?

Il eut un rire amer.

— J'ai failli mourir pour notre amour. Et qu'est-ce que ça m'a apporté ? Tu as cru que je t'avais abandonnée.

— Et toi tu as cru la même chose de moi. Cependant, je te rappelle que j'ai été obligée de me cacher pendant des années, Rafe. Je craignais pour ma vie. Toi tu étais gravement blessé et incapable de te lancer à ma recherche. Et je le comprends très bien. Mais dès l'instant où ma vie n'a plus été menacée, je suis venue te retrouver. C'est la première chose que j'ai faite.

Il serra les dents. D'accord, il était injuste avec elle. Mais il ne se sentait pas en état d'être juste. Il était… trop perturbé, trop angoissé. Et c'était insurmontable.

— En quoi l'amour est-il important, Charlotte ? Franchement ?

Il y eut un silence. Puis quelque chose qui ressemblait à un sanglot étouffé.

— L'amour est primordial. Tu ne comprends pas ça ?

— Ce que j'ai compris, c'est qu'il a été à l'origine de mes pires souffrances. J'ai cru à l'amour, autrefois, mais aujourd'hui je ne crois plus qu'à des choses que je peux créer. Des choses que je peux contrôler. Rien d'autre.

— Et moi ? Peux-tu croire en moi ?

Rafe sentit un grand froid l'envahir. Il était de nouveau en équilibre au bord du vide. Comme autrefois sur ce balcon… C'était un de ces moments décisifs dont dépendait l'avenir. Et il devait faire un choix.

Mais il avait été blessé. Abandonné. Il ne pouvait plus s'exposer à ce genre de danger.

— Je ne peux pas.

Il entendit un bruissement d'étoffe. Elle se rhabillait. Elle allait le quitter. Et ça le rendait fou de rage.

— Tu m'aimes, et pourtant tu vas me quitter, dit-il d'un ton dur. Tu vas m'abandonner parce que je ne peux pas te donner exactement ce que tu m'as demandé. Comment qualifier cet amour, Charlotte ? Il paraît bien faible et très égoïste.

Ce bruit… Elle remettait ses chaussures. Elle était vraiment sur le point de partir. Quoi qu'il dise, quoi qu'il fasse, il était trop tard. Rien ne l'arrêterait.

— Peut-être, répliqua-t-elle. Je ne sais pas. Tout ce que je sais, c'est que j'ai déjà vécu dans une tour. Seule. Recroquevillée sur moi-même. Refoulant mes sentiments. Je ne veux plus de cette vie-là. C'est terminé. Je t'aime, oui. Mais rester avec toi en faisant semblant de ne pas t'aimer ne nous rendrait service ni à l'un ni à l'autre. Et de toute façon, j'en serais incapable. Je ne t'empêcherai jamais de voir nos enfants. Tu dois me croire. Je n'ai pas l'intention de te priver d'eux. Mais il faut que je m'en aille. Parce que je ne peux pas…

Elle inspirait profondément… Il l'imaginait si bien debout au milieu de la chambre. Fragile mais forte. C'était déchirant…

— Je ne peux plus me cacher, reprit-elle. Je ne peux pas revenir en arrière. Ce monde est cruel. Il est dur et injuste. Mais je… Je suis assez courageuse pour t'aimer sachant cela. Et j'estime que je mérite la même chose. Que je ne dois pas me contenter de moins.

Elle quittait la pièce… Elle fermait la porte… Elle était partie. Ses pas s'éloignaient dans le couloir. Pendant un moment Rafe resta immobile sur le lit, incapable de réagir.

Puis il se leva. Se rajusta en hâte. Trouva la porte. L'ouvrit et se précipita dans le couloir. Il n'avait pas sa canne. Et il ignorait où elle avait pu aller. Il tendit l'oreille. Plus aucun bruit. Rien.

L'obscurité se referma sur lui. Charlotte avait été sa lumière et à présent elle était partie. Qu'était-il censé faire ? Comment allait-il survivre ? Comment allait-il tourner la page ?

Tourner la page ? Il n'en avait aucune envie. Il voulait garder Charlotte auprès de lui. Il voulait qu'elle l'aime, sans avoir à renoncer à quoi que ce soit en retour. Parce que pour lui l'amour serait toujours synonyme de perte.

Sauf qu' il venait de subir la perte la plus douloureuse

de toute sa vie. Quand il était tombé du balcon, il avait été réduit en miettes physiquement. Aujourd'hui, il était de nouveau en miettes. Mais ce n'était plus son corps qui saignait. C'était son cœur.

Il entendit un bruit et se mit à courir. Ce fut seulement en tombant qu'il prit conscience de la présence d'un escalier. Sa tempe heurta le bord de quelque chose de dur. Une douleur aiguë lui transperça le crâne et se propagea le long de son épine dorsale. Puis plus rien.

Lorsqu'il revint à lui et rouvrit les yeux, un trait de lumière troua l'obscurité.

Chapitre 13

Elle ne se cachait pas de lui. Et, heureusement, il n'avait pas cherché à la retrouver. Heureusement ? Allons, pourquoi se mentir ? Le silence de Rafe lui brisait le cœur.

Elle était à Londres, dans son appartement. S'il le voulait il pourrait facilement la trouver. Mais apparemment son amour pour lui agissait comme un répulsif.

Ses nausées se faisaient de plus en plus rares, c'était déjà ça. Mais cela ne suffisait pas à lui donner envie de sortir de son lit.

Elle aurait pu rester avec lui. Elle aurait pu essayer d'accepter le fait qu'il ne l'aimait pas. Elle aurait pu cacher son amour. Ne jamais en parler. Ne pas y attacher plus d'importance qu'il n'en avait.

Mais elle n'avait pas pu s'y résoudre. Elle avait exigé qu'il l'aime. Elle avait refusé de cacher son amour pour lui.

Sa souffrance était si grande qu'il était difficile de se convaincre qu'elle avait fait le bon choix. Mais tout au fond de son cœur, elle savait que c'était le cas.

Prenant une profonde inspiration, Charlotte ouvrit son ordinateur portable. Elle envisageait de s'inscrire à des cours. Ce serait difficile avec les jumeaux. Elle le savait. Mais elle pouvait se le permettre financièrement et il fallait bien qu'elle s'occupe.

Elle ne pouvait pas rester à ne rien faire. Si, bien sûr, elle pourrait. Mais elle deviendrait folle. Elle avait besoin de se fixer des objectifs. Et, avant tout, déterminer quels étaient ses centres d'intérêt. Jusque-là elle n'en avait jamais vraiment eu l'occasion. Peut-être pourrait-elle commencer par des cours en ligne, tant que les jumeaux seraient petits. Ce qu'elle avait appris avec les précepteurs payés par son père était si limité… Ce serait l'occasion d'élargir son horizon.

Une chose était certaine. Elle resterait à Londres. Même si Rafe lui avait brisé le cœur, elle ne devait pas trop s'éloigner. Pour les enfants. Son cœur se serra douloureusement. Elle allait avoir des enfants, mais pas de mari. Quelle importance, puisque le seul mari qu'elle voulait c'était Rafe ?

Mais elle l'avait quitté.

Elle avait exigé de l'amour et il avait refusé. Cruelle ironie, il était la seule personne à l'avoir jamais aimée. Autrefois. Mais quand sa belle-mère avait tué leur rêve, quand elle avait provoqué la chute qui avait rendu Rafe aveugle, elle l'avait privé également de sa capacité à aimer.

Elle la haïssait pour ça. Comme elle haïssait son père. Et le père de Rafe. Toute cette haine ne servait à rien, mais comme son amour ne servait à rien non plus, elle pouvait bien se permettre de réserver un petit coin de son cœur à haïr ces gens-là.

Elle jeta un coup d'œil par la fenêtre. Encore sept mois et demi avant la naissance des bébés. Pas de doute, il fallait absolument qu'elle trouve une occupation. Elle n'était pas enfermée dans cet appartement. Elle n'était pas prisonnière. Prenant une profonde inspiration, elle se leva. Après avoir enfilé un manteau, elle enroula son écharpe autour de son cou. Une fois dehors elle marcha dans les rues, en faisant de son mieux pour apprécier les décorations de Noël, qui commençaient à apparaître en cette fin du mois de novembre. Elle n'était pas d'humeur joyeuse, mais il régnait une atmosphère de fête dans la ville. Et elle était libre d'aller où elle voulait. C'était au moins une raison de se réjouir.

Elle marcha sans but dans les rues, jusqu'au moment où elle arriva à un carrefour animé. Sans qu'elle en ait conscience, ses pas l'avaient conduite devant son grand magasin favori. Les guirlandes lumineuses qui décoraient la façade lui firent l'effet d'un signe de bienvenue. Soudain, une évidence s'imposa à elle. Pendant la période des fêtes, de nombreux magasins devaient engager des extra. Le métier de vendeuse lui avait toujours plu. Elle aimait parler avec les gens, et c'était bien mieux que de rester assise chez elle à broyer du noir. Au moins, pendant quelques semaines, elle aurait l'occasion de côtoyer des gens souriants dans une atmosphère de fête. Ça lui changerait les idées. Elle franchit les portes du magasin, décidée à demander un poste de vendeuse.

— C'est difficile à expliquer, monsieur Costa. Mais votre blessure a toujours été atypique.

Le médecin examinait les résultats du scanner.

— Votre dernière chute a provoqué un nouveau traumatisme crânien. Et, apparemment, les effets combinés de cette lésion et du nouveau traitement ont déclenché la résorption de la tuméfaction initiale.

Rafe regarda avec stupeur l'homme assis en face de lui. Un homme grisonnant aux traits burinés. Le Dr Keller était le spécialiste qui le suivait depuis qu'il s'était installé à Londres. Mais il ne l'avait jamais *vu*. Aujourd'hui, il le voyait.

— Si je comprends bien, cette chute a provoqué ce que vous espériez voir se produire après la première chute ?

— Oui.

— Ce phénomène est-il réversible ? Existe-t-il un risque que je perde de nouveau la vue ?

Chaque matin il s'attendait à ouvrir les yeux sur l'obscurité. Chaque fois, la lumière du jour filtrait à travers les rideaux. Et il la voyait. Mais Charlotte n'était pas revenue.

Le médecin haussa une épaule.

— Je ne peux pas répondre de manière catégorique. Cependant, je ne vois pas de raison que ça se produise. Mais il est vrai que si j'avais su qu'un autre choc vous rendrait la vue, je vous aurais proposé depuis longtemps de vous donner un coup de marteau sur la tête.

Rafe n'avait pas le cœur à rire. Une semaine s'était écoulée depuis qu'il était tombé dans l'escalier du château et qu'il avait aperçu de la lumière pour la première fois depuis cinq ans. Une semaine depuis que Charlotte l'avait quitté. Huit jours au cours desquels sa vision s'était améliorée progressivement. Au début il distinguait juste de la lumière et des formes, puis l'évolution avait été très spectaculaire. Aujourd'hui sa vision n'était pas encore parfaite, du moins de l'avis des médecins. Pour sa part, il était prêt à s'en contenter.

Il devrait être… heureux. Il voyait de nouveau la lumière. Celle qui avait éclairé son âme ces dernières semaines s'était éteinte. Charlotte était partie et sa vision était revenue. Pouvait-il exister ironie plus cruelle ? Comme s'il avait fallu qu'il perde Charlotte pour recouvrer la vue.

Quelle souffrance ! Il avait mal à la tête à cause de sa blessure, bien sûr. Mais ce n'était rien à côté du poids qui lui écrasait la poitrine depuis que Charlotte était partie. Il était censé sourire et se réjouir d'être une sorte de miracle médical. Nul doute qu'une fois la presse au courant, il serait sollicité par les journalistes pour commenter la nouvelle.

Il n'avait aucun commentaire à faire.

Il se força à remercier le médecin avant de quitter le cabinet. Aujourd'hui il avait décidé de marcher. Tout simplement parce qu'il pouvait. Sans guide ni canne.

Il détestait les décorations de Noël. L'atmosphère de fête. C'était comme si toute la ville s'était donné le mot pour le narguer. Lui qui broyait du noir depuis qu'il avait recouvré la vue... C'était sa faute si Charlotte l'avait quitté. Il le savait. Mais ça avait été plus fort que lui. Il n'avait pas pu lui dire ce qu'elle voulait entendre. Pas pu lui donner ce qu'elle attendait de lui. Parce qu'il était persuadé que l'amour était un poison violent qui avait fait trop de ravages dans sa vie.

Mais aujourd'hui Charlotte n'était plus là. Elle était partie et la souffrance qui le rongeait était la plus insupportable de toutes celles qu'il avait endurées. Ce qu'elle lui avait dit. Ce qu'elle lui avait demandé. Ce qu'il avait répondu ou pas. Ce qu'il avait pensé. Ce qu'il avait cru. Tout cela semblait si dérisoire par rapport au désespoir qui lui broyait le cœur.

Il pénétra dans le hall du siège de sa société, sans prêter attention au décor luxueux. Il avait acheté cet immeuble après avoir perdu la vue, mais il n'avait même pas envie de le découvrir. La seule chose qu'il savourait depuis une semaine c'était la vue qu'il avait de son bureau. Il avait bien choisi. Même s'il avait été motivé uniquement par l'envie mesquine de priver d'autres milliardaires d'un privilège recherché. Aujourd'hui, il appréciait cette vue. Dans la mesure où il était capable d'apprécier quoi que ce soit.

Il entra dans l'ascenseur entièrement doré — trop clinquant à son goût, il faudrait le changer — et pressa le bouton du dernier étage. Lorsqu'il sortit de la cabine, son assistante annonça :

— Vous avez des visiteurs.

Elle avait l'air inquiet. Était-ce fréquent chez elle ? Il n'en avait jamais eu l'impression, mais peut-être était-elle douée pour parler d'un ton calme même quand elle était nerveuse. Comment savoir si elle avait souvent cet air inquiet ?

— Pourquoi les avez-vous laissés monter ? Vous savez que je ne suis pas d'humeur.

— Eh bien… Vous avez beau être terrifiant, je ne savais pas comment refouler deux princes.

Il marmonna un juron. Adam et Felipe. Bien sûr…

— En effet, vous ne pouviez pas vous permettre de mettre dehors deux casse-pieds royaux. Mais je vais m'occuper d'eux. Ne vous inquiétez pas.

Il entra dans son bureau, où Adam et Felipe l'attendaient. Les cicatrices d'Adam étaient bien aussi horribles qu'on le disait…

— Tu es vraiment affreux, lança-t-il en guise de salut.

Il n'avait jamais vu son ami depuis son accident.

— Alors c'est vrai, tu as retrouvé la vue ? lança ce dernier.

— La rumeur court déjà ? Je commence tout juste à me faire à cette idée. J'ignorais que tout le monde était au courant.

— Non, tout le monde n'est pas au courant, rectifia sèchement Adam. *Je* ne suis pas tout le monde. Mais Belle a eu la gouvernante de ton château en Allemagne au téléphone, et c'est elle qui a dû le lui dire.

— Je devrais renvoyer Della pour son indiscrétion.

— Mais tu ne le feras pas, commenta Felipe d'un ton un peu trop enjoué.

— On verra.

— Tu as retrouvé la vue mais tu es beaucoup moins bien luné que lors de notre dernière rencontre, déclara Adam. Ce qui suggère que l'autre rumeur est fondée également. Tu as perdu ton otage.

— Elle n'était pas mon *otage*. Mais je te confirme que Charlotte est retournée chez elle.

Charlotte qu'il n'avait heureusement pas croisée depuis qu'il avait retrouvé la vue. Si par malheur il posait les yeux sur elle, il perdrait complètement la tête. Il lui promettrait tout ce qu'elle voudrait. Il y avait des limites à sa volonté.

— Elle était avec toi au vernissage, puis elle a été vue quittant précipitamment mon palais en pleine nuit il y a une semaine, intervint Felipe. Et, depuis, personne ne l'a revue.

— Je suis certain qu'il y a quelqu'un qui l'a vue depuis, rétorqua Rafe d'un ton pince-sans-rire.

— Voilà pourquoi Belle se renseignait, expliqua Adam. Parce que Briar a entendu dire qu'elle s'était enfuie du château en pleine nuit. Elles étaient inquiètes.

— Et aucun de vous n'a songé à se renseigner auprès de moi ?

— Tu es tellement aimable que nous avons préféré attendre de t'avoir en face de nous pour être en mesure de t'obliger à parler, répliqua Felipe.

— Quels amis fantastiques…

— Les meilleurs du monde, dit Adam d'un ton sévère. C'est pour ça que je suis venu te demander si tu étais stupide.

— Ai-je l'air stupide ?

Adam le toisa d'un regard noir.

— Oui. Complètement stupide. Parce que tu es ici sans cette femme. Et qu'elle tenait à toi. C'était évident. Et qu'elle est enceinte de toi, et… Qu'as-tu fait, bon sang ?

Rafe crispa la mâchoire.

— C'est elle qui m'a quitté. Je ne l'ai pas chassée. Elle est partie de son plein gré.

— Sans raison ? demanda Felipe.

— Sans raison vraiment valable.

— Mais assez valable pour qu'elle s'en aille.

— Tous les deux, depuis que vous êtes mariés vous vous croyez très malins. Mais je vous rappelle que vous avez été obligés de kidnapper vos femmes. Alors vous n'êtes peut-être pas plus malins que moi, et vous avez juste eu de la chance.

— Que s'est-il passé ? demanda Adam en se radoucissant.

Rafe réprima un juron. Cette discussion était déjà pénible, mais si Adam devenait compatissant, elle allait devenir vraiment insupportable !

— Elle m'a dit qu'elle m'aimait. Elle a exigé que je l'aime en retour.

Adam et Felipe se contentèrent de le regarder en silence.

— Je ne l'aime pas, ajouta-t-il.

— Ça alors, jamais rien entendu d'aussi stupide ! s'exclama Felipe.

— Tu es expert en amour, maintenant ?

— Plus que toi, rétorqua Felipe. De toute évidence.

— L'amour a toujours semé le chaos dans ma vie. Autrefois, aimer Charlotte, justement, m'a coûté la vue. Aujourd'hui, je l'ai retrouvée au moment où Charlotte m'a quitté. N'est-ce pas d'une ironie suprême ? À moins que ce ne soit un message de l'univers…

— Ou c'est peut-être tout simplement une coïncidence. Et tu es prêt à saisir n'importe quel prétexte pour ne pas être heureux.

— C'est ridicule. Je ne fuis pas le bonheur. J'ai envie d'être heureux, comme tout le monde. Sinon, pourquoi me serais-je donné autant de mal pour gagner tout cet argent ? Pour acheter tous ces bibelots ?

Rafe prit un poisson en verre sur son bureau. Un poisson qui lui rappelait celui que son père avait réduit en miettes avant de les jeter à la rue, sa mère et lui.

Il le fracassa contre le mur.

— Là, tu vois ? Et parce que j'ai de l'argent, je me moque que ce bibelot soit cassé. Je peux le remplacer quand je veux. C'est ça le bonheur.

— Tu racontes n'importe quoi, insista Felipe. Tu ne veux pas être heureux. Parce que si par hasard tu trouvais le bonheur, tu risquerais de le perdre.

— Je veux pouvoir tout contrôler. Ne me dis pas que tu n'es pas comme moi.

— Je l'étais, reconnut Felipe. J'étais exactement comme toi. Jusqu'au jour où j'ai pris conscience qu'une vie entièrement sous contrôle est une vie vide.

— Tu crois que je ne te comprends pas ? intervint Adam. J'ai perdu quelqu'un que j'aimais. J'aimais ma première femme. Et elle est morte. Tomber amoureux de Belle était la pire chose qui pouvait m'arriver. Je ne voulais plus ouvrir mon cœur. Pas après tout ce que j'avais perdu. Mais j'ai fini par prendre le risque. Et ça vaut le coup. Ça vaut vraiment le coup parce que j'ai trouvé le genre de bonheur que je croyais perdu à tout jamais. Un bonheur que je croyais impossible.

— Je ne prendrai pas ce risque. L'amour m'a trop fait souffrir. Je ne veux plus jamais en entendre parler.

— Et tes enfants ? demanda Adam. Leur refuseras-tu ton amour à eux aussi ? Quel genre de père seras-tu ? Le même genre que le tien.

Rafe agrippa son ami par le col de sa veste. Il voyait, maintenant… Adam devrait être plus prudent.

— Tu es déjà assez abîmé comme ça. Je m'en voudrais d'en rajouter.

— Je veux juste dire que ton père était suffisamment

tordu pour jeter à la rue sa maîtresse et son fils. Quand on s'isole dans un camp retranché pour se protéger, on finit par devenir dingue. Crois-moi, je parle d'expérience. À une époque je me suis coupé du monde, et ça a failli mal tourner. C'est l'amour — Belle — qui m'a permis de m'en sortir. Ce qui t'est offert c'est le salut. Le moyen de sortir des ténèbres. C'est peut-être ça, la métaphore.

Rafe lâcha la veste d'Adam et s'écarta de lui.

— Je serai là pour mes enfants. Mais pour le reste… C'est trop me demander.

— Parce qu'un jour tu risquerais de la perdre ?

— Je l'ai déjà perdue une fois. Et ça a failli me tuer, littéralement.

— Alors tu préfères en rester là aujourd'hui ? Au cas où tu la perdrais de nouveau un jour ?

Adam regarda autour de lui, puis il prit un coupe-papier sur le bureau.

— À mon avis, tu devrais aller jusqu'au bout de ton raisonnement et te crever les yeux.

Felipe arqua un sourcil.

— Je ne sais pas si je suis révulsé ou impressionné par le tour que prend cette discussion.

— Tout ce que je veux dire c'est que si tu décides de te protéger contre la perte en la provoquant toi-même, la logique veut que tu te crèves les yeux. Rien ne te garantit que tu ne perdras pas de nouveau la vue un jour. Ou bien si tu trouves cette solution trop radicale, tu peux te contenter de maintenir tes paupières fermées avec de l'adhésif. Tu as retrouvé la vue, mais tu devrais peut-être vivre comme un aveugle. Comme ça, si tu la perds de nouveau un jour, tu seras moins déçu. Tu suis le raisonnement ?

Rafe resta silencieux. Adam reposa le coupe-papier sur le bureau.

— Ou peut-être vaudrait-il mieux que tu t'autorises à jouir de ta vue tant que tu le peux.

— Bon sang..., lâcha Felipe.

— Je suis prêt à partir, dit Adam.

Sur ces mots, il quitta le bureau à grands pas.

Felipe s'attarda un instant.

— Il n'a pas tort. Ça me chagrine de l'admettre, mais c'est vrai. Il n'avait pas tort non plus quand il m'a sermonné au moment où j'ai renvoyé Briar. À propos de l'obscurité et de la lumière, et des choix que nous devons tous faire. Tous les trois nous avons vécu pas mal de temps dans l'obscurité. Adam m'a dit que je devais choisir. Continuer à vivre dans l'ombre ou bien sortir dans la lumière. Le même choix s'offre à toi aujourd'hui. Tu peux choisir de vivre un grand amour avec elle. Alors n'hésite pas. Sinon, tu n'es pas l'homme que je croyais connaître.

Il toucha le coupe-papier sur le bureau.

— Je sais que tu t'es toujours senti inférieur à nous à l'école. Parce que nous étions nobles et que tu sortais du ruisseau. Mais tu étais nettement au-dessus du lot. Tu avais toutes les qualités requises pour devenir roi. Si tu n'agis pas en conséquence aujourd'hui, j'en déduirai que je te connaissais très mal.

Felipe quitta le bureau à son tour. Rafe resta seul avec un poids plus écrasant que jamais sur la poitrine.

Il se dirigea vers la fenêtre et contempla la vue. Londres s'étalait sous ses yeux. Le soleil couchant baignait de rose orangé l'eau de la Tamise et les silhouettes des monuments emblématiques. Couleur. Lumière. Il voyait. Et s'il perdait de nouveau la vue un jour, ce serait une immense frustration. Mais se priver de ce plaisir alors qu'il avait les moyens d'en profiter était impensable.

Se crever les yeux serait de la folie. Impossible de le nier.

Rejeter Charlotte alors qu'elle lui offrait son amour...

Quelle différence ? Cela revenait à rester dans l'obscurité alors qu'il pouvait vivre dans la lumière.

Non, il en avait terminé avec l'obscurité.

Il se détourna de la fenêtre et quitta son bureau.

Chapitre 14

Charlotte était épuisée. Pendant les vacances de Noël le magasin ne désemplissait pas et les journées étaient très chargées. Mais travailler au rayon des pâtisseries lui plaisait beaucoup. Elle avait rapporté une petite boîte de gâteaux pour le dîner. Parce qu'elle était triste et enceinte. Puisqu'elle ne pouvait pas avoir Rafe, elle allait se consoler avec des gâteaux.

Elle se laissa tomber sur le canapé et ouvrit la boîte. Elle mordait dans le premier gâteau, quand la sonnerie de l'Interphone retentit. Elle se leva avec un profond soupir, soulevant un nuage de sucre glace qui retomba sur sa robe noire. Tandis qu'elle tentait en vain d'épousseter celle-ci de la main, l'Interphone sonna de nouveau. Elle tressaillit, ce qui fit tomber un peu plus de sucre sur sa robe. Renonçant à garder un semblant d'élégance, elle engloutit le reste du gâteau, puis se dirigea vers la porte et répondit.

— Oui ?

— Charlotte, c'est moi, dit une voix profonde très familière.

— Que fais-tu ici ?

Elle s'attendait à ce qu'il vienne la voir un jour ou l'autre. Après tout, ils allaient partager la garde de leurs bébés. Nul doute qu'il l'accompagnerait également à quelques-uns de ses rendez-vous avec le médecin. Au moins pour les échographies. Si bien qu'elle n'avait jamais espéré pouvoir l'éviter. Cependant, elle n'avait aucune envie de l'affronter couverte de sucre glace après une journée de travail éreintante. Mais avait-elle le choix ?

— Si tu montais ?

Elle déclencha l'ouverture de la porte de l'immeuble, puis se précipita dans la salle de bains pour se brosser les dents. Pas question de prendre le risque d'avoir mauvaise haleine. Elle regagna le salon, baissa les yeux sur sa robe, vit les traces blanches qu'elle avait complètement oubliées, et commença à les frotter avec énergie. Pour s'interrompre presque aussitôt. Inutile. Il ne verrait pas sa robe. On frappa à la porte.

— Entre !

La porte s'ouvrit. L'espace d'un instant ils restèrent immobiles à se regarder, à plusieurs mètres l'un de l'autre.

— Rafe, finit-elle par dire.

Allons bon, elle avait prononcé son nom comme si elle était une adolescente devant une star du rock…

— Charlotte.

Il avait un air étrange… Un air hagard. Et il la regardait. Il la regardait vraiment. Comme si… Comme s'il pouvait la voir.

— Rafe ?

— Charlotte, répéta-t-il. Charlotte.

Il avança vers elle, d'un pas décidé, le regard pénétrant. La soulevant de terre, il s'empara de sa bouche avant qu'elle ait le temps de protester.

— Rafe…

— Charlotte, tu es… Tu es belle.

Oui, il avait vraiment un air hagard. Et le visage ravagé par une émotion violente. Mais surtout… Il la regardait.

— Tu… Tu vois ?

— Oui. Je… Quand tu m'as quitté… Je suis tombé et je me suis cogné la tête. Les médecins pensent que ce nouveau choc a déclenché la résorption de la première blessure.

— Rafe…

Il inspira profondément et passa la main dans ses cheveux noirs.

— C'était il y a une semaine. Et c'est pour ça que je t'évitais. Parce que je savais que si je te voyais… Charlotte, maintenant que je t'ai vue…

Il lui prit le visage à deux mains.

— Ces yeux bleus, semblables à mes souvenirs. Ces cheveux… encore plus splendides. Le rouge sur tes joues, le même que celui de tes lèvres. Charlotte… Je t'aime.

— Quoi ?

— Je t'aime. Je n'ai jamais cessé de t'aimer pendant toutes ces années. Je pourrais te donner des tas de raisons valables de ne pas avoir eu d'aventures pendant cinq ans. Mais la seule véritable raison c'est que je n'imaginais pas tenir une autre femme que toi dans mes bras. J'avais trouvé mon âme sœur, et toute autre relation aurait été une mascarade. Un affront à ce que nous avions partagé.

Le cœur de Charlotte battait si fort qu'elle avait toutes les peines du monde à respirer. Elle tremblait de tout son corps et des larmes inondaient ses joues. C'était un miracle. Un véritable miracle que Rafe soit là. Avec elle. Et il voyait. Il la voyait. C'était un miracle encore plus extraordinaire.

— Je n'ai jamais désiré que toi. Je ne pouvais même pas envisager de me retrouver dans les bras d'un autre homme.

— J'avais terriblement peur de reconnaître que je t'aimais. Ton courage a été une leçon d'humilité pour moi. Tout au fond de moi j'avais le sentiment que je ne le méritais pas. Parce que, après tout ce que tu as subi, ta foi en l'amour est un véritable miracle. Mais les miracles existent, puisque je te vois, Charlotte. Avec un peu de chance, je pourrai voir aussi nos enfants. Si ce miracle se prolonge. Mais comme il est inexplicable je n'ai aucune garantie.

« C'est un peu comme l'amour. La vie nous fait des cadeaux merveilleux et fragiles. Nous ne pouvons pas avoir l'assurance que nous les garderons toujours. Mais je suis prêt à prendre le risque de les perdre. Je ne veux plus me terrer dans le noir pour éviter de souffrir. Je veux vivre dans la lumière. Avec toi. »

— Moi aussi. Je veux vivre avec toi. Je ne sais pas encore exactement ce que je veux faire de ma vie, mais je sais que je veux la vivre avec toi. C'est la seule certitude que j'aie jamais eue. Tu étais mon premier rêve. Aujourd'hui tu es toujours mon rêve. Et tu le resteras pour toute ma vie.

— J'avais oublié l'existence des rêves. J'ai appris tout petit que rien n'était jamais acquis. Puis, au début de ma vie d'adulte, j'ai perdu la seule personne au monde que j'aimais. Toi. Depuis, j'ai vécu dans l'obscurité mais ça n'avait rien à voir avec ma cécité. Heureusement, tu m'as appris à rêver de nouveau, Charlotte. Quand j'avais vingt-cinq ans tu m'as réappris à aimer. Aujourd'hui j'ai trente ans, et tu recommences. Tu m'apprendras sans doute encore quand j'aurai quarante ans. Soixante. Quatre-vingt-dix. Mais c'est une immense joie pour moi d'apprendre avec toi. Je veux le faire jusqu'à la fin de mes jours.

— Tout le plaisir sera pour moi.

Rafe prit Charlotte dans ses bas et l'embrassa avec ferveur. Puis il interrompit son baiser, plongea le regard dans le sien, et murmura :

— Détache tes cheveux.

Épilogue

Charlotte était moulue. L'accouchement avait été difficile. Des heures de travail pour finir par subir une césarienne, ce qui avait mis Rafe hors de lui.

L'amour rend vulnérable. Voir sa femme souffrir pour mettre leurs enfants au monde avait failli le rendre fou. Mais à présent Charlotte se reposait, et les bébés étaient là.

Un garçon et une fille. Les deux petits êtres les plus parfaits qu'il avait jamais vus.

Parce qu'il les voyait.

Le cœur gonflé d'amour et de fierté, il ne se lassait pas de contempler leurs petites frimousses adorables. Et quand il regardait Charlotte qui s'assoupissait, ses longues boucles blondes répandues sur l'oreiller, il avait l'impression que son cœur allait exploser.

L'amour. La famille.

C'était ça le vrai pouvoir. Ce n'était ni l'argent ni la réussite sociale.

Il avait beaucoup souffert et commis des tas d'erreurs avant de le comprendre, mais à présent il en avait enfin pleinement conscience.

— J'ai un cadeau pour toi, dit Charlotte d'une voix ensommeillée.

— Pour moi ? C'est injuste. C'est toi qui as fait tout le travail.

— Pour toi et pour les bébés. Il y en a deux et ils sont dans mon sac. Ouvre-le, tu verras.

Rafe prit le sac posé sur une chaise. Il contenait deux petits paquets.

— Ouvre-les, dit-elle.

En défaisant le premier avec précaution, il aperçut un reflet bleu. Un poisson en verre carnaval. Le second paquet contenait un poisson identique. Presque identique à celui que son père avait détruit.

La gorge nouée, il eut du mal à parler.

— Charlotte…

— Nous ne pouvons pas changer le passé, dit-elle d'une voix douce. Mais nous pouvons construire notre avenir. Personne ne peut nous en priver.

— Ils seront parfaits dans la chambre des enfants, dit-il en contemplant les poissons chatoyants avant de les poser sur une étagère déjà chargée de fleurs envoyées par leurs amis.

— C'est ce que j'ai pensé, acquiesça-t-elle. Avec un peu de chance ils leur plairont.

— Sinon, je pourrai les prendre dans mon bureau.

— Ce serait très bien aussi.

— As-tu pensé à des prénoms ?

— Pour les poissons ou pour les bébés ?

— Les bébés, répondit-il en pouffant.

Charlotte sourit.

— Oui.

— Et alors ?

— Je me suis dit que nous pourrions les appeler Adam et Philippa. Tu sais, en l'honneur de ces deux amis qui t'ont expliqué que tu avais le choix entre aller me retrouver ou te crever les yeux.

Rafe éclata de rire.

— Ça, c'est une suggestion intéressante !

Mais c'était plus qu'une simple suggestion. Charlotte insista. Ce fut donc Adam et Philippa.

Ce qui devint un sujet de plaisanterie récurrent lors des fréquentes réunions des trois couples, qui restèrent au fil des ans les meilleurs amis du monde.

SUSAN STEPHENS

Dans le lit d'un prince

Traduction française de
JEAN-BAPTISTE ANDRÉ

DIADÈME

HARLEQUIN

Titre original :
A NIGHT OF ROYAL CONSEQUENCES

Ce roman a déjà été publié en 2018.

Chapitre 1

Il était difficile de faire mieux en matière de funérailles, Luca y avait veillé. Conformément au protocole, il était arrivé le dernier et s'était assis à la place d'honneur dans la cathédrale bondée, sous la coupole peinte par l'atelier de Michel-Ange. Sur sa droite, les portes de bronze ouvragé étaient d'une délicatesse qui leur avait valu le surnom de « portes du Paradis ». Mais Luca était bien trop ému pour les admirer. Sa seule préoccupation, en cet instant, était d'offrir le plus digne des adieux à l'homme auquel il devait tout. Et il pensait y être parvenu.

Les drapeaux, dans toute la principauté du Fabrizio, avaient été mis en berne. Les habitants se massaient dans les rues pavoisées de fleurs importées de France. Les musiciens qui devaient jouer pendant la cérémonie venaient de Rome. Une procession de carrosses avait conduit les dignitaires du monde entier jusqu'à la cathédrale. Le meilleur étalon de Luca, Force, avait tiré le cercueil recouvert du drapeau national de son père, ses bottes vides fixées à l'envers dans les étriers comme le voulait la tradition.

Luca tourna la tête et rendit les saluts respectueux que présidents, ministres et autres célébrités lui adressèrent. Que de chemin parcouru pour celui que la presse avait autrefois surnommé « le voyou de Rome » ! Son sens des affaires l'avait rendu milliardaire. Mais c'était à l'homme qu'il enterrait aujourd'hui qu'il devait d'être prince. Le faste qui l'entourait contrastait singulièrement avec les rues taguées où il avait grandi, des rues dont la puanteur aurait éclipsé le parfum entêtant des fleurs qui noyaient l'autel. Dieu merci, les taudis d'autrefois avaient laissé place à des palais gothiques, les graffitis à d'élégants vitraux. Jamais, même dans ses rêves les plus fous, Luca n'aurait imaginé devenir prince. Sa seule préoccupation, à l'époque, avait été de manger à sa faim.

Il adressa un signe de tête à une princesse européenne, la énième à lui jeter un regard charmeur. De son passé, Luca avait gardé un sixième sens qui l'alertait lorsque quelqu'un cherchait à profiter de lui. Il avait également conservé une allure de bagarreur renforcée par son mètre quatre-vingt-dix, son nez aquilin et sa chevelure indisciplinée. Aujourd'hui encore, Luca n'était pas très sûr de ses origines. Il connaissait sa mère, une ouvrière romaine, mais pas son père. C'était le prince défunt qui avait tenu ce rôle dans sa vie.

Ils s'étaient rencontrés dans des circonstances improbables, en un lieu qui l'était plus encore. En visite officielle au Colisée, le prince l'avait surpris qui fouillait dans les poubelles. Mû par ce sixième sens que Luca ne cesserait jamais d'admirer, le souverain avait dépêché son aide de camp, le lendemain, porteur d'une proposition : il offrait à Luca de l'embaucher pour servir de compagnon à son fils, Max. Si cette nouvelle vie ne lui convenait pas, Luca serait libre de partir.

Luca s'était d'abord méfié. Mais il avait fini par accepter, car il fallait bien manger. La petite expérience sociale du prince avait réussi au-delà de toute attente, puisque c'était désormais lui qui portait ce titre. Luca vénérait son père adoptif, l'homme qui lui avait appris à diriger sa vie plutôt que d'en être la victime. Sur son lit de mort, le prince lui avait donné un dernier conseil :

— Max est faible. C'est donc toi qui me succéderas sur le trône. Tu dois te marier au plus vite pour assurer la pérennité de ce pays que nous aimons tous les deux.

Luca avait pris la frêle main de son père et avait donné sa parole. S'il avait pu partager sa force et sa santé avec lui, il l'aurait fait sans hésiter. Il n'aurait reculé devant rien pour sauver à son tour l'homme qui l'avait tiré de la rue.

Comme s'il avait lu dans ses pensées, son frère adoptif Maximus, assis de l'autre côté de l'allée qui partageait la nef, lui jeta un regard haineux. Les deux ne s'aimaient guère et n'en faisaient pas mystère, malgré tous les efforts de leur père pour forger un lien entre eux. Luca avait tenté d'y mettre du sien mais Max s'intéressait davantage aux femmes et à la boisson qu'à son pays. Il s'entourait de thuriféraires avides de faveurs. Alors que le prince avait été son plus grand soutien, Luca savait Max son principal ennemi.

Il reporta son attention sur l'autel, dressant une liste mentale de tout ce qu'avait accompli le souverain. Lui succéder ne serait pas tâche facile, mais c'était lui que le prince avait choisi. Pas étonnant que Max le déteste…

Luca, pourtant, n'avait jamais réclamé un tel honneur. Et s'il l'avait accepté, ce n'était pas pour s'enrichir. Grâce aux investissements qu'il avait effectués une fois ses études d'ingénieur terminées, il était aujourd'hui à la tête d'un empire qui brassait plus d'argent que le Fabrizio entier. Ses sociétés tournaient désormais presque toutes seules, et c'était tant mieux : il allait avoir besoin de toute sa concentration pour diriger le pays — et pour se trouver une épouse.

— Si tu n'y parviens pas dans les deux ans, l'avait

prévenu son père sur son lit de mort, notre Constitution stipule que le trône reviendra à ton frère.

Luca savait ce que cela signifiait : la ruine à court terme du Fabrizio.

— C'est ton destin, avait ajouté le vieux souverain. Tu ne peux pas t'y soustraire.

Si Luca n'avait pas la moindre intention de s'y soustraire, la perspective de devoir épouser une princesse minaudeuse ne le tentait guère. Et pour le moment, il avait mieux à faire. La récolte des citrons approchait et il prenait chaque année la direction des grands vergers qu'il possédait en Italie, son pays natal. Mêlé aux travailleurs et aux gens normaux, il y apprenait tout ce qu'il avait besoin de savoir sur le monde réel. Il n'y avait pas meilleur moyen de prendre le pouls de la société, et il se voyait mal le faire enchaîné à une poupée de porcelaine qui défaillirait à l'idée de mettre de la poussière sur ses escarpins. Ce qu'il lui fallait, c'était une fille de la campagne. Mais où la trouver ?

— Il suffit de savoir regarder, lui avait dit son père. Ouvre les yeux. Sors des sentiers battus.

À l'époque, Luca se rappelait avoir songé que la tâche serait difficile. Maintenant qu'il regardait autour de lui, elle lui paraissait carrément irréalisable.

L'enterrement était humble mais respectable. Callie y avait veillé. À part elle, l'assemblée se composait seulement de leurs adorables et turbulents voisins, les Brown. La cérémonie était sobre, en un contraste presque ironique avec la vie de débauche qu'avait menée son père. Sans les Brown, sans leur bonne humeur et leur gentillesse, Callie soupçonnait qu'elle serait devenue folle. C'était grâce à eux qu'elle croyait encore en la possibilité d'une vie de famille heureuse, quand son propre père avait tout fait pour lui prouver le contraire.

Les larmes aux yeux, elle jeta une poignée de terre sur le cercueil.

— Au revoir papa, murmura-t-elle.

Ma Brown s'approcha d'elle pour poser un bras réconfortant sur ses épaules.

— Ne t'inquiète pas, ma chérie. Ta vie commence enfin. C'est un livre vierge, à toi d'y écrire ton histoire. Ferme les yeux et visualise ton avenir. Pense à un endroit où tu aimerais aller.

Rosie, sa fille et la meilleure amie de Callie, l'étreignit à son tour.

— Maman a raison. Le monde t'appartient. Et la première chose à faire, c'est de partir d'ici, lui conseilla son amie. Tu ne peux pas passer ta vie dans ce port minable.

— Partir ? Avec les dix livres sterling que j'ai en poche ? plaisanta tristement Callie. Je n'irai pas bien loin.

Lorsqu'elle regagna enfin la camionnette des Brown, et que toute la famille s'y fut empilée en compagnie de leurs cinq chiens, elle retrouva un semblant de sourire. Les Brown, c'était une injection de joie pure en intraveineuse. Après une vie passée à supporter la violence physique et verbale de son père, elle en avait bien besoin. Pour la première fois, elle était libre. Mais libre de quoi ?

— Pour le moment, ne pense pas à ton travail, fit Ma Brown, se retournant pour lui parler. Rosie prendra ton service au pub.

— Avec plaisir, confirma son amie. Tu as besoin de vacances.

— Il faudra que je trouve de quoi travailler, où que j'aille.

Son père, bien sûr, ne lui avait rien laissé. Le peu

d'argent que lui versait l'État était passé dans le jeu ou la boisson. Le salaire de Callie au pub avait tout juste couvert le gîte et le couvert, du moins lorsque son père ne volait pas dans son sac pour aller parier.

— Pense à *toi*, maintenant, insista Ma Brown. Tu le mérites.

Penser à elle ? Si seulement… L'espace d'une seconde, Callie s'autorisa à rêver. Elle aurait aimé faire des études, découvrir le monde. Elle ne comptait pas travailler toute sa vie dans un pub. Elle voulait vivre au grand air, sentir la caresse du soleil sur son visage.

— On ne sait jamais, renchérit Rosie. Peut-être qu'en vidant la maison, demain, tu trouveras une liasse de billets oubliée par ton père.

Cette fois, Callie se mit à rire. Son père n'avait rien laissé, de cela elle était certaine. Sans l'aide des Brown, elle ne s'en serait jamais sortie. Le père Brown cultivait un petit potager, et lui avait offert à plus d'une reprise de quoi tenir jusqu'à la paie suivante.

— Et n'oublie pas que tu peux loger chez nous en attendant de te trouver quelque chose.

— Merci Ma, répondit Callie, se penchant pour déposer un baiser sur la joue de sa voisine. Je ne sais pas ce que je ferais sans vous tous.

— Tu te débrouillerais très bien. Tu es intelligente et indépendante, et tu iras aussi loin que le voulait ta pauvre mère. Elle nourrissait de grands espoirs pour toi. Dommage qu'elle ne t'ait pas vue grandir.

Callie sourit — elle allait bientôt devoir prouver de quelle étoffe elle était faite. Car il n'était pas question de s'éterniser chez les Brown, qui n'avaient eux-mêmes pas beaucoup de moyens. Une fois les dettes de son père réglées, elle partirait explorer le monde. Elle commencerait peut-être par Blackpool. L'afflux permanent de touristes, dans cette jolie ville côtière, lui garantissait de trouver rapidement un travail si elle ne se montrait pas trop regardante sur le salaire. Quelque peu rassérénée, elle se promit de parcourir les petites annonces sitôt rentrée chez elle.

Sans la bonne humeur des Brown, vider la maison qu'elle avait occupée avec son père n'aurait pas été une partie de plaisir. Ma ratissa toutes les chambres, tandis que Callie et Rosie séparaient les affaires en ce qui pouvait être jeté, donné ou vendu. La récolte était maigre dans la dernière pile.

— Quel bric-à-brac, murmura Callie.

— Ce vieux salopard, grommela Ma Brown. S'il y avait quelque chose de valeur, il est du genre à l'avoir emporté !

— Je connais mon père. Il n'avait rien.

— Évidemment, vu ce qu'il buvait… Et quand il ne buvait pas, il jouait.

— Erreur ! s'exclama Rosie en émergeant d'une chambre, brandissant fièrement un billet de cinq livres. Regardez ce que j'ai trouvé.

Callie mit ses mains sur ses joues, feignant l'émerveillement.

— Mon Dieu, je suis riche !

— Que vas-tu faire de cette fortune ? s'enquit Rosie.

— Je ne sais pas…

— Tu peux à peine te payer un verre avec ça.

Callie fixa le vieux billet, presque réticente à le toucher. Au fond, son père lui manquait. C'était étrange, après des années passées à quémander un amour qu'il ne lui avait jamais accordé.

— Moi je sais quoi en faire, déclara Ma Brown en prenant le billet. J'ai ma petite idée.

— Faites-en ce que vous voulez, répondit Callie.

Puis elle oublia complètement le billet, du moins jusqu'au moment où elle passa à table avec les Brown ce soir-là. Lorsqu'elle eut terminé son assiette, Ma Brown croisa les bras et parcourut la petite assemblée d'un regard radieux, signe qu'elle allait faire une annonce.

— Ma chère Callie, nous savons tous que tu n'aimes pas les jeux d'argent, et nous comprenons pourquoi. Mais pour une fois, tu vas prendre ce que je vais te donner sans protester.

Callie se raidit lorsque Ma lui tendit un jeu à gratter. Pa Brown tira une pièce de sa poche et la déposa devant elle.

— Ferme les yeux et imagine l'endroit où tu veux aller, souffla Rosie. Qu'est-ce que tu as à perdre ?

Les Brown la dévisageaient avec une excitation presque comique, et Callie fit mine de réfléchir.

— D'accord. Où aimerais-je aller avec mes gains ?

— Gratte d'abord cette fichue carte ! s'exclama Ma Brown, incapable de contenir plus longtemps son impatience.

La famille éclata de rire, et Callie s'exécuta. Puis elle se figea.

— Quoi ? Qu'est-ce qui se passe ? Combien ?

— Cinq mille, répondit-elle d'une voix étranglée.

Personne ne parla. Le silence se prolongea, presque incongru dans une telle famille.

— Hein ? fit enfin Rosie. Combien ?

— Cinq mille. J'ai gagné cinq mille livres.

Ce fut une véritable explosion de joie. Callie et les Brown passèrent les heures qui suivirent à échanger des idées sur la meilleure façon de dépenser cette manne : ouvrir un restaurant, un magasin de sandwichs dans la zone d'activité locale, un refuge pour animaux abandonnés.

— Je devrais vous donner cette somme, déclara enfin Callie. Après toutes ces années, je vous dois bien ça.

— Hors de question, répondit Ma Brown, bras croisés sur son opulente poitrine. Fin de la discussion.

— Tu pourrais acheter tous les chiens abandonnés du monde, fit valoir Tom, le cadet des Brown âgé de six ans.

— Ou une voiture d'occasion, ajouta l'un de ses frères, plus pragmatique.

— Ou des vêtements pour remplir ta garde-robe, renchérit Rosie.

Quelle garde-robe ? Les possessions terrestres de Callie tenaient dans une valise. Mais elle sourit et entra dans le jeu des suggestions, jusqu'au moment où Pa Brown leva la main d'un air grave.

— Ce n'est pas une somme délirante, mais tu devrais t'en servir pour t'offrir une chose dont tu as toujours rêvé, et dont tu te souviendras. On ne peut pas dire que tu as eu une vie très facile. Alors amuse-toi un peu, que diable !

Le silence retomba sur la petite assemblée, médusée. Personne n'avait jamais entendu Pa Brown parler si longuement. Ma Brown s'exprimait en général à sa place, du moins lorsque le vacarme des chiens et des enfants le lui permettait.

— Alors ? Des idées ?

— Oui, répondit Callie, presque surprise par la rapidité avec laquelle elle avait pris sa décision.

— Ne me dis pas que tu veux aller à Blackpool, intervint Rosie, levant les yeux au ciel.

— Non, pas à Blackpool…

Callie se pencha pour prendre le programme télé sur une table basse, puis l'ouvrit sur un encart publicitaire. On y voyait une famille allongée contre une butte verdoyante, face à des vergers lourds de citrons. Un simple titre, *Bienvenue en Italie*, surmontait cette vision idyllique.

— C'est magnifique, murmura Ma Brown.

Prise d'un doute, Callie fit la grimace.

— Mais peut-être pas très raisonnable.

— Qui parle d'être raisonnable ? À toi l'Italie !

Callie se tourna vers la fenêtre et le sinistre spectacle qu'elle offrait. Comme celle qu'elle avait occupée avec son père, la maison des Brown donnait directement sur la rue. Les passants défilaient, les épaules courbées contre le crachin, en un contraste saisissant avec la promesse de l'encart publicitaire. Fini les chaussettes au lit et l'odeur du diesel, à elle le parfum des citrons fraîchement cueillis ! Presque convaincue, elle étudia de nouveau le magazine, avec ses couleurs si intenses qu'elles paraissaient fausses. La « famille » représentée se composait certainement de mannequins professionnels, mais cette expression de joie, sur leur visage, ne pouvait être feinte.

— L'Italie, murmura Ma Brown d'un air songeur, comme si ces mots avaient le pouvoir de l'y transporter. Il va te falloir des tenues plus appropriées. Mais pas besoin de dépenser des fortunes. Tu trouveras ce qu'il te faut au centre commercial.

— Pas le centre commercial, protesta Rosie. Elle peut se payer quelques tenues de qualité, plutôt que ces trucs qui partent en capilotade au premier lavage.

— Un mélange des deux, alors, concéda sa mère.

Callie les écoutait décider de son destin, amusée. L'idée qui prenait forme dans sa tête ne lui paraissait plus si ridicule. Elle méritait bien une petite parenthèse avant d'entamer le nouveau chapitre de sa vie. Ses gains l'autorisaient à prendre un peu soin d'elle.

— Le soleil, la musique, le vin, poursuivait son amie, le regard rêveur.

Et les Italiens, murmura un petit diable intérieur que Callie fit taire aussitôt. Elle avait toujours été prudente en matière de cœur, par manque de temps d'abord, mais surtout parce qu'elle savait par expérience que les hommes pouvaient se montrer violents.

— Alors, Callie, c'est oui ou c'est non ? L'Italie, ou Blackpool ?

Elle sourit — elle était libre, désormais. Libre d'être choyée, libre de se payer une jolie robe et de belles chaussures, libre de se maquiller et de s'amuser, si elle en était encore capable. Elle n'avait rien à perdre.

— Italie, me voilà ! lança-t-elle sous les vivats.

Chapitre 2

Luca, qui venait juste de raccrocher avec Max, se sentait d'humeur massacrante. Son frère n'avait pas perdu de temps. À peine avait-il tourné le dos que ce crétin lui causait déjà des ennuis. Luca savait qu'il aurait dû rentrer au Fabrizio, mais le week-end qu'il passait chaque année dans ses vergers sur la côte amalfitaine était plus important que tout.

Luca remarqua la fille assise au comptoir sitôt qu'il entra dans l'hôtel. Même vue de profil, elle était séduisante. Elle parlait avec Marco, le barman, un grand sourire aux lèvres. Ce faisant, elle regardait les clients entrer dans le grand miroir fixé derrière le bar, comme si elle attendait quelqu'un. Réprimant un pincement de jalousie parfaitement inexplicable, Luca se dirigea vers Marco, qu'il était venu inviter à la traditionnelle fête de lancement de la récolte. Le barman et lui avaient grandi ensemble — le père de Marco travaillait au palais.

Il prit place sur un tabouret et profita de la discussion entre Marco et la fille pour étudier cette dernière de plus près. Ses yeux pétillaient de bonne humeur. Elle était mince, avec juste ce qu'il fallait de courbes, d'une élégance discrète. Sa robe était visiblement coûteuse mais son allure générale la distinguait des femmes exubérantes qu'il appréciait en temps normal et qui pullulaient dans ce genre d'endroit. Ses cheveux roux étaient coupés court — quelque chose lui disait qu'il s'agissait d'un choix pratique plutôt qu'esthétique — tandis que ses yeux verts en amande lui prêtaient une allure exotique. Les taches de rousseur qui saupoudraient ses joues laissaient supposer qu'elle venait d'arriver, d'un coin du monde où le soleil était rare.

Pourquoi consacrait-il tant d'attention à une femme qui ne s'intéressait pas à lui ? se demanda-t-il soudain. Au même instant, elle tourna la tête dans sa direction puis, comme pour le faire mentir, le regarda à son tour avec franchise.

Intéressant…

— Bonjour, lança-t-il.

Il adressa à Marco un regard signifiant qu'il comptait conserver l'anonymat. Sur un clin d'œil, le barman s'éloigna pour servir un client. Luca en profita pour se décaler d'un siège vers l'inconnue, dont le parfum floral l'enveloppa aussitôt.

— Puis-je vous offrir un verre ?

— Je vous connais ? riposta la fille sans se démonter.

Sa question le prit de court, tout comme le ton quelque peu abrasif qu'elle avait employé.

— Je m'appelle Luca, déclara-t-il après quelques secondes.

Il lui tendit une main qu'elle ignora. Deux yeux frangés d'immenses cils l'étudièrent avec suspicion.

— Je ne mords pas, précisa-t-il.

Elle lui prit enfin la main, sans chercher à dissimuler sa réticence.

— Vous êtes pour le moins insistant.

Luca se retint d'éclater de rire. Les femmes, en général, le trouvaient irrésistible. À l'évidence, celle-ci n'était pas tout à fait comme les autres.

— Que voulez-vous boire ?

— Une eau pétillante, s'il vous plaît.

— *Aqua frizzante per la signorina*, fit Luca en se tournant vers Marco, revenu derrière son bar, *e lo stesso per me, per favore.*

Les verres arrivèrent aussitôt. La jeune femme but en silence, un demi-sourire au coin des lèvres. Elle n'avait pas la moindre idée de son identité, Luca en aurait juré. À ses yeux, il n'était qu'un type comme un autre, un homme qui tentait sa chance dans un bar. Et vu sa méfiance instinctive, les choses n'iraient pas plus loin.

Malgré lui, sa curiosité monta d'un cran. La plupart des femmes qu'il croisait le reconnaissaient aussitôt, et son visage avait fait la une de la presse suite à la mort du prince. De quelle planète venait donc cette mystérieuse inconnue ?

Callie tira sur l'ourlet de sa robe, en un accès de pudeur dont elle fut la première surprise. Elle regrettait de ne pas avoir mis le pantalon d'été que Rosie lui avait fait acheter chez une marque prestigieuse, et qu'elle n'avait pas encore sorti de sa valise. Avec une robe si courte, elle imaginait aisément ce que ce type avait dû penser en la voyant assise seule à ce bar. Comment lui faire comprendre qu'elle n'était pas venue en Italie pour ce genre de vacances ? Elle n'avait pas un instant songé que son aventure commencerait par un prélude si explosif. Elle osait à peine bouger, à présent, de peur que l'ourlet ne remonte encore plus sur ses cuisses.

— Je ne connais toujours pas votre nom.

La voix la balaya telle une vague de velours, nuancée d'un léger accent italien. Elle leva les yeux vers son voisin, le cœur battant. Il la dépassait de deux bonnes têtes et la distance à parcourir lui parut interminable, mais lui permit d'admirer au passage ses épaules athlétiques, son cou puissant, sa mâchoire carrée et ses lèvres sensuelles. L'homme la dévisagea d'un air amusé, comme s'il n'avait rien perdu de l'examen auquel elle venait de le soumettre, et Callie s'empourpra.

— Je m'appelle Callista, dit-elle enfin.

Son voisin hocha la tête, une étincelle dans le regard.

— Ce qui signifie « la plus belle » en grec. Je comprends mieux, maintenant.

— Vraiment ? fit-elle en se concentrant pour ne pas rougir davantage. Et Luca, ça signifie « beau parleur » ?

Il se mit à rire, puis plaqua ses deux mains sur son torse d'un air théâtral.

— Vous me fendez le cœur.

— Je n'y crois pas une seconde, répondit Callie, amusée malgré elle. Je suis sûre qu'il en faut plus que ça pour vous briser le cœur.

— Dites-moi plutôt ce que vous faites seule dans un bar d'hôtel.

— Pas ce que vous croyez.

— Je ne crois rien du tout.

— Et vous, que faites-vous seul dans un bar d'hôtel ?

Il rit de nouveau, révélant des dents que son hâle faisait paraître plus blanches encore.

— Je suis venu parler au barman. Et vous, quelle est votre excuse ?

— Je suis en vacances. Que faites-vous, dans la vie ?

La franchise de sa question sembla prendre l'Italien de court, mais il se ressaisit aussitôt.

— Diverses choses.

— Quel genre de choses ? insista Callie.

— Je suis une sorte de… représentant.

— De représentant ?

— C'est ça.

— Et vous vendez quoi ?

— Un pays. Je fais la promotion de sa culture, de ses richesses, de son peuple.

— Ah, vous êtes donc dans le tourisme.

Il acquiesça, et elle enchaîna :

— Quel pays représentez-vous ?

— Vous restez là longtemps ? voulut savoir son interlocuteur.

Callie le regarda d'un air soupçonneux — difficile de ne pas remarquer qu'il avait éludé sa question. Mais elle ne voyait pas d'inconvénient à lui en révéler un peu plus sur elle.

— Juste une semaine. Pas assez à mon goût.

Une petite voix, celle de la prudence, lui soufflait d'en rester là. Mais cet homme lui plaisait, inutile de le nier. Ses yeux noirs et son sourire lui faisaient courir des frissons dans le dos. Elle n'avait jamais vraiment flirté jusqu'à aujourd'hui, et elle fut surprise de constater que l'exercice ne lui déplaisait pas.

— Vous avez déjà dansé depuis votre arrivée ? s'enquit Luca en haussant un sourcil.

— C'est une proposition ?

— Ça vous plairait que c'en soit une ?

— Désolée, mais non, répondit Callie en tendant la jambe pour lui montrer les escarpins dans lesquels elle avait englouti une fortune sous la pression de Rosie. Impossible de danser avec ça. C'est déjà assez difficile de marcher.

— Vous n'avez qu'à les enlever.

Comme par un fait exprès, un groupe se mit à jouer, sur la terrasse, pour lancer les festivités du soir. *Ce serait si romantique de danser sous les étoiles…* Elle regarda

Luca, puis le regretta aussitôt. Ses yeux lui donnaient envie de se déshabiller lentement. Elle frissonna de nouveau, horrifiée. Que lui arrivait-il ? Ce n'était pas le genre d'étincelle coquine dont parlaient les magazines mais une alchimie sexuelle torride, presque animale. Si elle s'embarquait dans une aventure avec cet homme, le plaisir serait au rendez-vous, elle n'en doutait pas un seul instant.

— *Signorina* ?

Rouge comme une pivoine, Callie se força à se concentrer sur l'Italien. Son attitude trahissait une longue expérience de la séduction, et elle prit soudain peur. N'était-il pas temps de se retirer de ce jeu dangereux ? Un jeu qu'il maîtrisait sur le bout des doigts, alors qu'elle était novice ? N'avait-elle pas assez à faire avec cette fichue robe qui menaçait de révéler la couleur de ses sous-vêtements ? Non, vraiment, elle n'avait pas besoin de se compliquer la vie. Il était plus prudent d'ignorer le play-boy dont la cuisse puissante touchait presque la sienne.

— Une autre *aqua frizzante, signorina* ?

Comment parvenait-il à faire sonner une question si plate de manière si sensuelle ?

— Oui, s'il vous plaît, répondit-elle malgré ses bonnes résolutions.

Qu'y avait-il de mal à s'attarder encore un peu ? Elle voulait en savoir plus sur ce type. Et si cela faisait d'elle une femme facile, tant pis ! Elle était venue en Italie pour s'amuser.

Marco remplit un nouveau verre que Luca lui passa. Leurs doigts se frôlèrent quand elle le prit et Callie tressaillit comme si elle s'était brûlée. Une décharge électrique venait de passer entre eux, elle en aurait juré. À l'aide du miroir derrière le bar, elle parcourut la salle pour comparer ses occupants masculins à Luca. Aucun ne lui arrivait à la cheville. Personne ne ressemblait à ce mauvais garçon en jean et chemise nonchalamment ouverte au col, assis d'une fesse seulement sur son tabouret.

— Vous appréciez la vue ?

S'intéressait-il à elle ? se demanda Callie. Il en avait l'air. Peut-être avait-il entendu dire qu'elle avait de l'argent ? Il ne ressemblait pas à un escroc, mais c'était le propre des meilleurs. Après avoir survécu à son père, elle ne comptait pas tomber amoureuse du premier séducteur venu.

Amoureuse ? D'où lui venait une idée pareille ?

— Vous froncez les sourcils, *signorina*, fit valoir son compagnon. J'espère ne pas en être la cause.

— Pas le moins du monde, répliqua Callie avec nervosité.

Cherchant désespérément quelque chose à dire, elle poussa son bol de biscuits d'apéritif vers lui et reprit :

— Vous en voulez un ? Avant que je finisse tout…

L'Italien posa sur elle son regard incandescent. La douce chaleur qu'il avait éveillée au creux de son estomac se transforma en brasier.

— Si vous avez si faim, vous devriez peut-être dîner avec moi.

À ces mots, Callie se raidit. Elle était folle, mais pas à ce point.

— Alors, qu'en dites-vous ? Dîner gastronomique ou biscuits d'apéritif ?

Elle baissa les yeux sur le bol avec embarras — il était presque vide. Au même instant, Luca lui prit la main, geste qui lui arracha un hoquet de surprise. Jamais elle n'avait ressenti une connexion si intense avec un autre être humain. Mais une vive déception l'envahit lorsqu'il se contenta de lui verser le reste du bol dans la paume.

— Profitez bien de votre dîner, *signorina*, dit-il en se levant.

— Vous… Vous partez ?

— Je vais vous manquer ?

— Seulement si le bar est à court de biscuits.

Luca partit d'un rire qui lui fit battre le cœur plus vite, avant de suggérer :

— Vous pourriez venir avec moi.

Et se brûler les ailes avant de s'écraser à terre ?

— Non, merci.

Elle sourit, un peu tristement peut-être, mais avec la certitude d'avoir fait le bon choix. Luca était un véritable aimant, qui l'attirait de ses yeux noirs vers un danger certain.

— Je ne veux pas vous retenir plus longtemps, renchérit-elle d'un ton aimable.

— Vous ne me retenez pas. Je suis là par choix.

Le son de sa voix lui nouait la gorge. Il n'était que charme : son accent, son physique dont la perfection frôlait le cliché, sa carrure athlétique. Chaque fois qu'il la couvait de ce regard puissant, Callie sombrait dans une torpeur sensuelle. Elle s'ébroua pour en sortir.

— *Signorina* ?

Il attendait sa décision, en homme qui n'était pas habitué à se voir refuser quoi que ce soit. Callie mourait d'envie de le suivre, d'abandonner tous ses principes. À quoi bon jouer les filles sages ? Prendre des risques était bien plus amusant. Mais elle savait que, si elle couchait avec lui sur un coup de tête, elle le regretterait.

Tout comme elle regretterait de *ne pas* coucher avec lui. Bref, elle perdait sur tous les tableaux.

— Je préfère rester ici, répondit-elle avec une conviction qu'elle était loin de ressentir.

— Comme vous voudrez. Bonne soirée, alors.

Puis il tourna le dos et s'éloigna sans un regard en arrière. Il n'avait ni suggéré de la revoir, ni demandé son numéro. Callie en déduisit qu'elle avait bien fait de refuser de le suivre.

Après avoir salué Marco, elle descendit à son tour de son tabouret et partit, quelque peu agacée par la frustration qui brûlait dans ses veines. Comment un homme qu'elle ne connaissait pas pouvait-il lui manquer ? En regagnant sa chambre, Callie prit conscience de ce qui n'allait pas : elle n'était pas habituée à ne rien faire. Elle devait s'occuper. Ce voyage, après tout, était censé être une aventure. Elle voulait découvrir l'Italie, son peuple, ses traditions, et ce n'était pas en restant clouée à un tabouret de bar qu'elle y parviendrait. Dès le lendemain, décida-t-elle en se déshabillant, elle trouverait de quoi meubler de manière productive le reste de son séjour. Ainsi occupée, elle oublierait vite l'homme au regard de braise qui refusait obstinément de s'effacer de son esprit.

Sitôt rentré au *palazzo*, Luca appela Marco.

— Qui était cette fille ?

— La *signorina* Callista Smith ? Elle séjourne seule à l'hôtel, si c'est ce que tu veux savoir.

— Je suis donc si transparent ?

Marco éclata de rire avant de répondre :

— Oui.

— Que sais-tu d'autre sur son compte ?

— Juste qu'elle vient du nord de l'Angleterre et que son père est mort récemment. Ce voyage est sa façon de repartir de zéro. En tout cas, c'est comme ça qu'elle me l'a décrit. Je ne sais rien d'autre.

— D'accord. Ça explique pas mal de choses, même si j'en avais deviné certaines.

— Et ?

— Et ça ne te regarde pas, répondit Luca à son vieil ami. Je te vois demain soir pour la fête de lancement de la récolte ?

— Je ne la manquerais pour rien au monde. Mais tu es sûr que tu peux rester ? J'ai entendu dire que Max faisait déjà des siennes au Fabrizio.

— J'ai mis en place des garde-fous pour éviter qu'il ne fasse trop de bêtises.

— Des garde-fous financiers ?

— Exactement. Max bénéficiait d'une pension généreuse du vivant de son père. Il n'a jamais travaillé de sa vie. Non seulement j'ai maintenu cette pension, mais je l'ai augmentée. Il a donc intérêt à ne pas trop faire de vagues.

— Avant que tu ne poses la question, la *signorina* Smith doit rester encore quelques jours à l'hôtel. J'ai consulté le registre.

— Oh ! tu t'intéresses à elle ?

— Ça te dérangerait ?

Après un rapide examen intérieur, Luca fut surpris de constater que c'était le cas.

— Bas les pattes, Marco. Elle est naïve et innocente. Pas toi.

— Je vois, tu te sens déjà responsable d'elle ? C'est du sérieux, alors.

— Je suis un citoyen responsable, ironisa Luca.

— Très bien, fit son ami en riant. Je suis curieux de voir jusqu'à quel point tu comptes protéger son innocence…

Luca répliqua d'un juron aussi coloré qu'affectueux, rappela l'invitation à son ami, puis raccrocha. Tout cela était-il bien raisonnable ? Il avait un pays à diriger, un frère hors de contrôle à tenir en laisse. Et il devait se trouver une épouse plutôt que de perdre son temps à fantasmer sur une parfaite inconnue. Callista Smith était une ingénue — il espérait presque qu'il ne la recroiserait jamais. Elle devait apprendre les joies du sexe et les dures réalités de la vie avec un homme qui avait du temps à lui consacrer. Lui n'avait pas une seconde à accorder à une fille qui, certes, avait piqué sa curiosité pendant cinq minutes, mais s'avérerait sans doute aussi ennuyeuse et superficielle que les autres au réveil.

L'esprit toujours occupé par Callista Smith, il prit le chemin du centre-ville pour dîner dans son restaurant favori. Il devait passer la journée du lendemain dans ses vergers et il avait besoin de prendre des forces.

— Eh, Luca ! Tu es tout seul ce soir ? s'exclama le patron, qui le connaissait depuis son adolescence et sortit de sa cuisine pour le serrer dans ses bras.

— Malheureusement oui, malgré tous mes efforts. Mais rassure-toi, j'ai de l'appétit pour deux.

— L'appétit, ça n'a jamais été ton problème.

Il avait raison, songea Luca en parcourant du regard les femmes attablées dans le restaurant. Toutes le dévisageaient avec intérêt, mais aucune ne lui plaisait. En tout cas, pas autant que Callista Smith.

Callie ouvrit les yeux sur une matinée ensoleillée. Était-elle la personne la plus ingrate du monde ? Elle logeait dans un hôtel cinq étoiles, mais elle avait l'impression qu'il lui manquait quelque chose. Comment était-ce possible, alors qu'elle était blottie sous des draps soyeux qui fleuraient bon la lavande, vêtue de la nuisette de satin bleu que Rosie l'avait convaincue d'acheter ?

Apparemment, le proverbe disait juste : l'argent ne faisait pas le bonheur. Callie n'aurait pas à s'en soucier très longtemps, de toute façon, car la somme qu'elle avait gagnée fondait à vue d'œil. Sautant à bas de son lit, elle se dirigea vers la fenêtre et l'ouvrit en grand. Une trentaine de mètres en contrebas, la mer léchait les falaises blanches et la plage privée de l'hôtel. Une odeur d'iode, de fleurs et de pain frais flottait dans l'air. Qu'est-ce qui, dans ce cadre de rêve, pouvait bien faire défaut ?

Elle se sentait seule, conclut-elle. Les Brown lui manquaient, ses collègues de travail aussi. Et si prendre soin de son père n'avait pas été de tout repos, cette tâche avait donné un rythme à sa vie. Elle était toujours triste lorsqu'elle pensait à lui, au gâchis qu'avait été son existence entière.

Inutile de s'appesantir sur le sujet. Callie comptait prendre son existence en main, et c'était exactement ce qu'elle allait faire. Il était hors de question de passer le reste de son séjour à se morfondre ou à discuter avec Marco au bar. Elle ne voulait pas risquer de rencontrer de nouveau Luca, auquel elle ne cessait de penser. Comment un homme pouvait-il avoir un tel effet sur elle ? C'était ridicule. Pourtant, elle ne pouvait s'empêcher de rêver à ses mains sur son corps, ses lèvres contre les siennes. Heureusement, elle avait assez de bon sens pour ne pas chercher à le revoir. Un tel play-boy ne lui promettait que des larmes.

— Service d'étage ! annonça une voix derrière la porte.

Callie se hâta d'aller ouvrir, et sourit à la jeune femme qui se tenait sur le seuil.

— Désolée, je n'ai pas encore libéré la chambre. Je me suis réveillée un peu tard ce matin.

— Oh ! ce n'est pas un problème. Je repasserai.

— Attendez un instant… Vous parlez très bien anglais. Je peux vous demander quelque chose ?

— Bien sûr. Je m'appelle Maria. Que puis-je faire pour vous ?

Maria n'était pas beaucoup plus âgée que Callie. Ses

longs cheveux noirs étaient rassemblés en un chignon strict mais la chaleur traditionnelle des Italiens pétillait dans son regard.

— Dites-moi, Maria, si vous vouliez travailler au soleil, où chercheriez-vous ?

— Au soleil ?

— Oui, c'est une denrée plutôt rare dans mon pays.

— Oh. Dans ce cas, pas d'hésitation ! C'est le début de la récolte des citrons et il y a toujours de l'embauche. La propriété du prince, juste en dehors de la ville, recherche justement des saisonniers à cette période de l'année.

— Le prince ? C'est très glamour.

— Il est très sympathique, paraît-il. Il doit l'être, vu que les mêmes travailleurs reviennent chaque année.

— Et vous croyez que je pourrai trouver du travail là-bas ?

— Bien sûr, répondit Maria avec un froncement de sourcils. Mais vous êtes sûre que vous voulez récolter des citrons ?

Callie comprit que sa situation était en apparence étrange. Elle logeait dans un hôtel cinq étoiles et demandait à travailler dans les champs — sans doute la requête la plus fantasque dans l'histoire de ce palace.

— J'ai besoin de changement, expliqua-t-elle laconiquement. Et j'aime le grand air.

— Je comprends. Si j'étais vous, je me ferais embaucher aujourd'hui, histoire de ne pas rater la grande soirée d'ouverture.

— La soirée ?

— Il y a toujours une fête au début de la saison, et une autre à la fin, expliqua Maria. Les citrons du prince sont exportés dans le monde entier mais une partie reste ici et sert à faire l'un des meilleurs limoncello du pays.

— Il est vieux, ce prince ?

— Vieux ? répéta Maria dans un éclat de rire. Vous plaisantez ? C'est un homme jeune et incroyablement séduisant.

Callie avait du mal à envisager qu'un homme aussi séduisant que Luca pût exister dans le monde, encore moins dans la même ville, mais elle garda sa remarque pour elle. Il était de toute façon improbable qu'elle croisât le prince ou qu'elle revît Luca. Elle n'était donc pas en danger.

— Avez-vous besoin d'autre chose, *signorina*… ?

— Appelez-moi Callie. Nous nous reverrons bientôt, je suppose.

— Qui sait, peut-être dans les vergers ?

— J'en serais ravie.

Callie prit sa douche, excitée d'avoir enfin un but. Elle se réjouissait déjà de travailler dans ces mêmes champs qu'elle avait vus en photo quelques semaines auparavant. Elle ne serait plus Callie-des-docks pour très longtemps, mais Callie-des-vergers-de-citrons. Et ce titre ensoleillé, elle devait l'avouer, lui plaisait bien plus.

Luca hissa un panier de citrons à l'arrière du camion, puis s'épongea le front d'un revers de manche. Travailler dur sous un soleil de plomb, entouré de gens qu'il aimait et qui se moquaient complètement de son statut, c'était son idée du bonheur. Max était désormais sous contrôle — il s'était mis au vert après la soirée trop arrosée qui lui avait valu de passer une nuit au poste. Luca avait proposé à Michel, son bras droit et son confident, de rentrer au plus vite, mais ce dernier lui avait répondu de profiter au moins de la fête de ce soir avant de revenir.

Son nouveau rôle était exigeant, mais Luca ne songeait

pas à s'en plaindre. Il était au contraire honoré de la confiance que lui avait manifestée son père adoptif. Le seul hic, celui qui le torturait encore et encore, c'était la nécessité de se trouver une épouse. Une femme qui dormirait à ses côtés, une femme qui porterait sa descendance et assurerait l'avenir du Fabrizio.

Les dents serrées, il repensa à Callista. Il voyait mal la jeune femme en princesse soumise, effectuant les yeux fermés son devoir pour le royaume. Débordante de vie, Callista n'accepterait sans doute pas de s'allonger docilement pour le laisser faire sa besogne. Il l'imaginait tout aussi passionnée que lui au lit, tout aussi dominatrice.

Avec un léger sursaut, il s'arracha à ses ruminations. Ce n'était pas en fantasmant sur une fille rencontrée dans un bar qu'il allait régler son problème, et il devait le faire sans tarder. Michel, qui avait longuement servi son père, refusait obstinément de prendre sa retraite tant que Luca n'aurait pas trouvé une épouse.

— J'ai promis au prince de veiller sur toi, avait-il expliqué. Le pays a besoin de se tourner vers l'avenir. Une femme et un héritier ramèneront au sommet de l'État une joie de vivre et une jeunesse bienvenues.

Luca trouverait bientôt une solution, il n'en doutait pas. Son accession au trône avait fait les gros titres, et les prétendantes se présenteraient bientôt aux portes du palais. Il en choisirait une, si du moins il parvenait à oublier un instant Callista. Callista, si jeune, si inexpérimentée… Mais si naturelle, si terre à terre qu'elle promettait le genre de plaisir explosif qu'aucune princesse au monde ne lui offrirait jamais.

Avec un soupir, il empoigna une nouvelle caisse de citrons. « Ton règne sera béni par la venue d'enfants aussi nombreux que les fruits de tes vergers », lui avait annoncé Michel. Une prédiction qui lui faisait froid dans le dos.

Son travail terminé, il fourra ses mains dans les poches arrière de son jean et fit rouler ses épaules, grimaçant en songeant aux dossiers qui l'attendaient sur son bureau. Il les avait parcourus en hâte, ce qui n'avait fait que confirmer ses craintes. Si toutes ces princesses étaient des prétendantes sérieuses, aucune ne l'excitait pour autant.

Que faisait Callista en cet instant ? Il espérait qu'elle n'était pas encore assise dans ce bar. Sans quoi il l'en tirerait sans ménagement et…

Vraiment ? Il sourit, certain de la réaction de la jeune femme s'il s'avisait de la brusquer. Callista n'était pas un mouton. Elle n'accepterait jamais une vie oisive, avec pour seule mission d'assurer sa descendance. Même Michel, diplomate de génie, ne parviendrait pas à l'en convaincre. *Grazie a Dio*. La dernière chose dont il avait besoin, c'était d'une femme qui lui tenait tête. Sa vie était bien assez compliquée comme ça.

Mais une bouffée de plaisir le traversa lorsqu'il imagina Callista dans ses bras. Trouver une épouse convenable, après tout, pouvait bien attendre quelques jours.

Callie étudiait avec fascination l'immense portail qui gardait l'entrée de la propriété princière. Les deux battants, aussi intimidants que dans son imagination, la toisaient de leurs pointes dorées en forme de lances. Des lions de pierre la surveillaient avec méfiance depuis le sommet des poteaux.

— Salut, leur lança-t-elle avec un clin d'œil.

Les lions continuèrent de lui faire la tête.

— Tu parles d'un accueil, marmonna-t-elle.

Était-elle censée entrer par un autre accès ? se demanda soudain Callie. C'était trop tard, elle était là. Puis elle repéra la flèche rouge et se tourna dans la direction qu'elle indiquait. Un boîtier métallique était planté sur le côté, dans les buissons, d'une modernité qui jurait avec le décor environnant. Elle appuya sur le bouton et sursauta lorsqu'une voix aux accents métalliques monta de nulle part.

— *Sollevare la testa, si prega.*

— Je suis désolée, mais je ne parle pas italien.

— Levez la tête, s'il vous plaît, répéta la voix.

Machinalement, Callie fixa le ciel.

— Vers la caméra…

Bien sûr, idiote, ce petit objectif rond en face de toi ! Elle imagina que la personne qui parlait, au bout du fil, devait ricaner.

— Nous prenons une photo pour des raisons de sécurité. Si vous ne voulez pas entrer, veuillez vous éloigner de la grille.

— Non. Je veux dire, je veux rentrer. Je cherche du travail. Je suis désolée s'il fallait se présenter à une autre porte et…

Elle se tut lorsque les grands battants s'ouvrirent soudain.

— Veuillez vous présenter au contremaître dans la première grange que vous rencontrerez.

— Oui, *signor*, euh, *signora…*

Mais le sexe de la Voix resterait à jamais un mystère. La communication fut coupée et Callie pénétra dans un autre monde. Une immense allée en gravier de marbre blanc et bordée de cyprès conduisait à un *palazzo* rose, assommé par le soleil de midi. Flanquée de tours et de tourelles, la bâtisse semblait droit sortie d'un conte de fées. Des nuages de papillons dérivaient entre les parterres de fleurs, des oiseaux chantaient au passage de Callie. Mais elle ne vit pas la grange dont avait parlé la Voix.

— Eh ! *Per di qua !* Par ici !

Elle se tourna — des saisonniers entrés derrière elle lui faisaient signe. Le groupe s'était arrêté devant un chemin latéral qu'elle n'avait pas vu, à demi dissimulé par la végétation. Callie les rejoignit en hâte et constata qu'absorbée par sa contemplation de ce cadre enchanteur, elle avait manqué un signe pourtant évident : « *Benvenuto ai nostro personale stagionale* ».

Bienvenue à notre personnel saisonnier. L'accueil était plus chaleureux qu'au pub où elle travaillait, avec sa notice enjoignant les employés d'entrer par la porte de service sous peine de licenciement.

Les ramasseurs qui l'avaient attendue se présentèrent à elle, souriants. Vêtue d'un short en jean, d'un haut de coton et de tennis achetées sur un marché local, Callie se fondait parfaitement dans le groupe. Elle était excitée, prête pour l'aventure qui s'annonçait. C'était exactement ce qu'elle avait espéré — quelque chose à raconter aux Brown.

Elle fut ravie d'apprendre qu'elle pouvait commencer aussitôt, et être payée en liquide. Parfait. Elle avait prévu de quitter son hôtel de luxe pour une pension des environs, et de prolonger son séjour avec les économies réalisées. Elle voulait découvrir l'Italie, et le contre-exemple de son père lui avait appris qu'il valait mieux économiser chaque centime. Elle avait goûté au luxe et ne le regrettait pas, mais elle en avait tiré une certaine amertume. Alors qu'ici, parmi les saisonniers, elle se sentait chez elle. Personne ne se donnait des airs. Personne ne se sentait obligé de trébucher sur des talons hauts.

La résidence du prince était presque une petite ville. De la route, une telle activité était insoupçonnable. Des dizaines d'équipes s'activaient dans les vergers, et Callie se jeta à corps perdu dans son nouveau travail, équipée de gants épais et d'un outil pour atteindre les fruits les plus hauts. L'odeur des citrons était enivrante, la camaraderie plus encore. Tout le monde voulait aider les nouveaux venus. La fête du soir était sur toutes les lèvres, le moindre saisonnier y était convié. Callie était au paradis.

Elle s'arrêta un instant pour s'éponger le front et boire une gorgée d'eau, puis passa à l'arbre suivant. Un panier léger autour de la taille, elle y lâchait les citrons un à un. Les paniers pleins étaient ensuite déversés dans des caisses et emportés sur des tracteurs étincelants. Lorsque le soleil sombra enfin dans un crépuscule orangé, Callie avait l'impression d'avoir travaillé là toute sa vie.

Elle s'était même fait une nouvelle amie, une femme gironde du nom d'Anita. Cette dernière venait tous les ans du nord de l'Angleterre pour récolter les citrons et faire provision de soleil en prévision d'un long hiver, selon ses propres mots.

— Je vis toute seule, avait expliqué Anita. Mais ici, j'ai l'impression d'avoir une famille.

Callie lui avait parlé des Brown, sa famille à elle. Puis sa nouvelle amie lui avait montré le chemin du réfectoire. Une nouvelle existence s'offrait à elle si elle avait le courage de la saisir.

La saisir, c'était exactement ce que Callie comptait faire. Elle était épuisée, tous ses muscles protestaient, mais elle ne s'était pas sentie aussi heureuse depuis des années. Pour la première fois depuis longtemps, elle avait l'impression d'être libre.

Chapitre 3

Son aventure ne faisait que commencer, songea Callie avec excitation. Anita l'avait conduite jusqu'à l'une des nombreuses cours intérieures du palais, celle où la fête devait avoir lieu. Elle ne pouvait s'empêcher de jeter des regards curieux vers les fenêtres éclairées de la demeure, dans l'espoir d'apercevoir le prince. Mais comme personne ne ressemblait à un prince, et qu'aucun murmure d'excitation ne parcourait la foule, elle en déduisit qu'il était absent.

Anita et elle acceptèrent un verre de limoncello d'un serveur, puis discutèrent joyeusement. Après quelques instants, Callie sentit un frisson entre ses omoplates, un besoin impérieux de se retourner. Elle hoqueta à la vue de l'homme qui se tenait dans un coin de la cour.

— Luca !

— Tu connais quelqu'un ? s'enquit Anita.

— En quelque sorte. Lui, là-bas.

Une petite foule entourait l'Italien — elle ne voyait maintenant plus que le sommet de sa tête. L'intérêt qu'il suscitait n'étonnait pas Callie. C'était ce même magnétisme qui l'avait attirée.

— Il ne m'avait pas dit qu'il travaillait ici.

Anita se mit à rire.

— C'est un régulier, annonça-t-elle d'un air réjoui. Ça va ? Tu fais une drôle de tête.

— Très bien, merci.

C'était un mensonge éhonté. Luca se tourna vers elle au même instant, la forçant à poser son verre et à croiser les bras pour cacher son excitation. Il soutint son regard malgré la distance, malgré la foule, comme s'ils étaient seuls au monde.

— Oh-oh, murmura Anita. Il vient vers toi. Je crois que tu vas avoir une surprise. Quant à moi, il est temps que je m'éclipse.

— Non, Anita, reste…

Trop tard. Avec un énigmatique clin d'œil, son amie se fondit dans la foule. Luca se planta devant Callie, une bouteille de bière à la main et un grand sourire aux lèvres. Elle ne put s'empêcher de sourire en retour, en dépit de la petite voix qui lui soufflait de fuir. Cet homme devait manger de la viande crue et des vierges comme elle au petit déjeuner. Mais elle n'avait jamais reculé devant un défi et elle ne comptait pas commencer aujourd'hui.

Luca, ce soir, était plus séduisant que jamais, vêtu d'un T-shirt blanc qui faisait ressortir son teint hâlé. Avec ses cheveux en bataille et le début de barbe qui ombrait ses joues, il était irrésistible. C'était exactement le genre de type à éviter lorsque, comme elle, on aspirait à une vie tranquille.

Allons, où est ton sens de l'aventure ? Ce n'est pas pour ça que tu es venue ?

Du revers du bras, Luca essuya une tache sur son front et lui sourit de plus belle. Derrière lui, un feu de joie accentuait son apparence d'ange déchu, tout juste tombé sur terre dans un déluge d'étincelles pour semer la zizanie dans les cœurs.

— Bonsoir, fit-elle avec toute la décontraction dont elle était capable.

— *Signorina* Callista Smith, répliqua-t-il. Quelle agréable surprise.

— Vous connaissez mon nom de famille ?

Il avait dû le demander à Marco — elle n'était pas très sûre de ce qu'elle ressentait à cette idée.

— Que voulez-vous, vous avez piqué ma curiosité.

Il exécuta une courbette moqueuse, et Callie remarqua que de nombreux regards étaient braqués sur eux. Luca devait être connu comme le loup blanc, sans doute parce qu'il séduisait sans vergogne les nouvelles recrues.

Elle fit de son mieux pour éviter ses yeux et se concentrer sur une partie moins risquée de son anatomie. Mais laquelle ? Le torse puissant qui gonflait son T-shirt ? Ses biceps saillants ? La protubérance que moulait un jean porté sur les hanches ?

Bon sang, elle était en train de perdre pied. C'était à peine leur deuxième rencontre, elle devait se ressaisir sous peine de se ridiculiser. Contre son instinct initial, elle remonta donc vers son visage et se força à le fixer. Luca ne se privait pas de la regarder *elle*, après tout.

— Ravi de vous voir à cette fête, murmura-t-il avec ce demi-sourire qui la troublait tant. J'espère qu'on y sert des biscuits d'apéritif.

Callie pouffa. Sa chaleur l'enveloppait, sensuelle et rassurante. Et cette voix ! Du chocolat fondant, du velours contre sa peau. Elle lui donnait envie de plaisirs dont l'Italien, elle en était sûre, était expert. Sa haute taille bloquait la lumière, un détail symbolique qui aurait dû l'inciter à se méfier.

— Vous êtes venu seul ? questionna-t-elle pour meubler le silence.

— Oui.

— Et… personne ne vous attend à la maison ? poursuivit Callie de son ton le plus détaché.

— Mes chiens, mes chats et mes chevaux.

— Je crois que vous avez compris ce que je voulais dire.

Son compagnon la fixa avec un sourire en coin, sourcil levé.

— Vous soumettez souvent les gens que vous rencontrez à un interrogatoire ?

Quand ils vous ressemblent, songea Callie.

— Ça dépend.

— Qu'est-ce qui me vaut de passer à la casserole ?

— Vous avez combien de temps devant vous ?

Il éclata de rire, et elle reprit d'un ton plus sérieux :

— Je ne m'attendais pas à vous voir ici, c'est tout. Je suis juste surprise.

— J'espère que c'est une agréable surprise ?

— Bien sûr.

— Quelle politesse. C'est admirable.

— J'essaie de faire preuve de tact, confessa Callie. Parce que en réalité, je suis plutôt brute de décoffrage.

— Brute de décoffrage, ça me va très bien. Laissez-vous aller.

— Vous êtes marié ? demanda-t-elle puisqu'il l'y encourageait. En couple ?

— Je vois que vous ne plaisantiez pas. Vous êtes *vraiment* directe.

— Oui. Avant de poursuivre cette discussion, je voudrais avoir une idée de son contexte.

— J'ai l'air marié ?

— C'est ce que j'appelle une non-réponse, déclara Callie en tournant les talons.

Vif comme l'éclair, Luca la retint par le bras. Comme toutes les fois qu'il la touchait, elle eut l'impression qu'un tison incandescent venait de la brûler. Il la relâcha aussitôt, comme s'il l'avait senti lui aussi.

— Je suis sans attaches. Célibataire. Est-ce que ça satisfait vos exigences morales ?

— Tout à fait. Je voulais juste m'assurer que ma boussole pointait bien vers le nord.

— Vous êtes une femme étonnante, Callista Smith.

— Appelez-moi Callie. Et si vous me trouvez étonnante, vous n'avez pas dû beaucoup sortir de chez vous.

Il éclata de rire une nouvelle fois, de cette voix grave et suave qui donnait envie à Callie de le provoquer jusqu'au bout de la nuit. L'atmosphère, entre eux, était électrique. Et si elle avait longtemps fantasmé de rencontrer un tel homme, tandis qu'elle briquait à genoux le sol du pub où elle travaillait, elle faisait tout de même la différence entre rêve et réalité. Dans la réalité, les coups portaient, les cœurs se brisaient pour de bon. La sagesse lui commandait d'en rester là. D'abandonner ce chasseur né qui avait la mine satisfaite de celui qui vient de trouver sa proie.

— Je m'apprêtais à rentrer, annonça-t-elle, jetant un coup d'œil en direction de la sortie.

— Déjà ? Vous ne vous amusez pas ?

Au contraire. Je m'amuse trop.

— Si, c'est une très belle soirée.

À quoi bon mentir sur ce point ? La nourriture était délicieuse, un groupe de jazz jouait sous les étoiles dans le parfum lourd des hespérides. Et il y avait Luca, bien sûr. C'était une nuit magnifique.

— Mais ?

— Mais je dois travailler demain.

— Moi aussi, fit valoir son compagnon.

— Vous me compliquez la tâche, marmonna-t-elle.

Luca l'empêchait aussi de respirer normalement, détail qu'elle se garda de préciser.

— Après l'effort, le réconfort. Vous avez travaillé dur aujourd'hui. Vous méritez de vous détendre un peu.

Callie, qui savait exactement quel genre de « détente » il avait en tête, ne put s'empêcher de rougir. L'immobilité de Luca évoquait un prédateur sur le point de bondir. Jamais elle n'avait eu à ce point besoin d'une douche glacée.

— Eh, Luca !

Ils pivotèrent de concert — Marco approchait à grands pas. La tension retomba pendant que les deux hommes se saluaient d'une accolade, mais le répit fut de courte durée. Marco repartit bientôt à la recherche d'un verre, et Callie se retrouva de nouveau seule avec la tentation personnifiée.

— Vous êtes toujours là ? ironisa Luca.

— J'attendais de pouvoir vous souhaiter une bonne soirée.

— Ah.

La croyait-il ? Ou se rendait-il compte qu'elle était prisonnière, lapin pris dans le faisceau aveuglant de sa virilité ?

— Parlez-moi de vous, mystérieuse inconnue. Que faites-vous ici ? Vous logez dans un hôtel cinq étoiles mais vous travaillez dans les vergers de citrons.

— Qu'y a-t-il de mal à cela ?

— Oh ! rien du tout.

— Bien. Maintenant que la question est réglée, je vais vous souhaiter bonne nuit.

Au crédit de Luca, il fit un pas de côté sans la questionner davantage. Mais au moment où elle le dépassait, il leva la main pour pousser une mèche rousse qui lui tombait dans les yeux. Callie sursauta, puis posa sur lui un regard incertain.

— Restez encore un peu, susurra-t-il. Ce serait plus agréable.

C'était justement ce qu'elle redoutait !

— Je suis censée être flattée par cette suggestion ? répliqua-t-elle froidement.

— Non. Vous devriez être sur vos gardes.

Surprise par sa franchise, elle partit d'un rire incrédule.

— Il y a des types dangereux dans cette soirée ? Des hommes dont je devrais me méfier ?

— S'il y en a, ils ne vous approcheront pas, je vous le garantis.

— C'est vous qui m'en protégerez ? Vous n'avez pas mieux à faire ?

— Je croyais que vous partiez ?

— Oh ! je pars.

Luca ne cacha pas sa surprise lorsque Callie le dépassa et s'éloigna. Parfait, il appréciait le défi. Tout comme il appréciait le balancement de ses hanches quand elle marchait, son regard franc, son absence totale de déférence à son égard. Elle ignorait totalement qui il était — il en était désormais certain.

Callie Smith était une bouffée d'air frais. Elle ne ressemblait à aucune des femmes qu'il fréquentait habituellement. Pas la moindre d'entre elles n'aurait accepté de travailler dans un verger. Callie, elle, semblait passer sans sourciller du confort d'un cinq-étoiles à un champ écrasé de soleil. Oui, elle l'intriguait.

Après sa journée de travail, elle était plus séduisante encore qu'au bar où il l'avait rencontrée. Elle avait de la terre séchée sur la nuque, et Luca s'imaginait déjà la lui ôter du bout de la langue. Bon sang, s'il ne cessait pas de penser à ce genre de choses, il allait bientôt devoir troquer son jean contre un pantalon de kevlar.

Avant de la persuader de coucher avec lui, il devait tout de même éclaircir certains points. Pourquoi cueillait-elle des citrons pour quelques euros par jour alors qu'elle logeait dans un hôtel de luxe ? Que cherchait-elle ? Une expérience nouvelle ? Et qui la finançait ? Il ne voulait pas se jeter tête baissée dans un piège fomenté par Max pour le discréditer, et livrer le pays aux manigances de son frère. Il était temps d'en apprendre davantage.

Callie s'était arrêtée un peu plus loin pour saluer un petit groupe de cueilleurs, qui s'éparpillèrent respectueusement à son approche.

— Où vont-ils ? demanda-t-elle avec stupeur.

À l'évidence, elle n'était guère habituée aux interactions d'un prince avec son peuple.

— C'est à croire que vous êtes pestiféré, reprit-elle avec son insolence habituelle. Je suis peut-être la seule à ne pas le savoir.

— J'espère que ce n'est pas si grave, répliqua Luca.

Son impertinence l'amusait de plus en plus — c'était une qualité inexistante dans son monde. Cette fille lui plaisait, inutile de le nier. Elle irradiait une sensualité innée, animale. Il n'était que trop facile de l'imaginer nue, son beau visage marqué par le plaisir.

— Vous voulez danser ? proposa-t-il, luttant de toutes ses forces contre ses bas instincts.

— Sûrement pas.

C'était du Callie pur jus, et Luca feignit d'en être blessé.

— Pourquoi pas ?

— Parce que j'ai deux pieds gauche.

— Hum. Je vous guiderai. Je vous apprendrai à vous détendre, à faire durer le plaisir pour mieux apprécier la musique jusqu'à la dernière note.

Callie s'empourpra — elle avait parfaitement saisi le sous-entendu. Mais elle redressa le menton.

— Vous devez porter des chaussures de chantier pour faire preuve d'une telle confiance. Malgré cette proposition tentante, je vais devoir refuser.

Mais Luca n'en avait pas fini, et il la retint par le bras

lorsqu'elle fit mine de tourner les talons. Coupée dans son élan, la jeune femme pivota et s'affaissa contre lui. Sourcils froncés, elle leva les yeux sur lui.

— Surtout, ne vous gênez pas.

Elle ne fit pas pour autant mine de le repousser, nota Luca avec satisfaction. Elle paraissait minuscule contre lui, et il fut pris d'une soudaine envie de la protéger. De quoi, il n'aurait su le dire.

— Si vous voulez partir, je ne vous retiens pas.

— Vous êtes un homme des cavernes.

— Et vous, vous êtes bizarre.

Les lèvres de Callie flottaient à quelques centimètres des siennes à peine. Un violent désir explosa dans ses veines, qu'il ne contrôla qu'à grand-peine.

— Moi, bizarre ?

— Vous êtes très… traditionnelle.

Elle parut y réfléchir, puis hocha la tête.

— La tradition, c'est important. Il faut bien que quelqu'un entretienne les vieilles valeurs.

Elle avait raison, c'était d'ailleurs son propre rôle, songea Luca. Il observa sa bouche si sensuelle, si gourmande qu'il aurait pu s'en repaître pendant des heures.

— Parlez-moi, murmura-t-il.

— De quoi ?

Il s'en moquait — il voulait juste voir ses lèvres s'animer.

— Je ne sais pas.

— C'est mal parti, comme conversation.

— Alors dansons.

— Encore ? Vous ne renoncez jamais ?

Mais elle ne résista pas quand Luca l'entraîna vers la piste, où un espace naturel parut se libérer à leur approche. Callie vit les invités s'écarter, un fait qu'elle attribua à la beauté magnétique de son compagnon. Pourquoi l'avait-il choisie *elle* pour danser, elle n'en avait pas la moindre idée, d'autant qu'elle ne lui avait pas facilité la tâche.

Lorsqu'il se pencha pour l'embrasser dans le cou, elle décida qu'elle se moquait du pourquoi. Pour être honnête, en cet instant, elle se moquait du reste du monde.

Chapitre 4

Risque contre plaisir, songeait Callie, les yeux perdus dans ceux de Luca. Ce simple échange de regards suffisait à enflammer ses sens mais elle décida qu'une danse, une seule, ne la mettrait pas en danger. Elle réprima l'envie de se serrer plus étroitement contre lui lorsque Luca glissa une main dans son dos, et s'efforça de maintenir une distance respectable entre eux. Les autres couples s'étaient écartés pour leur faire de la place, ils n'avaient donc pas la moindre raison de se coller l'un à l'autre. Pas la moindre raison, à part l'alchimie sexuelle qui embrasait l'atmosphère…

Callie ne tarda pas à s'apercevoir — et à s'étonner — de la popularité de Luca. De nombreux regards étaient braqués sur eux, accompagnés de sourires entendus. Une certaine excitation régnait dans l'air et elle se demanda si le prince ne venait pas d'arriver. Elle regarda autour d'elle, mais elle ignorait à quoi il ressemblait et elle était bien incapable de l'identifier. Les autres invités devaient simplement se demander comment elle avait pu retenir l'attention d'un homme aussi sexy que Luca.

Réprimant l'étrange sensation que quelque chose n'allait pas, elle se concentra sur son compagnon. Danser avec lui s'apparentait à un sport extrême. La musique et ses rythmes les avaient rapprochés, seul un filet d'air se glissait encore entre eux. Callie ne voyait qu'une activité plus intime : faire l'amour !

Non, elle ne devait surtout pas penser à ce genre de chose. Elle avait accepté une danse, une seule, puis elle rentrerait. Garder le contrôle de la situation, voilà son mot d'ordre. Ni trop proche ni trop distante. Bien sûr, un diablotin perché sur son épaule lui soufflait d'abandonner toute prudence, de profiter de la vie *maintenant*. Elle n'était plus une bonniche qui nettoyait un pub à genoux mais une aventurière au teint bruni par le soleil.

Elle se força à se détendre, consciente de la tension qui lui raidissait la nuque. Luca avait raison : il était facile de danser avec lui. Quand elle était dans ses bras, son corps savait quoi faire, ses pieds où se placer. Elle bougeait instinctivement. Luca était doué, elle devait le reconnaître. Sous ses dehors rugueux, c'était un séducteur né, capable d'une douceur surprenante. Elle ne devait pas l'oublier.

Malgré ses bonnes résolutions, il était difficile de ne pas être troublée. Jamais Callie n'avait joué un tel jeu, et sa propre audace l'enivrait en même temps qu'elle l'effrayait. Était-ce son cœur qui cognait si fort ? L'Italien était d'une telle virilité qu'elle peinait à aligner deux idées cohérentes. Elle mourait d'envie de glisser les doigts dans ses cheveux, d'explorer son corps. De sentir ses joues sombres lui râper la peau, d'obéir aux muettes injonctions de ses lèvres tandis que ses mains puissantes la…

Non ! Elle devait partir, et vite.

Elle n'en fit rien.

Soudain, le bourdonnement d'un drone se fit entendre au-dessus de leur tête.

— Ils surveillent simplement la foule, expliqua Luca, suivant son regard curieux.

— Comme si nous étions importants… Je suppose que le prince est dans les parages.

— C'est possible.

Une étincelle amusée pétillait dans le regard de l'Italien, et Callie pouffa.

— Je dois vous paraître un peu naïve… Mais vous êtes habitué à tout ça, puisque ce n'est pas votre première saison. Pour moi, tout est nouveau, incroyablement exotique.

— Ne vous y trompez pas, j'apprécie votre candeur. Parlez-moi de l'endroit d'où vous venez.

— C'est une petite ville portuaire du nord de l'Angleterre, rien de très excitant.

— Continuez.

Callie accueillit ce retour à la réalité avec soulagement. C'était exactement ce dont elle avait besoin, l'antidote parfait aux larges mains qui reposaient sur sa taille et faisaient courir des frémissements langoureux sur son corps. Mais comment expliquer à un homme qui vivait dans l'un des plus beaux pays du monde ce qu'était sa vie ? Le mieux, c'était de s'en tenir à la vérité.

— J'ai beaucoup de chance. J'ai des voisins adorables, un travail, des amis merveilleux.

— Donc, vous vivez seule ?

Il était difficile de se concentrer, plaquée ainsi contre lui, mais elle se força à répondre :

— Je vivais avec mon père. Il est mort, juste avant ce voyage.

— Je suis navré de l'apprendre.

— Il a été tué dans une bagarre entre ivrognes, murmura-t-elle, presque malgré elle.

Comme chaque fois qu'elle évoquait son père, une bouffée de culpabilité envahit Callie. Elle savait bien, pourtant, qu'elle n'aurait rien pu faire pour lui. Elle avait essayé plus d'une fois de l'aider, en vain.

Parce qu'elle ne voulait pas donner l'impression à Luca qu'elle cherchait sa pitié, elle se força à sourire.

— Que voulez-vous, la vie continue !

— Et maintenant, vous déployez vos ailes.

Callie sourit en repensant aux premiers jours qu'elle avait passés en Italie.

— J'essaie des choses nouvelles. Et je dois avouer que j'adore ce pays. La chaleur de ses habitants, le soleil, sans parler de cette soirée… Quand je pense que je travaille pour un prince ! J'ai l'impression d'être libre pour la première fois de ma vie.

Redoutant de s'être trop confiée, elle rougit et ajouta :

— Désolée. Je vous raconte ma vie.

— C'est moi qui vous l'ai demandé. Continuez, ça m'intéresse.

Callie s'exécuta, tout en prenant soin d'omettre le mot « aventure » de son récit. Elle ne voulait surtout pas qu'il se fasse des idées. La musique continuait, Luca avait resserré son étreinte, et elle se surprit à se livrer sans retenue. Elle évoqua l'esprit de camaraderie qui régnait dans sa petite ville, dans le pub où elle travaillait, mais aussi la violence qui menaçait d'éclater dès que quelqu'un avait bu — c'est-à-dire tous les soirs.

— *Dio*, Callie, comment votre père a-t-il pu vous laisser travailler là-bas ?

— Personne ne m'a donné la permission. C'est un travail honnête. Et bien payé, ajouta-t-elle en riant. Ils n'ont pas le choix, s'ils veulent garder leurs employés dans un tel endroit.

Luca ne parut pas le moins du monde amusé par sa remarque.

— C'est effroyable.

— Nous avions besoin d'argent, soupira Callie. C'est aussi simple que cela. Je n'avais pas exactement l'embarras du choix.

Luca était un Italien pur souche, se rappela-t-elle, sans

doute très protecteur. Mais derrière cette façade macho, elle devinait une douceur surprenante. Elle se laissa aller contre lui en soupirant — elle ne s'était jamais sentie aussi en sécurité.

— Vous êtes bonne danseuse, remarqua-t-il.

— Parce que vous me portez à moitié !

Il n'y avait plus, désormais, le moindre espace entre leurs corps. Ils se touchaient, se frottaient au gré de la musique, et Callie n'était pas loin d'oublier toutes ses bonnes résolutions. Elle aspirait à une fusion plus complète encore avec cet homme qui ne ressemblait à aucun autre.

Comme s'il avait lu dans ses pensées, il se pencha vers elle et souffla :

— Vous ne trouvez pas que nous avons assez dansé ?

Callie se perdit dans les profondeurs de son regard, et s'y serait sans doute noyée sans le drone qui revint les survoler au même instant.

— Si le type qui contrôle cet engin s'intéresse tant que ça à nous, pourquoi ne vient-il pas nous voir en personne ? maugréa-t-elle.

— Je doute que nous soyons les seuls à l'intéresser.

— Vous croyez que ce drone signifie que le prince est là ?

— C'est possible.

— Je ne l'ai pas encore vu, et vous ? Vous êtes un habitué du lieu, après tout. Vous avez dû le rencontrer.

— Je suis vexé, déclara Luca avec un sourire qui démentait ses propos. Vous n'arrêtez pas de parler du prince.

— Parce que je n'en ai jamais rencontré. Ça me fera quelque chose à raconter à mon retour.

— Et moi, alors ?

— Si vous cherchez les compliments, vous perdez votre temps.

Dans un grand éclat de rire, Luca la prit dans ses bras.

— Posez-moi tout de suite ! s'exclama Callie.

— N'y comptez pas. Vous ne voulez pas savoir jusqu'où cette aventure peut mener ?

— Je le sais exactement, j'espère donc que vous plaisantez. Qu'une chose soit claire : ce soir, je dormirai seule.

Luca ne la reposa pas pour autant. D'un pas déterminé, il traversa la cour. La foule s'ouvrait devant eux comme la mer Rouge. Callie savait qu'elle aurait dû lutter, se débattre, mais c'était une nuit magique, et le moment l'était plus encore.

Ses sens s'emballèrent lorsque Luca déposa un baiser au creux de son cou. La tentation de mener l'aventure à son terme, comme il le suggérait, était forte. Mais elle reprit ses esprits au moment où ils s'apprêtaient à quitter la cour.

— Je dois y aller, maintenant. Assez joué.

Avec un soupir, son compagnon la remit sur ses pieds.

— Vous ne devez rien du tout. Restez.

— Vous êtes à ce point décidé à me corrompre ?

— Vous corrompre ? répéta Luca d'un air moqueur. Je ne ferais jamais une chose pareille. Venez par là.

Sans attendre de réponse, il la prit par le bras et l'entraîna vers les jardins du palais. Callie était la proie d'une excitation croissante, presque irrésistible. N'était-ce pas ce dont elle avait rêvé en organisant ce voyage ? Un festival d'imprévu, de spontanéité ?

— Où m'emmenez-vous ? l'interrogea-t-elle lorsque Luca poussa un portail qui menait aux vergers.

— Patience…

Ils marchèrent quelques minutes encore, jusqu'à une rivière qui serpentait, ruban d'argent sous la pleine lune, au beau milieu des arbres fruitiers. Callie se força à sourire, mais il en fallait davantage pour tromper Luca.

— Qu'est-ce qui ne va pas ? demanda-t-il aussitôt.

— Tout va très bien.

Si elle exceptait, bien entendu, son désir de vivre d'autres nuits comme celle-ci. L'herbe était tendre et fraîche sous ses pieds, le ciel piqué de millions d'étoiles. C'était le cadre parfait, la nuit parfaite, l'homme parfait. Sans réfléchir, elle lui prit la main.

Sans se faire prier, Luca l'attira contre lui pour l'embrasser. Ses yeux, ses mains chamboulaient Callie, lui laissaient espérer une communion plus intense encore. Sa force la bouleversait, son parfum l'enivrait. Tout en Luca lui plaisait. C'était un homme de la terre, généreux, un homme qui se servait de son corps comme de son esprit. Il était drôle, charmant et d'une loyauté à toute épreuve, ainsi que le prouvait sa réticence à lui révéler l'identité du prince.

Il était impossible, désormais, d'arrêter le train en marche. Callie était une femme de chair et de sang, animée de désirs contre lesquels elle n'avait pas de raison de lutter. Une petite voix lui soufflait de faire confiance à Luca. Avec lui, elle n'avait rien à craindre. Il était… différent. Il ne ressemblait pas aux autres hommes, même si elle aurait été en peine d'expliquer pourquoi.

Et c'était justement ce qui lui faisait peur : si Luca avait l'air de contrôler la situation, Callie avait le sentiment de perdre pied, de sombrer dans une douce folie. Tout était inédit, les sensations qui traversaient son corps, son envie brutale de fusionner avec cet homme et de se livrer à lui sans retenue.

— J'ai envie de vous, murmura-t-elle, abandonnant toute prudence.

Luca savait qu'elle était à l'agonie — il en était responsable. Il se contenta de sourire, en prédateur sûr que sa proie ne pouvait plus lui échapper. Cette assurance crâne, au lieu d'irriter Callie, ne fit qu'accentuer son effervescence.

— Enlevez ça, ordonna-t-elle en tirant sur sa chemise. Le reste aussi d'ailleurs.

Une lueur amusée éclata dans les yeux sombres de l'Italien.

— Vous d'abord, répliqua-t-il. Donnant-donnant.

Ainsi, le jeu commença — un jeu qui ne pouvait aboutir qu'à une seule conclusion. Sans le quitter des yeux, Callie déboutonna son haut. Elle prit tout son temps, laissant la tension croître entre eux. À elle de le faire attendre, à présent. Après presque une minute, elle laissa tomber le vêtement.

— Vous portez un soutien-gorge, remarqua Luca avec un froncement de sourcils. Nous aurions dû définir les règles de ce jeu avant de commencer. Enlevez aussi vos sandales, sinon ce n'est pas juste.

Sans hésiter, Callie les envoya valser.

— Voilà. À votre tour, maintenant. Votre chemise.

— Vous êtes certaine que c'est ce que vous voulez ?

— Absolument certaine. Je n'ai pas l'intention de changer d'avis, alors ne perdez pas de temps à discuter. À moins que ce ne soit vous qui préfériez en rester là ? Si vous ne souhaitez pas…

— Oh ! je le souhaite très fort, n'en doutez pas.

Ils continuèrent de se déshabiller à tour de rôle, en silence. Luca risquait fort de gagner à ce jeu, songea Callie, les joues brûlantes. Comment réagirait-il lorsqu'il la verrait nue ? Il la comparerait sans doute aux nombreuses autres qui l'avaient précédée. Et un homme tel que lui devait attirer les plus belles femmes de la planète. Un accès de timidité s'empara d'elle, mais elle le repoussa fermement et se concentra sur les doigts bruns de son compagnon, occupés à déboutonner son jean.

Callie rougit plus furieusement encore lorsque son pantalon tomba à terre, révélant une magnifique érection.

Bien sûr. Elle aurait dû prévoir qu'il ne portait rien sous son jean. Mais elle redressa le menton, s'efforçant de ne pas regarder… *là*.

— À vous, déclara-t-il sans manifester la moindre pudeur.

— Les règles du jeu stipulent que…

Elle hoqueta lorsque Luca l'attira soudain contre lui.

— Au diable les règles, souffla-t-il, les lèvres au creux de son cou.

— Oh…

Instinctivement, Callie frotta son bassin contre le sien. Elle voulait davantage qu'un simple baiser. Elle voulait *tout*, et elle le voulait maintenant.

— Pas si vite, gronda Luca. Je vois qu'il va falloir vous enseigner certaines choses.

— D'accord. Apprenez-moi.

L'Italien se mit à rire, puis dégrafa son soutien-gorge d'une main habile.

— Jolis sous-vêtements, observa-t-il en connaisseur.

Maintenant, c'était certain, il allait se faire des idées. Encouragée par Rosie, Callie avait choisi des sous-vêtements particulièrement affriolants. Mais entre les acheter dans un grand magasin sans personne alentour et s'exhiber devant un homme, il y avait un fossé. Son string et son soutien-gorge, d'une marque réputée, étaient faits d'une mousse de tulle rose ourlée de dentelle aigue-marine. Autant dire que ce n'était pas du tout ce qu'elle portait en temps normal pour aller travailler. Dieu seul savait ce que Luca allait imaginer.

— Vous êtes sublime, murmura-t-il, la rassurant et la désarmant tout à la fois.

— Vraiment ?

— Si vous en doutez, il n'y a qu'un seul moyen de vous en convaincre…

Il l'embrassa de nouveau. Cette fois, la nature de son baiser avait changé. Il n'était plus taquin mais lourd d'une émotion qu'elle peinait à identifier, une émotion qui la rendait heureuse et triste, excitée et confuse à la fois. Le paradoxe n'était pas difficile à comprendre. Elle était heureuse d'être avec lui, triste parce que cette histoire ne pouvait pas durer. Et si Luca l'excitait, elle redoutait de tout gâcher par manque d'expérience.

— Arrêtez, murmura-t-il contre ses lèvres. Arrêtez de réfléchir et suivez votre instinct, Callie.

Son instinct lui soufflait de se frotter à cet homme, d'enserrer sa taille avec ses jambes pour soulager au plus vite le désir lancinant qui pulsait au creux de son ventre. Comme s'il avait lu dans ses pensées, Luca l'allongea dans l'herbe fraîche et explora son corps du bout des lèvres. Le ruisseau babillait à quelques mètres à peine, les feuilles bruissaient au-dessus de leur tête, mais Callie avait l'impression d'avoir basculé dans un autre monde. Tout y était plus intense. Ses sens décuplés enregistraient le moindre détail, le parfum boisé de son compagnon, la texture de son torse sous ses seins. Elle brûlait de désir, et eut un moment d'appréhension lorsqu'il récupéra son jean pour en tirer un petit carré d'aluminium. Dieu merci, il pensait à les protéger. Dans son état, Callie oubliait toute prudence.

Elle geignit quand il se pencha pour taquiner chacun de ses seins du bout des lèvres. Son corps s'arc-bouta en un appel muet, et elle agrippa les épaules de Luca comme un rocher en pleine tempête. Répondant à sa supplique, il prit place entre ses jambes et s'allongea sur elle. Son poids arracha à Callie un hoquet de stupeur — et suscita un moment de panique. Était-ce vraiment ce qu'elle voulait ? Mais il n'était plus question de reculer.

— Tout va bien, souffla son compagnon comme s'il avait perçu son indécision.

— Ce n'est pas moi qui dirai le contraire ! répondit-elle avec un entrain un peu forcé.

— Sérieusement. Détendez-vous. Tout va bien se passer, j'y veillerai.

Callie vit dans son regard qu'il était sincère. Ses doutes s'envolèrent et son désir reprit le dessus, mâtiné d'incertitude. Qu'aimait-il, dans ces moments-là ? Elle avait si peu d'expérience en matière de sexe qu'elle voulait éviter tout faux pas.

— Vous me faites confiance ? souffla-t-il contre ses lèvres.

— Oui, répondit-elle sans avoir besoin de réfléchir.

Sa main glissa entre leurs corps, se perdit dans ses cuisses moites.

— Oh… C'est… C'est…

— Bon, susurra-t-il. C'est le mot que vous cherchez, je crois ?

Callie répondit d'un souffle saccadé, et parvint enfin à articuler :

— C'est plus que ça…

— Vous en voulez encore ? murmura Luca.

Ses doigts poursuivaient leur danse au creux de son être, avec une habileté consommée. Il savait exactement quoi faire, où, comment, à quelle vitesse. Il savait quand s'arrêter, accélérer, quelle pression exercer.

Il glissa un doigt en elle, puis deux, pénétrant sans effort le fourreau soyeux de son sexe. Les sensations étaient moins intenses que lorsqu'il caressait son clitoris, mais pas moins excitantes. Du bassin, elle accentua cette douce invasion, encore et encore, jusqu'au moment où, sans crier gare, il s'arrêta.

— Non ! protesta-t-elle. Encore !

— Avec plaisir…

D'une seule poussée, il fut en elle. Callie le dévisagea avec une stupeur muette, d'abord incapable de dire si elle aimait cela. Puis ses nerfs se ranimèrent, un par un, lui firent prendre conscience du faisceau marmoréen qui, pour la première fois de sa vie, lui donnait l'impression d'être entière.

— Oui, soupira-t-elle. Oh oui…

Luca amorça un lent va-et-vient en elle, puis pressa l'allure. La bulle de plaisir que Callie sentait enfler dans son ventre explosa soudain, balayant tout sur son passage. Une lumière aveuglante chassa la nuit. Elle entendit quelqu'un crier — elle, peut-être. Lorsque l'obscurité revint, elle gisait pantelante sur l'herbe humide de rosée.

— Et nous ne faisons que commencer, murmura Luca.

Il était toujours en elle et se remit à bouger après quelques secondes, avec douceur d'abord, pour lui donner le temps de redécoller. Il ne fallut pas longtemps à Callie pour hoqueter de nouveau sous les assauts de ses hanches. Mais cette fois, elle était bien décidée à l'entraîner avec elle lorsqu'elle basculerait dans l'abîme. Du bassin, elle encouragea donc ses mouvements, l'attira plus profondément en elle. Avec un grondement d'approbation, Luca lui agrippa la taille à deux mains.

— Je vois que vous aimez ça.

Jamais il n'avait connu une femme comme elle. Leur complicité, leur aisance auraient pu laisser croire qu'ils étaient amants depuis des années. Mais leur étreinte avait la fraîcheur des premières fois. Luca avait, de plus, l'impression diffuse d'avoir trouvé la perle rare, et il lui fit l'amour avec une énergie fiévreuse, comme pour la marquer de son sceau à tout jamais.

D'une main, il lui cloua les poignets dans l'herbe. Arc-bouté sur elle, il s'abandonna enfin en saccades brûlantes au creux de son ventre. Callie cria son nom pour la seconde fois et ils s'effondrèrent dans les bras l'un de l'autre, baignés de sueur.

Enfin, la jeune femme se tourna vers lui. Les yeux de Luca, dans l'obscurité, brillaient comme deux éclats d'onyx.

— Tu es incroyable…, dit-elle.

D'une main, il lui enveloppa la joue.

— Je te retourne le compliment, répondit-il d'une voix douce.

Chapitre 5

Ils se baignèrent dans le ruisseau sans se soucier de la fraîcheur de l'eau, puis s'allongèrent sur la rive le temps de sécher, les yeux dans les yeux. Luca parut surpris lorsque Callie insista pour rentrer avec l'un des bus réservés aux cueilleurs. Elle ne se sentait pas prête à passer la nuit avec lui. Elle devait réfléchir à ce qui venait de se passer, s'habituer à l'idée que sa vie avait peut-être changé à jamais. Et tant pis si leur relation n'avait pas d'avenir, songea-t-elle comme Luca l'embrassait pour lui souhaiter bonne nuit. Elle ne laisserait pas la moindre amertume ternir le souvenir de ces moments.

Sa bonne humeur perdura jusqu'au moment où elle regagna enfin l'hôtel, et fut accueillie par le visage contrit du concierge.

— J'espérais vous voir, *signorina* Smith. Ceci vient d'arriver pour vous.

Callie étudia l'enveloppe que l'homme lui tendait, inquiète. Puis elle la décacheta et parcourut le message qu'elle contenait. Suite à une erreur de réservation, la chambre qu'elle avait réservée à partir du lendemain dans une petite pension n'était plus disponible. Elle froissa le papier avec un froncement de sourcils, se demandant que faire. Une chose était sûre : elle ne pouvait pas se permettre de rester dans ce palace.

— Je n'ai pas les moyens de prolonger mon séjour, déclara-t-elle en rougissant. J'ai beaucoup apprécié votre hôtel, bien sûr, mais j'ai besoin de me trouver un logement moins cher. Vous pouvez peut-être m'aider ?

Le concierge se dandinait d'une jambe sur l'autre, visiblement mal à l'aise.

— Je vous en prie, *signorina.* Vous n'aurez rien à payer. Vous n'êtes pas responsable de la situation et il y va de l'honneur du village. Nous n'accepterons pas la moindre somme d'argent. Ce serait insultant.

— Je ne peux pas rester ici sans payer, répliqua fermement Callie. C'est hors de question.

— Tes frais de séjour ont été pris en charge.

Elle pivota, surprise par la voix familière qui venait de résonner dans son dos.

— Luca ! Tu m'as suivie ?

— Oui, reconnut-il sans vergogne.

Ce dernier, échevelé et plus séduisant que jamais, détonnait dans le luxueux foyer de l'hôtel. Callie étudia la tenue de l'Italien, puis la sienne, et ne put retenir un sourire. Ils ressemblaient à ce qu'ils étaient : deux ouvriers agricoles. Une raison de plus pour décamper au plus vite vers un établissement plus conforme à ses moyens financiers.

Mille et une émotions la traversèrent. Malgré son vieux jean et son T-shirt taché, Luca ressemblait à un prince. Elle se moquait d'autant plus de sa façon de s'habiller qu'elle le préférait nu.

— Tu es derrière tout ça ? maugréa-t-elle en lui tendant la lettre.

Du coin de l'œil, elle vit le concierge regagner son bureau, plus mal à l'aise que jamais. Quelque chose se tramait, c'était évident. Luca connaissait Marco. S'étaient-ils arrangés pour la forcer à habiter chez Luca ? Elle refusait d'être manipulée, surtout par cet homme.

— Disons que j'ai entendu parler de tes problèmes de logement. Je n'en suis pas responsable.

Callie le dévisagea d'un air soupçonneux, mais il ne semblait pas désireux d'en dire davantage.

— Et je suppose que tu ne sais rien du mystérieux et généreux philanthrope qui s'est proposé de payer mon séjour ?

— Tu ne te plais pas ici ?

— Ce n'est pas la question.

Luca lui parlait du ton calme qu'un guide touristique aurait employé pour apaiser un client furieux, pas de celui d'un homme qui venait de lui faire l'amour. Peut-être avait-il déjà oublié cet épisode.

— Je veux juste m'assurer que tu as un logement, si possible confortable.

— Et je t'en remercie, mais je suis capable de me débrouiller toute seule, fit-elle valoir avec raideur.

— La pension où tu as réservé a eu un dégât des eaux, expliqua Luca, pendant que le concierge acquiesçait avec véhémence. Marco m'en a averti, c'est tout.

— Et comment Marco savait-il que j'avais réservé une chambre dans cette pension-là ?

— Je suis désolé, Callie, mais dans une petite ville comme celle-ci, tout se sait.

— C'est donc Marco qui te l'a dit.

Luca haussa les épaules — ce détail n'avait apparemment pas la moindre importance à ses yeux.

— Accepte notre offre, reprit-il comme s'il était le propriétaire de l'hôtel. Tu seras plus près des vergers ici. Si du moins tu as l'intention de continuer à travailler pour le prince ? demanda-t-il en haussant un sourcil interrogateur.

— Bien sûr que oui.

— Alors viens avec moi.

Puis il se dirigea vers la porte, comme s'il s'agissait d'une affaire réglée. Venir avec lui ? Où ? Voulait-il la ramener à la soirée… ou chez lui pour des festivités d'un autre genre ?

Quelle qu'elle fût, la proposition était tentante. Mais tout allait trop vite, et Callie avait besoin de réfléchir.

— Merci, mais je suis fatiguée. Je préfère aller me coucher, si tu n'y vois pas d'inconvénient.

Sans attendre la réponse de l'Italien, elle tourna les talons et s'engouffra dans l'ascenseur.

Le lendemain, Luca dut se rendre à l'évidence : Callie l'évitait. Il fut piqué dans son orgueil. À l'heure du déjeuner, cependant, tout le monde se rassembla dans le bâtiment qui abritait la cantine. Ils se trouvèrent côte à côte dans la file, et elle le salua d'un signe de tête.

— Luca.

Callie le snobait, c'était évident. Elle n'avait sans doute pas apprécié son intervention à l'hôtel. Elle était fraîche comme une fleur après avoir passé la matinée à travailler au tri des citrons dans un hangar climatisé. Son short révélait ses jambes fines, moulait les fesses rondes qu'il avait caressées la veille.

— Excuse-moi, murmura-t-elle en le dépassant avec son plateau.

Au lieu de s'écarter, Luca se planta devant elle. Il vit Callie tressaillir, lever les yeux vers le bandana qu'il avait noué autour de son front, puis redescendre le long de son torse et s'attarder sur ses bracelets de cuir piqués de pierres semi-précieuses, un cadeau des enfants du Fabrizio.

— Je peux me débrouiller seule, merci, déclara-t-elle lorsqu'il lui prit son plateau des mains.

— J'en suis sûr. Mais il faut savoir accepter l'aide qu'on t'offre, dans la vie.

Elle fronça les sourcils, comme si ce n'était pas la première fois qu'on lui faisait cette remarque.

— Tu as décidé de rester à l'hôtel ? demanda Luca tout en transportant son plateau jusqu'à la table où Anita l'attendait.

— C'est pour ça que tu es là ? Pour me questionner ?

L'espace d'un instant, il songea à la jeter sur son épaule pour la ramener chez lui. Puisqu'elle le considérait comme un homme des cavernes, autant se comporter comme tel. La tension, entre eux, allait finir par exploser, et il savait exactement de quelle manière. Par chance, il parvint à contrôler ses bas instincts et tourna les talons.

— À plus tard alors.

Un peu de frustration leur ferait du bien à tous les deux. Ignorant le murmure d'excitation qui l'accompagna jusqu'à la porte, il salua les cuisiniers et quitta la cantine.

Comment pouvait-elle être excitée et furieuse à la fois ? se demanda Callie. Luca avait conscience de l'effet qu'il produisait sur elle et ne se privait pas d'en jouer. Tous les regards braqués sur eux n'avaient rien arrangé.

Si elle avait espéré qu'Anita n'avait rien remarqué, elle déchanta bien vite quand son amie observa :

— Si tu veux mon avis, fonce et profites-en.

— Profite de quoi ? s'enquit Callie, sourcils froncés.

— Du sexe.

— Pardon ?

— Oh ! arrête ton numéro, Callie. Tu te sentiras bien mieux quand tu t'en seras donné à cœur joie.

— Anita ! Je suis choquée !

— Non, tu es juste frustrée, répliqua son amie. Personne ne t'en voudrait si tu profitais un peu de ce que tu as sous la main.

— C'est un lieu de travail, pas de plaisir.

Anita enfourna plusieurs frites dans sa bouche, la mine réjouie.

— Je croyais que tu étais venue chercher l'aventure ?

— Oui, mais…

— Mais quoi ? Prends tes précautions, protège ton cœur, et tout ira bien.

C'était là tout le problème — il était peut-être déjà trop tard pour protéger son cœur, songea Callie lorsqu'elle quitta la cantine. À chaque instant, elle se demandait quand elle allait revoir Luca, et ce n'était pas bon signe.

Elle venait à peine de s'engager sur le chemin de traverse qui menait au hangar de triage qu'elle le vit qui attendait contre un arbre, les mains dans les poches et un sourire lourd de promesses aux lèvres…

C'était inutile. Luca avait compris qu'il ne pourrait pas passer l'après-midi sans Callie, sans la plaquer contre un arbre et l'embrasser à perdre haleine, comme s'ils étaient seuls au monde. Chose qu'il fit sitôt qu'elle arriva à sa hauteur.

— Luca… Nous ne pouvons pas…

— Oh si, nous pouvons.

Il s'appuya sur elle, remonta un genou entre ses cuisses et entama un petit mouvement de va-et-vient qui arracha à la jeune femme un sanglot d'excitation.

— J'ai envie de toi, murmura-t-elle.

— Je sais.

Il glissa une main entre ses cuisses, caressa sa moiteur brûlante à travers l'épaisseur du tissu. Elle était prête — à quoi bon attendre ? Haletants et fébriles, ils se déshabillèrent mutuellement. Cette fois, il n'était pas question de baisers ni de préliminaires, juste d'une passion brûlante, dévorante. Luca sortit son sexe rigide pendant que la jeune femme nouait ses jambes autour de sa taille. Il la pénétra du premier coup, sans le moindre effort. Elle jouit après une minute à peine, la tête renversée en arrière, secouée de longs spasmes. Lorsque ces derniers se calmèrent enfin, et que les mains de Callie relâchèrent leur étreinte sur ses épaules, Luca se remit à bouger en elle. Plus vite, plus fort, encore et encore.

— Oui ! cria-t-elle. Je… Je crois que je vais…

Un nouvel orgasme la saisit et lui coupa la parole. Luca s'abandonna en même temps qu'elle, avec un grondement rauque.

— Ce n'est pas fini entre nous, souffla-t-il quand il put de nouveau respirer. Mais pour le moment, nous devons nous remettre au travail.

Pantelante, Callie écarquilla les yeux.

— Tu plaisantes ? Comment peux-tu songer à travailler après ça ?

— Je suis quelqu'un de très discipliné.

— C'est admirable. Et tu as raison. Je ne peux pas lâcher le reste de l'équipe, moi non plus. Ils comptent sur moi.

Luca se retint de faire valoir qu'un mot de lui décidait de tout — il appréciait le professionnalisme de Callie. Il la reposa en souriant, puis ils se rhabillèrent en hâte. En consultant son téléphone pour voir l'heure, il constata qu'il avait manqué plusieurs appels du même numéro. Un désagréable pressentiment lui glaça le sang.

— Désolé mais j'ai une urgence, annonça-t-il.

Il se détourna pour passer un coup de fil, posa quelques questions rapides et raccrocha presque aussitôt.

— Il faut que j'y aille.

— Rejoindre ton équipe ? demanda Callie, sourcils froncés.

— Quelque chose dans ce genre, oui. Mais je dois quitter la propriété.

Elle le dévisagea un court instant sans comprendre, avant de secouer la tête.

— Je peux faire quelque chose ?

— Rien.

Luca savait qu'il se montrait brusque. Callie était visiblement choquée par sa soudaine froideur après l'intimité qu'ils venaient de partager, mais il n'avait pas le temps de lui expliquer. Ils ne se connaissaient pas vraiment, après tout, et il se voyait mal partager des secrets d'État avec elle. Il ne pouvait pas lui parler de la tentative manquée de Max pour s'emparer du pouvoir. Son frère et ses acolytes avaient été défaits sans problème, mais son peuple avait besoin de le voir.

Pendant qu'il composait le numéro de son pilote, Callie se rhabilla en tremblant, les joues brûlantes d'humiliation. Elle n'avait pas une grande expérience des relations amoureuses mais elle savait que le comportement de Luca était inacceptable. Son attitude ne faisait que lui rappeler qu'elle ne savait rien de lui. Ce qui s'était passé entre eux n'avait apparemment pas la moindre valeur à ses yeux. C'était la satisfaction d'un besoin physique comme celui de respirer, ou de manger. Une fois repu, il se levait de table.

Quelle idiote tu fais, se morigéna-t-elle en remontant fébrilement la fermeture de son short. Même son corps semblait se moquer d'elle, encore parcouru de frissons d'excitation. Pourtant, elle ne pouvait pas en vouloir à l'Italien. Il ne lui avait rien promis. Si elle avait imaginé qu'il s'agissait d'autre chose que de sexe, Callie ne pouvait s'en prendre qu'à elle-même. Pour couronner le tout, elle était en retard et devrait prendre une douche avant de retourner travailler.

— Des salles de bains sont disponibles dans le bâtiment adjacent à celui où tu travailles, déclara Luca. Tu y trouveras tout ce dont tu as besoin. Savon, serviettes, shampooing…

Avait-il lu dans ses pensées ? Ou était-il coutumier de ce genre de chose ? Il venait ici tous les ans, après tout, et elle n'était pas naïve au point de se croire la première femme à succomber à son charme. Ce qu'elle ne s'expliquait pas, c'était son impatience à partir. Il aurait au moins pu y mettre les formes.

— Alors comme ça, c'est tout ? ne put-elle s'empêcher de demander.

— Que veux-tu d'autre ?

Sa réponse lui fit l'effet d'une douche froide. Mais il avait raison : qu'espérait-elle d'autre ? Il était temps de revenir à la réalité.

— Tu ne comptes même pas m'attendre ? protesta-t-elle en le voyant tourner les talons.

Luca hésita, puis haussa les épaules et continua à marcher. La jeune femme n'était plus sa priorité, même s'il aurait aimé pouvoir affirmer le contraire. Son devoir l'appelait. Il n'avait d'autre choix que d'y répondre, en vertu de la promesse qu'il avait faite à un vieil homme.

— Pourquoi tu tires cette tête ? demanda Anita lorsqu'elles se croisèrent devant le bâtiment de triage. C'est à cause d'un homme ? D'un homme en particulier ?

— Je te raconterai plus tard, marmonna Callie. Je suis déjà en retard.

— Fais signe au prince avant d'y aller ! suggéra son amie.

Callie s'arrêta net, intriguée.

— Où est-il ?

La main en visière, Anita désigna un hélicoptère dont la livrée bleue arborait le blason du Fabrizio.

— Apparemment, il doit rentrer pour régler une affaire urgente. Mais je ne me fais pas de souci pour lui. Quand Luca s'attaque à un problème, il disparaît.

À la mention de ce nom, Callie se pétrifia.

— P… pardon ?

— Je dis que le prince Luca est plus fort que Max et tous ses complices réunis. Le peuple l'adore. Tu peux être sûre que son frère est derrière ce retour soudain. Il n'arrête pas de lui causer des ennuis. C'est pire encore depuis la mort de leur père…

D'une main tremblante, Callie interrompit son amie.

— Pourquoi ne m'as-tu pas dit que Luca était le prince ?

Anita la dévisagea avec ébahissement, puis l'étreignit.

— Oh ! Callie… Je suis désolée. Je pensais que tu le savais et que tu n'en parlais jamais par discrétion. Luca n'aime pas se prévaloir de son statut et veut être considéré, lorsqu'il est là, comme un travailleur parmi d'autres. Si j'avais seulement soupçonné que…

— Ce n'est pas ta faute, coupa Callie. Le problème, c'est moi. Je n'ai vu que ce que je voulais voir.

Du regard, elle suivit l'hélicoptère jusqu'à sa disparition dans un nuage. Comment avait-elle pu faire preuve d'un tel aveuglement ? La curiosité permanente qu'il suscitait, les gens qui s'écartaient… Tous les signes étaient là. Mais elle ne pouvait pas reprocher à Luca de ne pas avoir agi en prince de conte de fées. Ils étaient tous les deux adultes. Il avait obéi à ses pulsions, et elle ne l'avait pas exactement repoussé…

— Dire que je l'ai pris pour un travailleur, murmura-t-elle avec un rire amer. Pour l'un d'entre nous.

— Luca *est* l'un d'entre nous, confirma Anita.

Callie répondit d'un sourire las. Inutile de débattre avec son amie, fervente admiratrice du prince. La question était plutôt de savoir comment elle avait pu commettre une si monumentale erreur de jugement. Et pourquoi, au fond, Luca n'avait pas jugé bon de lui révéler sa véritable identité. Beaucoup de gens devaient essayer de profiter de son statut et de sa fortune, elle le comprenait. Il était dès lors prudent, lorsque c'était possible, de demeurer incognito. Mais cela signifiait qu'il ne lui faisait pas confiance.

— Je crois que je vais devoir abréger mon séjour, souffla-t-elle.

— Vraiment ? Oh ! non, reste. C'est à cause de moi, n'est-ce pas ? J'aurais dû me taire.

— Tu n'as rien à te reprocher. Si quelqu'un est responsable de la situation, c'est bien moi. J'aurais pu interroger Luca et je n'en ai rien fait. Je crois que c'était précisément pour ne pas devoir affronter la réalité. Il est temps de regarder les choses en face, maintenant. Je n'ai que trop vécu dans un rêve, et j'ai peur de commencer à y croire si je m'attarde.

— Tu ne peux pas rester encore un peu ? Quelques jours ? Nous commençons à peine à nous connaître et tu vas me manquer.

Cet aveu fit monter les larmes aux yeux de Callie. Les deux femmes s'étreignirent.

— Tu viendras me rendre visite, n'est-ce pas ? Je ne veux pas que nous perdions le contact.

— Aucun risque, répondit Anita. Mon village n'est pas très loin du tien, attends-toi donc à me revoir.

— Viens pour Noël. S'il te plaît. Je demanderai à Ma Brown, mais je sais déjà qu'elle sera d'accord.

Le visage d'Anita s'illumina soudain.

— Tu es sérieuse ? Je passe en général Noël toute seule.

— Pas cette année. Je t'enverrai mon adresse et tous les détails nécessaires.

— Tu es une véritable amie, Callie. Je suis heureuse d'avoir fait ta connaissance.

Callie jeta un dernier regard en direction des champs avant de se détourner, sa décision prise. Il était temps de rentrer. Même là-bas, dans son pays battu par la pluie, elle resterait à jamais la fille des vergers de citrons. Rien n'effacerait jamais le souvenir de ce qu'elle avait vécu ici.

Du moins elle l'espérait.

Chapitre 6

— Où est-elle, bon sang ? Quelqu'un doit bien le savoir.

Médusés, les ouvriers regardèrent Luca sans répondre. Sitôt la situation du Fabrizio stabilisée, il avait regagné ses vergers dans l'espoir d'y retrouver Callie. Il n'avait pas mis longtemps à constater qu'elle avait disparu.

— Callie Smith ? lança-t-il, exaspéré par le silence qui accueillait ses questions. Personne ?

Des haussements d'épaules gênés lui répondirent. Ces gens-là ne savaient rien — ou ne lui disaient rien, songea-t-il en voyant qu'Anita évitait son regard. Il était pourtant rentré avant la fin de la saison, sûr de retrouver la jeune femme. Mais au vu de la façon dont il l'avait traitée, pouvait-il lui en vouloir de ne pas l'avoir attendu ?

D'un pas décidé, il se dirigea vers ses bureaux. Il avait maté un coup d'État, il était capable de retrouver l'une de ses employées. Max avait accepté un versement digne du PIB d'un petit pays en échange d'un exil définitif. S'il remettait les pieds au Fabrizio, son frère serait arrêté et emprisonné pour de bon. Le problème, c'était que Luca ne pouvait pas régler le problème de Callie avec un chèque.

Tous ses employés se levèrent respectueusement lorsqu'il entra dans les locaux. Son costume taillé sur mesure était bien différent de sa tenue de cueilleur, et le changement n'avait échappé à personne.

— Repos, tout le monde. J'ai besoin de votre aide.

Son équipe administrative n'eut pas de mal, après quelques minutes à peine, à lui fournir l'information qu'il cherchait. L'adresse de Callie en main, il ressortit du bâtiment. Restait à affronter la jeune femme… Quelque chose lui soufflait que la partie était loin d'être gagnée. Et Luca, en bon stratège, n'aimait pas l'incertitude.

Un hélicoptère le conduisit à l'aéroport où l'attendait son avion. Le plan de vol était déjà enregistré, validé par la tour de contrôle. Il piloterait l'appareil lui-même, trop impatient pour se contenter du rôle de passager. Il avait besoin de s'occuper pour ne pas penser à Callie. Elle l'obsédait depuis près de deux mois, nuit et jour, et il voulait mettre fin à cette situation en la retrouvant, en lui faisant l'amour jusqu'au bout de la nuit. Après quoi il l'oublierait.

Dans quelques heures, songea-t-il avec une satisfaction féroce, tout serait réglé.

Deux mois, déjà ? Deux mois s'étaient-ils vraiment écoulés depuis qu'elle avait rencontré Luca ? Callie décida qu'il était temps de faire le point, un exercice qui ne lui prit pas longtemps. Elle vivait dans un studio glacé au-dessus de la petite boutique de vêtements où elle travaillait six jours par semaine pour financer ses cours du soir. Elle avait en effet décidé, en rentrant d'Italie, de continuer à apprendre cette langue pour laquelle elle semblait douée. Elle avait dû déménager, car son ancien appartement à côté des Brown avait été reloué en son absence.

Callie n'avait parlé à personne de sa relation avec Luca. Aux questions insistantes de Rosie, elle avait simplement répondu que le fait de séjourner dans un hôtel cinq étoiles l'avait empêchée de connaître la véritable Italie, et qu'elle avait voulu travailler quelques jours dans un verger.

Son souci de discrétion, malheureusement, avait fait long feu quand Luca avait débarqué en Angleterre et exigé de la voir. Callie avait refusé, Rosie l'avait morigénée.

— Tu es folle ? C'est un prince, Callie, un *prince* ! Et il a l'air fou de toi. Il doit l'être, pour tout quitter et venir te chercher. Accessoirement, c'est l'une des plus grosses fortunes du monde.

Callie avait campé sur ses positions. Non, elle ne verrait pas Luca. Sa fortune ne signifiait rien, son titre pas davantage. Les sentiments qu'elle éprouvait à son égard étaient d'une intensité qui l'effrayait. Elle ne le laisserait pas lui briser le cœur une seconde fois. Rosie avait eu le bon goût de ne pas insister.

— Mais j'espère que tu changeras d'avis avant qu'il soit trop tard, avait-elle dit.

Évidemment, Luca n'était pas homme à accepter un refus et à rentrer chez lui sans protester. « Non » ne faisait pas partie de son vocabulaire. Depuis sa visite initiale, il avait appelé plusieurs fois les Brown, envoyé des fleurs et des cadeaux, des messages, des paniers chargés de produits de luxe d'un célèbre magasin londonien. Il avait même dépêché un vieux diplomate du nom de Michel pour plaider sa cause. Callie s'en était voulue de ne pas le recevoir, mais Ma Brown l'avait accueilli comme s'il était le prince en personne. Puis elle l'avait informé que la jeune femme n'était pas disposée à changer d'avis *pour le moment.*

— Tu n'aurais pas dû lui donner le moindre espoir, avait protesté Callie. Je ne veux pas devenir la maîtresse de Luca.

Constatant que cette affaire commençait à affecter les Brown, dont les yeux se remplissaient d'étoiles dès qu'ils évoquaient le souverain, Callie avait finalement décidé de s'établir à Blackpool. La ville était froide et venteuse à l'approche de Noël, mais dégageait une authenticité rugueuse qui s'accordait à merveille avec son humeur. Et il y avait les illuminations, le plus grand spectacle gratuit de la terre entière : un million d'ampoules et dix kilomètres de guirlandes qui attiraient les touristes, ce qui signifiait qu'il était facile d'y trouver du travail.

L'ironie du sort, c'était que Luca figurait en une de tous les journaux depuis qu'elle était là. Callie avait désormais du mal à comprendre comment elle avait pu ignorer son identité. Ses yeux sombres la dévisageaient dès qu'elle ouvrait un magazine. Elle savait désormais tout de lui. Comment il avait grandi dans les rues de Rome. Comment la confiance d'un vieil homme avait fait de lui le souverain respecté qu'il était aujourd'hui.

Les photos, elle devait l'admettre, la captivaient. Luca détendu en jean et T-shirt. Luca monté sur un pur-sang noir. Luca en costume strict au milieu d'une réunion de chefs d'État, exsudant une autorité naturelle que tous semblaient reconnaître. Le nouveau souverain du Fabrizio était partout. Il n'en paraissait que plus inaccessible.

Callie savait qu'elle n'avait pas sa place dans sa vie, malgré les efforts de Luca pour lui prouver contraire : les bouquets, les cadeaux, les lettres pleines d'humour et d'une affection qui paraissait sincère. Elle n'oublierait jamais que sa mère était morte en croyant aux mensonges de son père. « Ça ira mieux demain », répétait ce dernier. Le lendemain, il perdait au jeu le peu d'argent dont la famille disposait. Quand il ne le perdait pas, il le buvait, et Callie devait faire des heures supplémentaires, encore et encore. Bien sûr, Luca n'avait menti que par omission en ne lui révélant pas sa véritable identité. Mais un mensonge restait un mensonge. Et rien ne changerait jamais le fait qu'ils n'appartenaient pas au même monde. Ils n'avaient rien en commun.

Rien ? Pas si sûr… Il restait encore un détail à régler. De son sac, Callie tira le petit sachet que lui avait donné le pharmacien. Impossible de repousser le test plus longtemps. Ses règles avaient toujours été irrégulières, mais elle était en retard, *très* en retard. Ma Brown lui avait dit, lorsqu'elle avait eu son dernier enfant, qu'une femme *savait* qu'elle était enceinte avant tout le monde. Callie avait eu beau se répéter qu'il s'agissait d'une légende, au cours des deux dernières semaines, elle avait de plus en plus de mal à s'en convaincre. Elle sentait qu'elle n'était plus seule, qu'une vie nouvelle grandissait en elle. Peut-être n'était-ce qu'un produit de son imagination. Il n'y avait qu'un moyen de s'en assurer.

Le test effectué, elle fixa la ligne bleue sans ciller. *Positif.* Un sentiment d'euphorie l'envahit. C'était un moment unique, à savourer avant que la réalité ne referme ses mâchoires d'acier. Elle ferma longuement les yeux, le cœur battant, et inspira à plusieurs reprises. Lorsqu'elle les rouvrit enfin, sa plus grande angoisse était d'être tombée sur un test défectueux.

Tremblante d'émotion, elle se pencha pour augmenter la température de son radiateur, puis se blottit sous le jeté de laine qui servait en temps normal à cacher les trous de son canapé. Ses mains étaient glacées, mais elle savait que sa fébrilité était due à l'excitation. La nouvelle était énorme, affolante. Terrifiante et merveilleuse.

Décembre s'annonçait. Pourtant, il lui semblait sentir encore la chaleur du soleil italien sur sa peau, malgré les trois mois écoulés depuis son séjour. Un séjour qui avait changé sa vie.

Une chose était sûre, désormais : elle devait revoir Luca.

Ses informateurs étaient clairs : Callie était enceinte. Luca n'avait pas pu se rendre en Angleterre, trop occupé par Max d'abord, puis par son couronnement. Dieu merci, la cérémonie était enfin terminée, du moins sa partie la plus pénible. Une grande fête devait encore avoir lieu, ouverte à des centaines de citoyens, une occasion d'être parmi son peuple qui le réjouissait.

Mais d'abord, Callie. Il devait faire attention où il mettait les pieds. Le tempérament de feu de la jeune femme était sans doute rendu plus explosif encore par les hormones de grossesse. Peu importait. Il en fallait davantage pour l'intimider.

D'un pas décidé, il se dirigea vers l'héliport où l'attendait l'appareil qu'il avait demandé, et s'installa aux commandes. Quelques instants plus tard, l'hélicoptère quitta le sol de son royaume, direction l'Angleterre.

Blackpool Illuminations recherche guide touristique. Callie relut l'annonce en se mordillant la lèvre. Pourquoi pas ? Elle allait avoir besoin de rentrées supplémentaires. Car si elle avait l'intention d'informer Luca de l'arrivée de leur enfant, elle ne comptait pas pour autant lui demander de l'argent.

Elle posa une main sur son ventre, envahie par une immense tendresse. L'angoisse y succéda bien vite. Quel rôle tiendrait Luca dans la vie de ce bébé ? Son absence n'était pas souhaitable. À l'inverse, elle ne voulait pas condamner leur fils ou leur fille à grandir dans une prison dorée sous prétexte qu'il était de sang royal. Diable, tout cela s'annonçait bien plus compliqué qu'elle ne l'aurait souhaité.

S'angoisser était un luxe qu'elle ne pouvait se permettre,

décida Callie. Elle passa donc son manteau, noua son écharpe autour de son cou et referma la porte de son studio. Le bébé avant tout. Elle devait gagner davantage. Commencer à économiser si elle voulait emménager dans un appartement un peu plus grand, peut-être même avec un jardin. Et il y aurait les vêtements, les couches, la nourriture… La tête lui tournait rien que d'y penser.

Elle se retint de dévaler l'escalier comme elle le faisait d'habitude — elle n'était plus seule, désormais. Déjà, elle se sentait prête à tout pour protéger son bébé. Luca serait informé de son existence, oui, mais elle ne le laisserait pas lui enlever. Elle l'élèverait elle-même, lui inculquerait la douceur, la générosité. Les Brown l'aideraient, si besoin. Elle n'avait rien à craindre.

Sur le trottoir, elle s'arrêta pour discuter un peu avec sa logeuse et l'aider à installer une guirlande dans sa vitrine.

— Merci, ma belle, fit la vieille dame. Tu es radieuse. Fais bien attention de ne pas prendre froid.

— Promis ! s'exclama Callie en se dirigeant vers le passage clouté.

Luca vit la voiture arriver depuis l'autre bout de la rue. Celle-ci était poursuivie par un véhicule de police.

Non !

Il n'aurait su dire s'il avait crié. Il fit un bond en avant, remonta la rue à la vitesse de l'éclair, écartant les passants sans jamais quitter son but des yeux. La plupart des badauds n'avaient pas conscience du drame qui se jouait, et Callie non plus. Elle traversait le nez en l'air, sans notion du danger. Jetant ses dernières forces dans l'effort, Luca bondit et l'entraîna vers le bas-côté. Des pneus crissèrent sur l'asphalte. L'espace d'une seconde, tout devint noir. Puis la jeune femme se débattit pour se dégager, et écarquilla les yeux avec un hoquet de stupeur quand elle le reconnut.

— Luca ? Mais que… Tu vas bien ?

Il toussa, la gorge envahie d'un mélange de poussière, de fumées d'échappement et du parfum de Callie, avant d'acquiescer.

— Et toi ? Tu n'es pas blessée ?

Callie ferma les yeux comme pour passer son corps entier en revue. Quand elle les rouvrit, il fut soulagé de la voir sourire.

— Non, je ne crois pas. Tu m'as sauvée.

— *Grazie a Dio.*

Ensemble, ils parcoururent la scène du regard. Le chaos le plus total régnait dans la rue mais personne ne semblait blessé. Les passants s'étaient rassemblés en grappes, certains appelaient pour rassurer leurs proches. Les policiers venaient de passer les menottes au conducteur de la voiture, un jeune homme au regard absent.

— Je ne comprends pas, fit Callie, reprenant peu à peu ses esprits. Que fais-tu ici, au juste ?

Luca ignora sa question pour se concentrer sur le plus urgent.

— Nous aurons amplement le temps de parler de tout ça. Tu peux te lever ?

Avec douceur, il l'aida à s'asseoir et reprit :

— Doucement. Tu ne tiendras peut-être pas sur tes jambes mais c'est normal. Tu as eu un choc.

— Et toi, comment te sens-tu ? Tu n'as rien ?

— Ne t'en fais pas pour moi.

À sa surprise, Callie éclata de rire.

— Il faudrait que nous apprenions à nous rencontrer dans des circonstances plus normales.

— Je ne te le fais pas dire.

Ils gisaient en plein milieu de la route, dans la poussière et les taches d'huile. Si Callie était capable de plaisanter, c'était qu'elle n'avait rien de grave — du moins, Luca l'espérait. Mais elle poussa presque aussitôt une exclamation horrifiée lorsqu'elle se tourna vers le véhicule accidenté, planté en plein dans la vitrine d'un petit magasin de vêtements.

— C'est la boutique de ma propriétaire ! s'exclama-t-elle, tentant de se redresser.

— Laisse-moi t'aider.

Dans sa panique, la jeune femme le repoussa.

— Il faut s'assurer qu'elle n'a rien !

— Il faut d'abord nous assurer que *tu* n'as rien.

À contrecœur, Callie le laissa lui passer sa veste sur les épaules.

— Tu es en état de choc, insista-t-il. Tu dois aller à l'hôpital.

— Je te dis que je vais bien.

— Tu trembles. Je ne veux pas prendre le moindre risque.

— Et toi, tu vas attraper froid sans ta veste.

— Ne t'occupe pas de moi. Je suis juste heureux d'être arrivé à temps.

— Oui, j'ai entendu dire que tu étais très occupé…

Un ambulancier les interrompit, une couverture de survie dorée à la main.

— Mettez ça et rendez sa veste à ce monsieur, mademoiselle. Il va attraper froid.

— Je n'arrête pas de lui dire ! Mais il ne veut rien entendre.

— Comme vous voudrez.

— Est-ce qu'il y a d'autres blessés ? La propriétaire du magasin, comment va-t-elle ?

— Elle a eu de la chance. Elle m'a dit qu'elle était

encore en train de décorer sa vitrine il y a dix minutes. Mais elle venait de se rendre dans l'arrière-boutique pour se faire une tasse de thé.

— Dieu merci. Je vis au-dessus du magasin, c'est ma logeuse.

— Il n'y a aucun drame à déplorer, grâce à votre sauveur. Vous êtes un héros, monsieur.

Luca haussa les épaules. Il n'avait pas réfléchi, faute de temps. Il avait agi par pur réflexe.

— Je ne crois pas, non.

— Je vous assure que si, insista le médecin. Sans votre présence d'esprit… Bon, mademoiselle, nous allons vous conduire à l'hôpital pour quelques examens de routine. Si monsieur veut vous accompagner…

— Il ne veut pas, coupa Callie, jetant un regard de biais à Luca. Puisque tu sais où j'habite, apparemment, nous nous verrons plus tard.

Elle crut avoir remporté cette manche quand elle le vit s'éloigner, mais déchanta bien vite. Elle venait à peine de monter à l'arrière de l'ambulance que Luca grimpa à bord et s'installa près d'elle.

— Qu'est-ce que tu fais, au juste ?

— Je surveille ma veste, répondit-il avec un clin d'œil pour l'infirmier assis face à eux. Elle m'a coûté cher, je ne voudrais pas que tu la perdes.

Callie soupira — elle savait reconnaître un combat perdu d'avance. Elle aurait dû savoir qu'il ne renoncerait pas si facilement.

— Que fais-tu en Angleterre, au juste ? Tu m'espionnais ? reprit-elle à voix basse.

Luca haussa les épaules. Il n'avait pas l'intention de mentir : la mission de l'équipe de protection qu'il avait mise en place les forçait parfois à naviguer en eaux troubles.

— Je me préoccupe juste de ta sécurité et de celle de notre enfant.

La jeune femme blêmit, si soudainement qu'il crut qu'elle allait s'évanouir.

— Ça va ? Tu as mal quelque part ?

— Non…

Callie tendit une main tremblante vers la sienne. Elle était bien différente, en cet instant, de la femme qu'il avait rencontrée en Italie. Il avait en face de lui une mère qui avait peur pour son enfant.

— Ne… Ne me regarde pas comme ça.

— Comment ?

— Comme si j'étais spéciale. Comme si tu étais heureux d'être ici.

— Tu *es* spéciale. Tu portes mon enfant. Et si je te regarde, c'est que tu es couverte de graisse et de poussière.

— Vous savez parler aux femmes, ironisa l'infirmier.

Puis il fronça les sourcils, écarquilla les yeux et pointa le doigt vers Luca.

— Attendez une minute… Vous n'êtes pas ce milliardaire qui a commencé dans les rues et qui a fini prince ?

— En personne.

— Que faites-vous à Blackpool ?

— Je suis venu voir ce que valaient les rues d'ici, au cas où ma chance tournerait.

L'infirmier se mit à rire, puis leur adressa un clin d'œil.

— Ne vous inquiétez pas. Motus et bouche cousue, je ne vous ai jamais vu.

L'atmosphère s'allégea un peu et, lorsque Luca l'attira dans ses bras, Callie ne résista pas.

Chapitre 7

Luca était de retour. Et à point nommé, concéda-t-elle en son for intérieur. Callie savait que l'accident auquel elle venait d'échapper ajoutait encore au tourbillon de ses émotions et compliquait tout effort d'analyse de la situation, mais la présence de l'Italien la forçait à reconsidérer ses récentes décisions.

— Ça va ?

Avait-elle vraiment cru pouvoir oublier ses sentiments à son égard en s'éloignant de lui ? C'était risible. Elle n'était plus en Italie mais dans un pays froid, battu par la pluie et le vent. Elle ne pouvait plus incriminer l'exotisme, la chaleur, pour expliquer l'attirance irrationnelle qu'elle ressentait encore pour cet homme.

— N'aie pas peur, souffla-t-il. Tu es en sécurité, maintenant.

Ses bras se refermèrent autour d'elle, un cercle protecteur au creux duquel Callie se nicha. Les frissons qui la parcouraient n'étaient pas tous dus au drame qui avait failli se jouer.

— Regarde-moi, Callie.

Même avec ses cheveux en bataille, une trace noire sur sa joue et sa chemise tachée, Luca restait incroyablement séduisant. C'était un héros, *son* héros. Elle l'avait désiré sitôt leur rencontre, mais ce qu'elle éprouvait en cet instant était d'une nature tout autre.

— Callie ?

Couvrant d'une main son ventre encore plat, elle tourna un regard flou vers son compagnon.

— Nous sommes arrivés, expliqua-t-il d'une voix douce. Nous sommes à l'hôpital.

— Oh.

L'infirmier descendit le premier, puis s'écarta pour les laisser passer. Avec un frisson, Callie resserra la couverture de survie autour de ses épaules. Seule sa main était chaude, nichée dans celle de Luca. Elle ne la lâcha qu'avec réticence quand un médecin apparut dans la chambre où elle patientait.

— Je veux un examen complet, décréta l'Italien. Peu importe le coût, je me charge de tout.

— Nous nous occuperons d'elle au mieux, promit le médecin. Vous pourrez même garder votre argent.

— Elle est enceinte.

Callie ferma les yeux, le cœur serré. Luca était au courant de tout. Il avait sans doute placé un drone en vol stationnaire au-dessus de sa maison. Mais aussi irritant soit-il, elle était bien forcée d'admettre qu'elle était soulagée de le voir.

Ses vêtements étaient boueux, son jean déchiré, mais Luca s'en moquait. Seule la jeune femme importait et il patienta pendant que les médecins lui faisaient passer une série d'examens. Les nouvelles les rassurèrent tous les deux. Tout allait bien — Callie s'en tirait avec quelques crampes musculaires et divers hématomes. Choc mis à part, elle n'avait rien et pouvait rentrer chez elle.

— La première chose à faire, déclara Luca quand ils émergèrent de l'hôpital, c'est de te donner un bain.

— Un bain ? répéta Callie, éberluée.

— Oui.

Les infirmières avaient nettoyé ses égratignures mais elle était, tout comme lui, couverte de la crasse de la route. Luca avait un plan : la conduire à l'aéroport, d'où son hélicoptère les emmènerait sur son yacht. Elle récupérerait de sa mésaventure sous le soleil de la Méditerranée. Là-bas, ils pourraient discuter de l'avenir loin des regards indiscrets.

— Je prendrai un bain à la maison, annonça-t-elle. Laisse-moi ici. Je rentrerai en taxi. Merci de tout ce que tu as fait.

— Pas question de taxi. Tu peux jouer les dures si tu veux, mais les règles du jeu ont changé. C'est moi qui décide.

— Depuis quand ?

— Depuis que tu es enceinte.

Elle le dévisagea en silence un long moment, puis tira un téléphone de sa poche.

— Qu'est-ce que tu fais ?

— Je veux appeler ma logeuse pour m'assurer qu'elle va bien.

— Elle va bien. Je l'ai contactée pendant que tu étais à l'hôpital. Des ouvriers viendront reconstruire sa vitrine dès demain.

— Et tu n'as rien à voir avec ça, je suppose ?

— Peu importe tant que la vitrine est réparée, non ?

— Tu ne peux pas régenter la vie de tout le monde, Luca. Pas la mienne, en tout cas.

— Ce n'est pas mon intention.

— Parfait. Parce qu'il faut d'abord que je m'habitue à ton retour.

Pour une fois, Luca ne sut que répondre. Elle avait raison.

— Laisse-moi une chance de réfléchir, renchérit Callie, le voyant fléchir. J'ai eu un choc. Et je ne parle pas juste de l'accident, bien sûr. Mais découvrir ta véritable identité, puis recevoir toutes ces lettres et ces cadeaux de ta part, alors que je pensais ne plus jamais te revoir…

— Tu aurais préféré que je ne prenne pas contact avec toi ?

Une lueur peinée, dans le regard de Callie, lui fit comprendre que non.

— Je savais que nous allions nous revoir quand j'ai appris que j'étais enceinte. Je n'avais pas l'intention de te le cacher. Mais j'ai besoin de temps pour tout digérer. Le fait que tu m'aies espionnée, par exemple… Tu as beau être un prince, ça ne te donne pas tous les droits.

— Tu crois que ça m'amuse de te faire surveiller ? Ta sécurité est ma priorité, c'est tout.

— Elle ne doit pas devenir pour autant une obsession.

— Je t'assure que ce n'est pas le cas. Mes hommes suivent des procédures très strictes, les mêmes pour toutes les personnes qui sont en contact avec moi.

— Je te crois. Je te remercie de ton honnêteté. Et de m'avoir sauvée, bien sûr.

— Je ne veux pas de ta gratitude. Je te veux *toi*.

Il était impatient, à juste titre. Le Conseil le pressait de se trouver une épouse, et Callie était enceinte. À quoi bon perdre du temps ?

— Tu m'as quittée sans une explication, Luca. Et maintenant tu me demandes de revenir, juste parce que tu claques des doigts ?

— Je ne t'ai jamais menti.

— Mais tu ne m'as jamais dit que tu étais prince. Tu m'as laissée croire que tu étais comme moi.

— Je *suis* comme toi.

Callie se mit à rire, puis secoua la tête.

— Tu es milliardaire, tu diriges un pays, et qui suis-je ?

— Une femme de tête, courageuse et têtue.

— La flagornerie ne te mènera à rien. Nous avons fait l'amour, nous avons partagé une incroyable intimité, puis tu es parti sans un regard en arrière. Pour moi, ça ne signifie qu'une chose : que tu n'es pas capable de ressentir la moindre émotion.

— C'est toi qui as disparu quand je suis revenu. Et de retour en Angleterre, tu as changé de ville. En quoi est-ce différent ?

— Il n'a jamais été question que je reste en Italie. Il fallait bien que je rentre. Et maintenant, j'ai l'intention d'étudier, de réussir ma vie. Tu es peut-être habitué à ce que les femmes se jettent à tes pieds, mais je n'en ferai rien.

— Alors disons que nous sommes tous les deux coupables. Tu n'as répondu à aucune de mes lettres, tu as refusé mes cadeaux, refusé de me voir. Je comprends que mon départ ait pu te paraître abrupt, mais j'espère que tu sais aujourd'hui qu'il s'agissait d'une affaire de sécurité nationale. Viens avec moi au Fabrizio. Tu verras la vie qui attend notre enfant.

Soudain, Callie eut peur. Elle savait que ses hormones lui jouaient des tours, qu'elle était sans doute plus sensible que de raison. Mais Luca les emporterait comme une lame de fond, leur enfant et elle, si elle n'y prenait garde. Elle ne pourrait pas lutter contre sa fortune, son statut. Et elle avait confiance en ses propres valeurs, en sa capacité à élever ce bébé. Seule, s'il le fallait. D'un geste vif, elle héla un taxi.

— Que suggères-tu, Callie ?

La voix de Luca s'était durcie. Soucieuse de ne pas envenimer la situation, elle lui sourit.

— Je suggère une trêve. Tu es un héros. Tu m'as sauvée,

tu as sauvé notre enfant. Je ne t'en remercierai jamais assez. Je suis sûre que nous pouvons au moins être amis.

— Amis ? répéta Luca en fronçant les sourcils.

— S'il te plaît. Dans l'intérêt du bébé.

Un taxi se gara le long du trottoir, et Luca serra les dents. Pourquoi n'acceptait-elle pas son aide ? Était-ce ainsi qu'elle voyait leur avenir ? Il ne la laisserait pas n'en faire qu'à sa tête. La stabilité du Fabrizio était en jeu.

— Donne-moi ton numéro de téléphone, ordonna-t-il.

— Non. Donne-moi le tien et je t'appellerai quand je serai prête.

— Puis-je au moins savoir où tu vas ? demanda Luca après s'être exécuté.

— Je t'appellerai, répéta-t-elle en montant dans le taxi.

Mâchoire crispée, Luca la regarda s'éloigner. Il avait peut-être perdu cette bataille, mais il comptait bien remporter la guerre.

Callie avait cru en vouloir à Luca. Elle comprit, en redescendant les marches de la mairie, qu'elle s'était leurrée. Maintenant, elle lui en voulait *vraiment*. L'Italien l'attendait dehors, adossé avec nonchalance à une voiture de sport. Sa présence suggérait qu'il savait parfaitement ce qui s'était passé durant l'entretien d'embauche.

Bien sûr qu'il le savait, puisqu'il en était responsable.

Les poings serrés, Callie fondit sur lui. Dès le début de l'entretien, elle avait senti que quelque chose n'allait pas, qu'elle n'obtiendrait pas le poste. Le directeur de l'office du tourisme avait pourtant reconnu qu'elle correspondait au profil recherché : souriante, aimable, parfaitement renseignée sur l'histoire des illuminations de la ville depuis le XIXe siècle.

« Et je connais le moindre recoin de la ville », avait-elle fait valoir.

Le directeur s'était tortillé dans son fauteuil avant d'expliquer, la mine contrite, que le poste n'était plus disponible. *Alors pourquoi me recevoir ?* avait songé Callie. Jusqu'au moment où son interlocuteur avait ajouté en clignant de l'œil :

« Ne soyez pas déçue. On m'a dit que vous aviez un brillant avenir devant vous. »

— Qu'est-ce que ça t'a coûté ? demanda-t-elle tout de go à Luca.

— Pardon ?

— Qu'est-ce que ça t'a coûté de m'empêcher d'obtenir ce poste ?

— Rien du tout.

— Tu mens.

— Calme-toi, reprit son compagnon en ouvrant la porte du véhicule. Monte.

— N'y compte pas.

— S'il te plaît.

Elle voulut tourner les talons, mais Luca la retint par le bras.

— Où vas-tu ? Tu ne peux pas travailler, mes hommes sont en train de refaire la boutique. Ton appartement est inaccessible lui aussi du fait des travaux.

— *Tes* hommes. Voilà qui en dit long. Tu es également derrière le fiasco de mon entretien. Et tu prétends respecter mon indépendance ? Quel autre mauvais tour me réserves-tu ?

— J'ai simplement décidé d'aider ta logeuse, qui aurait dû attendre des mois un éventuel remboursement de son assurance. Quant à cet entretien d'embauche, explique-moi comment tu comptais jouer les guides touristiques alors que tu es enceinte ? Et vu que tu portes *mon* enfant, tu es devenue une cible de choix, que tu le veuilles ou non. Ta vie a changé.

— À qui le dis-tu ! J'étais libre et ce n'est plus le cas. Comment as-tu réussi à obtenir un rendez-vous avec le responsable de l'office du tourisme si rapidement ?

— Sa secrétaire m'a reconnu.

— Bien sûr. J'oubliais que, depuis ton couronnement, tu es partout. « Le célibataire le plus en vue du moment. » Les journaux oublient de préciser que ton ex-maîtresse est enceinte.

— Tu ne crois pas que tu en fais un peu trop ?

— Tout est « trop » depuis que tu es entré dans ma vie ! Je…

Callie s'interrompit, se rappelant soudain que, sans lui, elle serait morte. De nouveau, elle était victime de ses hormones. Dans la seconde qui suivit, ses yeux s'emplirent de larmes.

— Tu as dit que de gâcher mes chances d'obtenir cet emploi ne t'avait rien coûté. Mais tu as bien dû leur promettre quelque chose en échange.

— Oui. Un jumelage avec mon pays et une campagne publicitaire commune.

— *Quoi* ?

— Monte dans la voiture.

Callie tremblait — un vent glacial balayait la rue. Ils s'affrontèrent un instant du regard, dans un silence de plomb. Elle savait, cette fois, qu'elle ne pouvait plus lui échapper.

— Où comptes-tu m'emmener ?

— Je pensais que tu avais le sens de l'aventure ?

— Je n'aime pas les surprises.

— Dommage.

Avec un soupir de capitulation, elle prit place sur le siège passager. La porte se referma avec un cliquetis à peine perceptible, puis l'Italien s'installa au volant. L'habitacle sentait le cuir, les effluves de bois rare, l'eau de toilette raffinée de son propriétaire. Les bruits de la ville paraissaient lointains dans cet univers luxueux, cette machine dont les rouages tournaient avec une précision infaillible, comme l'esprit de Luca.

La ville laissa place aux faubourgs, puis à des champs baignés d'une lumière blême. Il ne fallut pas longtemps à Callie pour deviner qu'ils avaient pris le chemin de l'aéroport. Où l'emmenait-il ? Chez lui ? La perspective de découvrir le Fabrizio excitait Callie et la terrifiait tout à la fois. Car elle n'était pas sûre que toutes ses bonnes résolutions résisteraient longtemps aux assauts de Luca s'il se mettait en tête de la séduire.

Chapitre 8

L'avion officiel du Fabrizio les attendait sur la piste — pour une fois, Luca ne comptait pas piloter lui-même. Il y fit monter Callie avec autant d'égards que si elle était déjà princesse. Il comprenait son besoin d'autonomie, bien sûr. Il comptait lui proposer une alliance raisonnée, dans leur intérêt mutuel. Restait à savoir si elle accepterait.

Une chose était sûre : elle avait envie de lui. L'atmosphère palpitait d'une tension sourde quand ils étaient ensemble, assez pour affoler tous les instruments de l'avion. Sitôt à bord, il lui prit le poignet pour la conduire vers la cabine privée située à l'arrière de l'appareil. Il avait demandé à n'être dérangé en aucun cas, sauf urgence absolue. Le désir de Callie clignotait comme un néon dans la nuit, et il comptait bien y répondre.

— Luca…, souffla-t-elle quand il referma la porte derrière elle.

Elle portait toujours le tailleur et les talons qu'elle avait choisis pour son entretien d'embauche. Il lui posa un doigt sur les lèvres.

— Chut. Garde les chaussures.

— Pardon ?

— Tu m'as entendu. Retire tout le reste.

Les talons mettaient en valeur ses jambes sublimes, sa silhouette parfaite. Brûlant d'impatience, Luca l'emprisonna contre la porte et déposa un baiser dans son cou, pour le plaisir de l'entendre gémir.

— T-tout le reste ?

— Tout le reste, confirma-t-il.

Une lueur d'excitation illumina le regard de Callie, mais elle secoua la tête.

— Tu ne m'as toujours pas dit où nous allions.

— C'est une surprise.

— Je sais que nous allons au Fabrizio, de toute façon. Je veux juste te l'entendre dire. Si tu acceptes, je me déshabille.

Au lieu de répondre, Luca appuya son bas-ventre contre le sien.

— Et maintenant ?

— Ce… C'est de la triche.

— La fin justifie les moyens.

Il se frotta contre elle, doucement, afin de lui faire sentir la puissance de son érection, puis recula. Avec un soupir de frustration, Callie s'arc-bouta pour rétablir le contact entre eux. En fond, les réacteurs de l'appareil démarrèrent.

— Tu es toujours habillée, fit valoir Luca.

— Nous ne pouvions pas discuter à Blackpool ? demanda la jeune femme, sans doute pour gagner du temps.

— Dans un hôtel ? Un endroit anonyme et froid ? C'est ce que tu préférerais ? Tu n'es pas mieux ici ?

Sa main trouva sa culotte moite, et entama une caresse qui arracha un hoquet de plaisir à Callie.

— Je… Je ne peux pas.

— Je suis sûr que si.

— Regarde autour de toi. Ton existence n'a rien de normal…

— N'essaie pas de me distraire.

Sa langue glissa contre la sienne, tendre et persuasive.

Après quelques secondes, Callie s'affaissa entre ses bras, vaincue. De sa main libre, il continua son va-et-vient entre ses cuisses, jusqu'au moment où il la sentit jouir dans un déferlement brûlant, se mordant la lèvre pour ne pas crier.

Les yeux clos, Callie s'efforça de reprendre son souffle. Luca en profita pour dégrafer son chemisier et libérer ses seins. Il les embrassa tour à tour, s'attardant sur leurs pointes bourgeonnantes.

— Je suggère de passer au lit…

— Nous allons décoller. Tu ne crois pas que nous devrions nous attacher ?

— Nous attacher ? Avec plaisir, si c'est ce que tu aimes…

— Tu as l'esprit mal tourné.

— Pas du tout, répondit Luca, qui souleva les draps pour révéler des ceintures adaptées au lit.

— Tu crois qu'il y aura des turbulences ?

— Oh oui. Énormément.

Callie se mit à rire, visiblement plus détendue.

— Tu es pire que ce que je pensais.

— Et encore, tu n'as pas tout vu…

Il l'embrassa de nouveau, avant de se détacher d'elle et de l'étudier longuement. Contrairement aux femmes qu'il fréquentait en général, Callie semblait inconsciente de sa beauté, de l'effet qu'elle produisait sur lui.

— Pourquoi tu me regardes comme ça ?

— Parce que j'ai envie de toi.

— Ça tombe bien. J'ai envie de toi, moi aussi.

Ils tombèrent sur le lit, et Luca roula sur le dos pour installer Callie sur lui. Il pétrit ses fesses tout en l'embrassant, puis inversa d'un coup leur position et s'allongea sur elle. Les jambes de la jeune femme calées contre ses épaules, il se pencha entre ses cuisses. Sa langue, au creux de son être, lui arracha des soubresauts de plaisir.

Au moment où le pilote mettait les gaz, il glissa enfin en elle. L'accélération intensifia leur fusion, le plaisir qu'ils se procuraient, et lorsque l'appareil atteignit son altitude de croisière, Callie avait joui deux fois. À son tour, Luca lâcha un soupir rauque et s'abandonna en elle avant de retomber sur le lit, hors d'haleine.

Jamais il n'avait connu une extase pareille — et il avait eu bien des maîtresses. Où tout cela les mènerait-il ? Il n'en avait aucune idée. Pour l'instant, il était d'ailleurs incapable de réfléchir. Il n'avait qu'une envie : recommencer.

— Je voudrais formuler une plainte, murmura-t-il en attirant Callie dans ses bras.

— Une plainte ? Vraiment ?

— Oui. Tu devrais porter plus de vêtements. Pour que j'en aie davantage à enlever.

Elle se mit à rire, visiblement soulagée.

— Au moins, je saurai quoi t'offrir à Noël.

Callie s'assombrit aussitôt, et Luca se rappela qu'il ne restait que quelques jours avant les fêtes. Il avait été si occupé, ces dernières semaines, qu'il n'avait pas vu le temps passer.

— Eh, souffla-t-il en lui embrassant le bout du nez, ne t'inquiète pas. Nous serons ensemble. Je ne t'abandonnerai pas.

— Vraiment ?

— Vraiment. Tu ne passeras pas Noël dans un meublé glacial au-dessus d'un magasin. Je veux te montrer l'endroit où je vis.

— Je sais où tu vis. Dans un palais.

Elle soupira comme si elle imaginait un univers baroque rempli de trésors, d'œuvres d'art et de domestiques en livrée. La réalité était bien plus prosaïque. Le palais du Fabrizio était un bâtiment moderne, un lieu de gouvernement. Luca lui préférait nombre de ses autres résidences mais, depuis son couronnement, il y passait la plupart de son temps.

Épuisée, Callie finit par s'endormir. Il resta allongé près d'elle, les mains croisées derrière la tête, passant ses projets en revue pour s'assurer qu'aucun grain de sable ne viendrait gripper la machine. Quand elle se réveilla une heure plus tard, la jeune femme repéra aussitôt le portant chargé de tenues qui attendait près du lit.

— D'où ça vient, tout ça ?

— Une hôtesse a apporté cette petite sélection pendant que tu dormais.

— Pendant que je dormais ? Nue dans tes bras ?

— Tu étais couverte. J'ai demandé que l'on embarque de quoi t'habiller, en prévision de notre arrivée.

— J'ai déjà mon tailleur.

Amusé, Luca baissa les yeux vers la veste et la jupe froissées abandonnées à même le sol de la cabine.

— C'est une première, je dois l'avouer.

— Quoi donc ?

— Une femme qui ne se jette pas sur un portant de vêtements.

— Espèce de macho.

Callie enroula un drap autour de sa poitrine, se leva et ajouta d'un ton solennel :

— Je n'ai pas dit que je ne regarderais pas. Mais si quelque chose me plaît, j'insiste pour payer.

— J'y comptais bien, répondit Luca du même ton.

— Tu te moques de moi, n'est-ce pas ?

— Un tout petit peu.

Ils se dévisagèrent un court instant, souriant tous les deux. Luca peinait encore à mettre un nom sur les émotions que Callie lui faisait ressentir. Il était d'un naturel réservé. Même avec son père adoptif, sa relation avait été pudique, virile. Rien dans sa vie n'avait été douceur — jusqu'à

Callie. Les cheveux en bataille, ensommeillée, elle était d'une beauté à couper le souffle. Il brûlait d'envie de la protéger, de lui parler, de lui faire l'amour, et il sentit son sexe qui durcissait à cette idée. Malheureusement, ils n'avaient pas assez de temps devant eux. L'avion allait bientôt atterrir.

— J'ai hâte de voir la tenue que tu vas choisir. Surprends-moi.

— C'est ce que je m'efforce toujours de faire.

Cette fois, Luca ne put résister. Avec un rire grave, il traversa la cabine et planta un baiser sur les lèvres de la jeune femme.

— C'était pour quoi, ça ?

— Un simple acompte. La suite sera versée plus tard.

— Je te préviens : je suis incorruptible.

Sourire aux lèvres, Luca quitta la chambre. Ils avaient fait l'amour, dormi côte à côte pour la première fois. Restait à trouver un accord qui leur conviendrait à tous les deux. Car s'il ne doutait pas de Callie, de sa générosité et de son enthousiasme, il ne pouvait prévoir comment elle réagirait à l'idée d'élever leur enfant au Fabrizio. Il était prêt à bien des concessions mais ce point-là, à ses yeux, n'était pas négociable.

Callie choisit un jean tout simple, un chemisier blanc et un blazer bleu marine, le tout accompagné d'une paire de bottines. Elle se sentait à l'aise dans cet ensemble, du moins jusqu'au moment où elle vit le chauffeur en livrée qui les attendait au pied de l'appareil, devant une limousine ornée de drapeaux au blason du Fabrizio : un étalon noir cabré et une mandoline. Ce spectacle lui rappela brutalement que son amant n'était pas un homme comme les autres.

Le chauffeur se redressa quand Luca apparut. Callie, soudain, se sentait vulnérable. Son jean et son blazer lui paraissaient d'autant moins adaptés que Luca portait à présent un costume sombre et une impeccable chemise bleu pâle, ouverte au col. Il ressemblait *vraiment* à un prince. Ce qui ne faisait pas de lui un être supérieur, se rappela-t-elle. L'air qu'ils respiraient n'appartenait à personne, aurait dit Ma Brown.

— Prends mon bras, déclara Luca au sommet de la passerelle.

Surprise qu'il puisse vouloir s'afficher en sa compagnie, elle hésita.

— Tu es sûr ?

— Oui. Tant que tu me le rends.

Callie pouffa — il avait le don de désamorcer les situations les plus tendues. Une minute plus tard, elle s'engouffra dans la limousine après avoir échangé un sourire aimable avec le chauffeur.

— Tu vois, ce n'était pas si dur, fit Luca lorsque la porte se referma sur eux, dans ce silence luxueux auquel Callie commençait à s'habituer.

— Non, reconnut-elle.

Voyant Luca relever la vitre qui les séparait du chauffeur, elle demanda :

— Qu'est-ce que tu fais ?

— J'ai envie de toi.

Sans lui laisser le temps de répondre, il la souleva pour l'asseoir sur ses genoux.

— Tu aurais dû choisir une robe…

— Je ne…

Il l'interrompit d'un baiser, puis glissa une main entre

ses jambes et exerça une pression sensuelle à travers son jean. Callie ravala un gémissement de plaisir.

— Oh non…

— Oh non ? ironisa son compagnon. Tu me demandes d'arrêter, c'est ça ?

— Surtout pas… Je regrette moi aussi de ne pas avoir choisi une robe.

— Je suis sûr que nous allons nous débrouiller.

D'une main assurée, il lui ouvrit son jean et l'aida à s'en extraire. Callie jeta un coup d'œil vers les vitres fumées, le cœur battant.

— Tu crois que nous avons le temps ?

— Oui. Enlève ce string, ordonna Luca, croisant les bras pour la regarder faire.

— Et toi, tu ne déshabilles pas ?

— Voilà…

Avec un grand sourire, Luca fit glisser sa braguette et sortit son sexe rigide. Elle descendit sur lui avec douceur, incroyablement excitée. Il la guida, lui imposant d'abord un rythme dont la lenteur confinait à la torture. Puis ses estocs s'accentuèrent, en puissance et en fréquence. Après deux minutes de cette délicieuse torture, Callie enfouit son visage dans la veste de Luca pour étouffer un interminable gémissement de plaisir.

— Ça va mieux ? demanda-t-il quand elle redressa enfin la tête.

— Tu… Tu crois que nous avons le temps de recommencer ?

Luca l'embrassa avec un rire sourd, puis s'employa à la satisfaire.

Chapitre 9

Le Fabrizio était une principauté pittoresque, une ville enroulée sur elle-même dans un dédale de rues pavées. Les gens s'exclamaient et agitaient la main au passage de la limousine. Lorsque Callie se fut rhabillée, Luca baissa la vitre pour saluer son peuple.

Construit au sommet d'une colline, le palais princier n'avait conservé qu'une aile du bâtiment d'origine. Le reste, plus récent, formait une construction élégante et sobre. Après quelques instants, la limousine s'arrêta au pied d'un escalier monumental. Luca confia Callie aux bons soins d'une gouvernante qui venait d'apparaître avant de s'engouffrer dans le bâtiment. Elle eut à peine le temps de cligner des yeux qu'il avait disparu.

Impressionnée par tant de splendeur, Callie traversa un foyer monumental, se tordant le cou pour admirer les armes anciennes et les portraits d'ancêtres qui y étaient exposés. La gouvernante la conduisit jusqu'à un appartement qui respirait l'opulence au premier étage, puis s'éclipsa tel un fantôme après s'être assurée qu'elle n'avait besoin de rien.

Passé les premiers moments de stupeur, Callie explora timidement ses quartiers. Ses pieds s'enfonçaient dans de luxueux tapis de laine, les fenêtres offraient une vue spectaculaire sur la campagne environnante. Tableaux de maîtres, miroirs dorés — *mais où avait-elle atterri ?*

Incapable de se défaire d'un sentiment d'irréalité, elle passa dans la salle de bains et prit une douche rapide. La pièce était assez large pour accueillir toute une équipe de rugby. Un choix de baumes, de crèmes et de lotions de toutes sortes s'offraient à elle dans des pots de verre ou de céramique. Il n'y avait pas un tube ou un morceau de plastique en vue. Callie tourna sur elle-même, fascinée par la beauté du marbre veiné de rose qui ornait les murs. Son regard s'arrêta sur un téléphone mural, mais elle ne voulait pas donner à Luca l'impression qu'elle avait besoin de lui. C'était à lui d'appeler, pas le contraire.

Enveloppée dans un épais peignoir éponge, Callie revint dans le salon, puis s'approcha de la fenêtre pour admirer les montagnes qui frangeaient l'horizon. Le paysage était magnifique, exotique, et elle eut soudain le mal du pays. Avide d'entendre une voix familière, elle décrocha son portable. Ma Brown répondit aussitôt.

— Oui, ma chérie ? Tout va bien ?

L'inquiétude perçait dans la voix de Ma. Callie, qui ne voulait pas l'inquiéter, prit son ton le plus enjoué pour répondre :

— Oh, à merveille ! Je voulais juste te raconter ma journée.

— Comme c'est gentil !

Ravalant la boule qui s'était logée dans sa gorge, Callie poursuivit :

— Je viens d'arriver au Fabrizio.

— Je le savais ! Tu es avec le prince ?

— Oui. Mais il y a autre chose…

— Tu es enceinte ! cria Ma Brown d'une voix aiguë.

Malgré sa tension, Callie éclata de rire.

— Oui.

— Il t'a déjà demandée en mariage ?

— Non, reconnut-elle.

La voix de Ma tonna, indignée, au bout du fil.

— Pourquoi pas ? Tu veux que je vienne lui botter les fesses et lui dire de se dépêcher ? J'en suis capable, tu sais.

— Je n'en doute pas, répondit Callie en riant. Je vais me débrouiller, ne t'en fais pas.

— Bon. Parle-moi de ce pays alors. Le Fabrizio.

— C'est pour l'essentiel une ville entourée de quelques villages. Tout est impeccable, ici. Il n'y a pas un papier dans les rues. Imagine un croisement entre Dubaï et Monaco.

— Ooooh, murmura Ma, impressionnée.

— Le palais de Luca est un mélange d'ancien et de moderne. L'aile que j'occupe date de sa construction. On dirait le château de Cendrillon. Il y a des créneaux, des tourelles, et même un pont-levis. Mais le reste de la bâtisse date du siècle dernier.

— Grands dieux… Ce n'est pas un peu intimidant, tout ça ?

Si tu savais ! songea Callie. Mais elle répondit d'un ton bravache :

— Pff, pas pour des gens comme nous, Ma.

— Tu as raison ! Je me suis un peu documentée sur le Fabrizio et j'ai lu que la nature y était très belle. Raconte.

Callie hésita — elle n'avait pas vu grand-chose de son environnement durant le trajet, et pour cause !

— Je n'ai pas encore eu le temps de voir beaucoup de choses. Je viens tout juste d'arriver. Mais dès que je connaîtrai un peu mieux le pays, je te ferai un rapport détaillé, promis.

— Parfait. Je dois avouer que je m'intéresse à ton prince depuis qu'il a volé à ton secours.

— Ma, ce n'est pas *mon* prince.

— Apparemment, son père adoptif était issu d'une

lignée très ancienne, poursuivit son amie, ignorant la correction.

Contrairement à Luca, dont la lignée remontait aux rues de Rome. Ou à ses propres origines, songea Callie, un quartier ouvrier du nord de l'Angleterre. Mais c'était là qu'elle avait rencontré les Brown. Et leur amitié valait tous les palais de la terre.

— Quand reviens-tu en Angleterre ?

— Je ne sais pas.

— Si j'étais toi, je resterais le plus longtemps possible. Au moins jusqu'au bal.

— Quel bal ?

— Celui donné pour le couronnement de Luca. Tu ne peux pas le manquer. Je veux que tu me racontes tout.

— Je doute d'être invitée, répondit Callie.

De fait, Luca n'avait pas évoqué le moindre bal, et c'était tant mieux. Elle se voyait mal dans un environnement si formel. Elle était sûre de commettre une gaffe, de faire un faux pas qui lui vaudrait une cinglante humiliation. Alors très peu pour elle.

— Ne me déçois pas, reprit Ma Brown. Rappelle-toi que tu voulais de l'aventure, et un bal au palais princier me paraît répondre à cette définition.

— Je ne suis pas Cendrillon. Je n'ai pas de fée en guise de marraine.

— N'en sois pas si sûre. Et n'oublie pas de m'inviter au mariage !

Ma Brown raccrocha avant que Callie puisse répondre. La jeune femme soupira — son amie lisait décidément trop de romans à l'eau de rose. Le cœur lourd, elle s'approcha du miroir ovale qui surmontait sa coiffeuse pour étudier son reflet. *Mais qu'est-ce que je fais ici* ? se demanda-t-elle pour la énième fois. Elle était tentée de se pincer pour s'assurer qu'elle ne rêvait pas.

Elle fit un bond lorsqu'un toussotement gêné se fit entendre dans son dos. La mine contrite, une employée du palais se dandinait sur le seuil.

— Pardon, madame. J'ai frappé mais personne n'a répondu.

— Désolée, j'étais plongée dans mes pensées. Et appelez-moi Callie. Que puis-je faire pour vous ?

La fille s'écarta pour laisser entrer plusieurs portants, poussés par des domestiques qui se retirèrent aussitôt. Callie fixa les robes de soirée disposées devant elle, éberluée.

— Il doit y avoir une erreur.

— Il n'y a pas d'erreur, madame. Son Altesse vous présente ses excuses pour l'invitation tardive au bal, et vous demande de sélectionner la robe de votre choix.

— Luca… Son Altesse veut m'inviter au bal ?

— Oui, madame.

Dans ce cas, pourquoi Son Altesse n'avait-elle pas la courtoisie de lui annoncer la nouvelle en personne ? se demanda Callie. Mais elle sourit à la domestique, qui n'était pour rien dans les décisions du souverain.

— Merci beaucoup.

— Je vous en prie, madame. Dès que vous aurez fait votre choix, n'hésitez pas à sonner. Je reviendrai pour vous aider à vous habiller.

— Le bal est ce soir ? s'enquit Callie, paniquée.

— Oh non. C'est juste pour voir s'il y a des retouches à faire. Le prince m'a également demandé de vous dire qu'il vous rejoindra à 19 heures pour voir quelle robe vous avez choisie.

Et pour me la retirer, ajouta Callie en son for intérieur. Elle commençait à connaître Luca. Assez en tout cas pour savoir qu'il la préférait nue qu'habillée.

La domestique partie, elle s'approcha des portants. Elle n'avait jamais vu un tel assortiment de robes hors d'un magasin. Il y en avait de toutes les couleurs, en satin, en soie, brodées, perlées, lamées, décorées de rubans, de sequins, longues, courtes, à bretelles, à bustier. La plupart étaient largement décolletées ou fendues à la cuisse. Callie redoutait presque de les toucher tant elle avait peur de les abîmer, mais elle devait faire un choix. Elle en sélectionna une aigue-marine, sa couleur préférée, et la plaqua contre elle pour juger de l'effet. Couverte de perles, elle était trop lourde, mais la qualité de la coupe était époustouflante.

L'une après l'autre, elle fit défiler les robes. Impossible d'en trouver une qui lui convenait. Avec un soupir, elle alla tirer le pompon qui pendait près de la porte. Quelques secondes plus tard à peine, la domestique apparut.

— Oui, madame ?

— J'aimerais aller faire du shopping. Il doit bien y avoir une rue commerçante en ville ?

— Du shopping ? répéta l'autre comme si elle avait suggéré de danser nue en pleine rue. Oh ! non. Je vais vous faire livrer une nouvelle sélection.

— Vraiment ?

— Bien sûr.

— D'accord. Je cherche quelque chose de plus… sobre.

— Je comprends.

La porte se referma, et Callie soupira. Qu'était-elle censée faire, maintenant ? Elle tenta d'appeler Luca — autant essayer de joindre la reine d'Angleterre. Elle parla à cinq secrétaires différents qui refusèrent tous de lui passer le prince. Il était déjà 20 heures — la faisait-il attendre intentionnellement ? Si c'était le cas, elle n'allait pas se laisser mourir de faim. Elle dénicha le numéro de l'intendance sur sa table de nuit et se fit monter du thé et des sandwichs.

Ce maigre dîner terminé, elle arpenta l'appartement

jusqu'à en connaître le moindre recoin par cœur. *Une cage en or pour la perruche du prince* fut l'image qui lui vint à l'esprit. L'endroit était élégant mais impersonnel, les tiroirs vides. Il n'y avait pas le moindre livre. Pas de télévision non plus — trop vulgaire, sans doute. Callie ouvrit les portes de sa véranda privée pour s'installer à une table de fer forgé et profiter un peu de la fraîcheur de la nuit. C'était une belle soirée, mais où était Luca ? L'avait-il déjà oubliée ?

Elle rentra lorsque la température commença à chuter. Elle avait oublié que la domestique avait promis de lui faire livrer une nouvelle sélection de vêtements, et fut surprise de découvrir les boîtes et les sacs qui attendaient dans le salon. Elle y trouva un jean et un débardeur de coton qu'elle enfila à la place de son peignoir puis, de nouveau désœuvrée, regarda autour d'elle.

Encore un peu de thé, Callie ?

Volontiers, merci.

Elle venait de se resservir, et commençait presque à s'amuser de sa situation, lorsque Luca apparut. S'habituerait-elle jamais à cette beauté diabolique ? Il avait troqué son costume contre un jean et une chemise de lin dont les manches remontées révélaient ses avant-bras musclés. Ses épaules auraient rendu jaloux un nageur olympique, et la jeune femme oublia tous ses griefs lorsqu'il s'approcha d'elle. Elle devait pourtant avoir une discussion sérieuse avec lui. Tomber sous son charme n'était pas au programme. Pas tout de suite, en tout cas.

— Ah, je vois que les robes sont arrivées, remarqua-t-il en infléchissant sa trajectoire vers un canapé, sur lequel il se laissa tomber avec nonchalance. Que le défilé de mode commence, alors.

— Tu ne préfères pas te changer dans une cabine ?

Comme Luca la dévisageait d'un air interdit, elle expliqua :

— Tu as parlé d'un défilé de mode. Ça veut bien dire que tu comptes essayer ces robes, non ?

Il se mit à rire, puis secoua la tête.

— J'avais presque oublié ton caractère de cochon.

— Caractère de cochon ou pas, nous devons avoir une discussion, toi et moi.

— Bientôt. Mais d'abord, portons un toast.

— Avec du thé ?

— Je peux faire monter du champagne.

— Je ne peux pas boire…

— Oups, bien sûr que non.

Luca se releva d'un bond souple, entremêla ses doigts aux siens en un geste d'une tendresse surprenante et lui décocha un sourire désarmant.

— Désolé. L'espace d'un instant, j'ai failli oublier pourquoi nous étions là.

— Ne l'oublie pas, justement.

— Je voulais proposer un toast à la santé de l'héritier du Fabrizio.

— Hum. Dans ce cas, je te pardonne.

Luca sourit de nouveau. Sans la tension sexuelle à couper au couteau, un observateur extérieur aurait pu croire à une discussion entre deux vieux amis.

— Alors, reprit le souverain en se tournant vers les portants. As-tu choisi ta tenue pour le bal ? C'est important. Je compte te présenter à mes invités à cette occasion.

— En tant que quoi ?

Luca fit mine d'y réfléchir, puis suggéra :

— Mon assistante ? Non… Ah, je sais : gardienne des bijoux de la Couronne.

— Je suis sérieuse. Arrête de te moquer de moi. J'ai

besoin de savoir où je mets les pieds, sinon je serai mal à l'aise.

— Très bien. Le bal est demain soir, tu dois être d'une beauté à couper le souffle. Choisis-toi une robe qui réponde à ce cahier des charges et tout ira bien.

Perplexe, Callie étudia la débauche de portants et de sacs qui s'offrait à elle. Le choix lui faisait tourner la tête.

— Je vais me changer dans la salle de bains. Je te préviens, si je trouve quelque chose ridicule, je ne sors pas.

— À ton aise.

Callie décrocha la robe aigue-marine qu'elle avait déjà repérée et alla l'enfiler. Son impression fut la même que la première fois. Ce qu'elle gagnait en décolleté, elle le perdait en assurance. Quand elle sortit, Luca confirma son jugement.

— Non. Tu ressembles à une sirène tout juste sortie de l'eau, observa-t-il tandis qu'elle se dandinait pour avancer tant la robe était raide.

Il fouilla dans plusieurs boîtes, puis tira une robe rose pâle de l'une d'entre elles.

— Et celle-là ? Qu'en dis-tu ?

— Pourquoi pas ? Je vais l'essayer.

Luca avait bon goût — la robe lui allait à merveille. Callie tourna plusieurs fois devant le miroir, lissant le tissu sur ses hanches. Sur le côté droit, une fente remontait presque jusqu'en haut de sa cuisse. Elle prit une profonde inspiration, puis émergea de la salle de bains.

Le visage de Luca ne changea pas lorsqu'il l'aperçut. Pas un muscle ne tiqua, rien. Mais il se leva et s'approcha d'elle à pas lents, une tempête dans le regard. Son intention était claire, et Callie leva la main pour le tenir à distance.

— Non, non et non… N'y pense même pas.

— Pourquoi ? Nous n'avons rien à craindre, tu es déjà enceinte !

— Luca !

Il étouffa ses protestations d'un baiser. Ses mains étaient brûlantes et le frêle tissu de sa robe n'offrait pas à la jeune femme la moindre protection contre ses ardeurs. Il tira sur le bustier d'un coup sec pour dévoiler ses seins, puis remonta l'ourlet jusqu'à ses hanches. Elle ne portait qu'une culotte en dessous, que Luca s'empressa d'arracher tandis qu'il la plaquait contre le mur. Ses doigts inquisiteurs explorèrent la fleur de son être — elle était moite, prête pour lui. Tout en libérant son sexe, il écarta les cuisses de Callie du genou. Puis il plongea en elle, d'un seul coup de reins. L'atmosphère était brûlante, il n'était pas question de douceur mais d'une passion animale. Luca revint à la charge avec une fougue haletante, encore et encore, jusqu'à lui arracher des soupirs de plaisir de plus en plus forts, de plus en plus rapprochés.

— Je ne te sens pas, hoqueta-t-elle.

— Pardon ?

Callie étouffa un éclat de rire.

— Je ne parle pas de… ça. Je veux dire, je ne sens pas ton corps, expliqua-t-elle en tirant sur sa chemise. Je veux ta peau contre la mienne.

Sans se faire prier, il ôta sa chemise et plaqua son torse puissant sur les seins nus de Callie. Sa robe était en lambeaux mais elle s'en moquait. Seule importait la sensation de ses tétons sur les pectoraux de Luca, les décharges électriques qui la traversaient à chaque endroit où leurs corps se touchaient. Un cri d'encouragement franchit ses lèvres, puis un autre. Elle était sur le point de jouir et elle le lui fit savoir en le regardant droit dans les yeux. La pièce se disloqua, la nuit s'illumina, et plus rien d'autre ne compta que le bonheur qui coulait dans ses veines.

Chapitre 10

Callie ouvrit un œil, puis l'autre. Où était-elle ? Sa tête reposait sur un oreiller épais, parfumé de soleil et de lavande. Le lit était plus ferme que d'habitude, la couette plus légère, et son corps alangui d'une délicieuse torpeur. Elle tourna la tête avec un soupir de satisfaction, s'étira en étouffant un bâillement. Peu à peu, la mémoire lui revint. Luca, leur enfant, le Fabrizio. D'une main, elle chercha son amant à côté d'elle, mais le lit était vide.

Elle se redressa, pleinement réveillée. L'oreiller voisin du sien portait encore la marque de sa tête. Elle n'avait donc pas rêvé la nuit dernière. Elle avait vraiment dormi dans un palais, vraiment fait l'amour à un prince. Incroyable. Mais tout était calme dans l'appartement, constata-t-elle lorsqu'elle tendit l'oreille. Elle était seule.

Callie sursauta en entendant frapper à la porte. Une femme de chambre, sans doute. Elle aperçut sa robe déchirée par terre et bondit à bas du lit, les joues brûlantes.

— Juste un instant !

La rumeur se répandrait bien assez vite, elle n'allait pas l'y aider !

Elle ramassa sa robe, la fourra sous son lit, enfila son peignoir et prit la pose la plus décontractée qu'elle put.

— Entrez !

Une domestique parut, poussant un chariot devant elle.

— Votre petit déjeuner. De la part de Son Altesse, ajouta la jeune fille en désignant la rose rouge qui accompagnait les plats.

Callie s'efforça de ne pas rougir plus furieusement encore.

— Merci.

— Oh ! et ceci vient d'arriver par courrier exprès.

La domestique lui tendit un paquet qu'elle étudia avec surprise. Son cœur bondit lorsqu'elle reconnut l'écriture de Ma Brown.

— Aurez-vous besoin de quoi que ce soit d'autre ?

— Non. Et merci pour le petit déjeuner.

Callie attendit que la domestique fût sortie, puis déchira l'enveloppe, un sourire aux lèvres.

— Ma Brown, qu'est-ce que tu as encore fait…

La réponse glissa du colis. Ma lui avait acheté une robe pour le bal. Du prêt-à-porter d'une coupe toute simple, mais qui lui allait à merveille. Il n'était pas difficile de croire qu'elle venait de l'un des portants restés au milieu du salon. Une paire d'escarpins — ceux qu'elle avait achetés pour son voyage en Italie — compléterait cet ensemble à merveille. Callie prit son téléphone pour appeler l'Angleterre, se demandant ce qu'elle avait fait pour mériter des amis pareils.

C'était le soir du grand bal et tous ses invités étaient arrivés. Tous sauf Callie. Où était-elle, bon sang ? Il n'était ni habitué, ni enclin à attendre. Contenant à grand-peine son impatience, Luca se tourna vers la porte par laquelle la jeune femme devait faire son entrée.

Une excitation presque palpable électrisait la foule. La rumeur d'une annonce officielle avait fait le tour de la ville, et tout le monde avait tenu à être là. Des centaines d'invités de toutes origines se pressaient sous les plafonds garnis de fresques, se frôlaient sous les lourds chandeliers de cristal qui tombaient en une pluie étincelante. Des serveurs sillonnaient l'assemblée, proposant un assortiment de canapés préparés par les meilleurs cuisiniers du pays. Des dignitaires étrangers s'étaient également déplacés, diplomates, hommes d'affaires, membres de vieilles familles royales.

Alors où était Callie ?

Son retard était inexcusable — et inexplicable. Il avait donné ordre à son secrétaire particulier de lui envoyer les meilleurs coiffeurs et maquilleuses pour l'aider à se préparer. Pourquoi la gouvernante n'avait-elle pas veillé à ce que la jeune femme fût à l'heure ? Callie se faisait-elle désirer ? Ou pire, avait-elle décidé de ne pas venir du tout ?

Il haussa les épaules, la mine sombre. Callie était la seule femme au monde dont il ne pouvait prévoir le comportement. Il n'avait donc d'autre choix que d'attendre, comme tout le monde. Pour une fois, son statut de prince ne changeait rien à l'affaire.

Voilà, plus question de reculer, songea Callie tandis que deux soldats en tenue d'apparat ouvraient les portes dorées devant elle. Elle prit une profonde inspiration, presque aveuglée par le jeu de la lumière sur l'argenterie, les rivières de diamants, le cristal. Redressant le menton, elle fit un pas en avant.

— *Signorina* Callista Smith.

Callie regarda tout autour d'elle lorsque la voix désincarnée annonça son entrée, venue de nulle part.

— C'est vous, mademoiselle, lui souffla l'un des soldats, visiblement amusé.

— Merci ! répondit-elle du même ton.

Tous les visages s'étaient tournés vers elle. Même l'orchestre avait arrêté de jouer. Du haut du majestueux escalier où elle se tenait, la foule semblait compacte, impénétrable — presque hostile. Callie sentit sa gorge s'assécher. Elle serra les poings et s'apprêta à descendre, priant pour ne pas trébucher sur ses talons.

— Attends.

Luca avançait à travers la foule, qui s'écartait comme par miracle sur son passage. Vêtu d'un splendide uniforme de parade, il était d'une beauté à couper le souffle. Était-ce là l'homme avec lequel elle avait fait l'amour ? Celui dont elle portait l'enfant ? Cet intimidant souverain était-il l'amant tendre et attentionné qu'elle connaissait plus intimement qu'aucun autre invité ? Elle, la fille des docks ?

Arrivé à sa hauteur, il lui offrit son bras avec un clin d'œil.

— Je peux ?

— Merci.

Le silence, dans l'immense salle de bal, était absolu. Les invités semblaient avoir arrêté de respirer.

— Tu es magnifique, souffla Luca tandis qu'ils descendaient.

— Je suis désolée d'avoir mis si longtemps, chuchota-t-elle en retour. Si tu avais vu la tête que m'a faite ton coiffeur… J'ai dû tout refaire moi-même. Je ne te parle même pas du maquillage.

— Mais tu n'en portes pas.

— Exactement. Avec mes faux cils et mes joues rouges comme des pommes, tu serais parti en courant.

— Ça m'étonnerait.

Ils atteignirent enfin les dernières marches, sous les

regards insistants du public. La présence de Luca rassurait Callie, qui n'hésita pas un instant lorsqu'il lui proposa de danser.

Leur complicité dut transparaître dans l'aisance avec laquelle elle glissa entre ses bras, car un murmure d'excitation parcourut la foule.

— J'ose à peine imaginer ce qu'ils doivent se dire, chuchota-t-elle.

— Ça te tracasse ?

— Non. J'aimerais juste être pieds nus. J'ai peur de t'embrocher avec ces fichus talons.

— Ne t'en fais pas pour moi, répondit Luca en riant. Où as-tu trouvé cette superbe robe ? Je ne me rappelle pas l'avoir vue sur le portant.

— J'ai mes petits secrets…

— Eh bien, d'où qu'elle vienne, elle te va à ravir.

— Merci, très cher. Tu n'es pas trop mal, toi non plus.

Il étouffa un rire grave, puis se pencha pour lui souffler à l'oreille :

— Tu ne trouves pas qu'il fait chaud ?

— C'est une autre de tes périphrases pour suggérer que tu veux me faire tomber dans le lit le plus proche ?

— Tu me connais bien.

— Tu m'as abandonné dans mes appartements, et maintenant je dois être à ta disposition, juste parce que tu claques des doigts ?

— Tu as tout compris.

— Tu ne doutes de rien.

— De rien du tout. Viens, je vais te montrer un endroit magique.

Il prit Callie par la main, puis l'entraîna sur une terrasse qui faisait le tour du palais, baignant dans un halo orangé de torches. Luca fut frappé de constater que même à cette époque de l'année certaines plantes étaient encore en fleur. Il ne remarquait en général pas ce genre de détail, mais la présence de Callie semblait attiser tous ses sens.

Quelques marches descendaient vers le jardin. Sans lui lâcher la main, il conduisit la jeune femme le long d'un sentier qui descendait entre deux pelouses impeccablement entretenues. Le parc s'arrêtait en contrebas sur les rives d'un lac. À une centaine de mètres de la berge, une île illuminée par des flambeaux jetait des reflets fauves sur l'eau calme. Du menton, Luca désigna la barque amarrée à un ponton.

— Vraiment ? fit Callie, baissant un regard dubitatif sur ses escarpins.

— Où est ton sens de l'aventure ?

Callie retira ses chaussures en riant, puis accepta la main qu'il lui tendait. Luca l'aida à monter dans la barque, et l'y rejoignit après s'être débarrassé de ses chaussures et de sa veste de smoking. Avec un soupir de soulagement, il retira son nœud papillon pour ouvrir les premiers boutons de sa chemise.

— Autrefois, j'allais souvent me réfugier sur cette île, expliqua-t-il.

— Je comprends. Tout est tellement beau, tellement paisible.

— Je n'y étais pas particulièrement sensible quand j'étais adolescent, confessa Luca, se mettant à ramer. Je voulais juste me cacher.

— Te cacher de quoi ?

— Je ne sais pas vraiment… J'avais besoin d'être seul. Il m'a fallu du temps avant de faire confiance au prince. Parfois, sans raison particulière, je ressentais de la colère. Peut-être avais-je besoin de tester mon père adoptif. Personne n'avait jamais cru en moi, et je ne comprenais pas ce qu'il me trouvait.

— C'est normal.

Luca s'arc-bouta sur les rames, et vit le regard appréciateur de Callie se fixer sur ses muscles. Pressé d'arriver, il accentua son effort.

— Quel genre de vie menais-tu, avant que le prince te trouve ?

— Je travaillais sur les marchés. Je proposais mes services au jour le jour en échange d'un fruit, d'un bout de fromage ou de pain dur. J'étais en haillons et, ma salle de bains, c'était le Tibre. Mais ne fais pas cette tête, ajouta-t-il en riant. Peu de gens ont eu une chambre aussi luxueuse que la mienne.

— Comment ça ?

— Je dormais au Colisée. J'étais devenu ami avec un garde qui regardait ailleurs quand je m'y glissais la nuit venue.

— À t'entendre, c'est très romantique. Mais tu devais geler, en hiver.

— Ce n'était pas toujours très confortable, je le reconnais. Mais l'atmosphère était unique. Je dormais dans la loge de César, plutôt que dans les donjons où les victimes attendaient autrefois leur funeste sort. Je ne possédais rien, à part une détermination de fer. Et la liberté absolue de saisir mon destin à bras-le-corps, ce que j'ai fait.

— À quel âge t'es-tu retrouvé à la rue ?

— Vers six ou sept ans, quand ma mère est morte. Le bordel où elle travaillait m'a jeté dehors. Personne n'avait le temps de s'occuper de moi, et je crois que ça m'a sauvé la vie. La clientèle de cet endroit n'était pas trop regardante sur l'âge de leurs proies, si tu vois ce que je veux dire.

— Seigneur... Mais comment t'en es-tu sorti, si jeune ?

— Je n'étais pas seul. Il y avait d'autres gamins dans les rues, plus âgés. Ils m'ont pris sous leur aile.

— Et comment as-tu fini au Colisée ?

— Nombre de gosses des rues y dormaient. Il était facile d'y entrer avec les touristes, puis de prétendre que j'avais perdu mes parents. On me donnait en général un bon repas et on s'occupait de moi. Bien sûr, à force, les gardes ont commencé à me reconnaître, mais ils m'avaient pris en affection. Les gens qui travaillaient là-bas ne gagnaient pas non plus beaucoup d'argent. Et il y avait toujours un hamburger ou un hot dog pas terminé à sauver des poubelles. Je ne me rappelle pas avoir eu faim. Le Colisée était presque un hôtel pour moi. J'y ai aussi énormément appris. Sur le sexe, la violence, la méchanceté. Sur la générosité aussi.

— Tu te souviens de tes parents ?

— Juste que ma mère était souvent épuisée, ou malade. J'ai dû apprendre à me débrouiller tout seul bien avant sa mort. De nos jours, on lui diagnostiquerait sans doute une dépression. Enfant, je n'étais pas à même de le comprendre.

— Et ton père ? s'enquit Callie après une infime hésitation. Tu l'as rencontré ?

— Il a débarqué sans crier gare, un soir, déclara Luca avec un rire creux. Les collègues de ma mère l'ont mitraillé de fruits pourris et d'œufs depuis la fenêtre. Je le revois qui hurlait dans la rue, la chemise maculée, avec sa boucle d'oreille en or.

— Il n'a pas l'air d'un chic type.

— Qui sait ? fit Luca avec un haussement d'épaules.

— Et maintenant, tu es prince, tu diriges un pays et tu vis dans un palais. Ça doit te paraître incroyable, non ?

— Non, ça me paraît normal. Si j'ai eu de la chance, c'est d'avoir rencontré le prince. Le reste, je l'ai conquis de haute lutte. Et ça n'a pas toujours été facile. J'étais pareil à un chat sauvage. Je n'avais pas envie qu'on m'enferme.

— Comment le prince t'a-t-il convaincu de changer de vie ?

— À force de patience.

Avec un choc sourd, leur embarcation toucha la rive de l'île. Luca aida Callie à descendre, réprimant son envie de la coucher sur le sable et de lui faire l'amour à lui en couper le souffle. Il devait faire preuve de patience.

À sa suite, Callie traversa l'îlot. Une pelouse verte caressait ses pieds nus. Des guirlandes entortillées dans les arbres brillaient comme autant de lucioles, prêtant au lieu une atmosphère magique. Au sein d'un bouquet d'arbres, un vieux kiosque apparut, dressant sa structure de fer forgé dans la douceur de la nuit.

— C'est là que tu venais bouder ? demanda-t-elle.

— Comment le sais-tu ? fit Luca en riant.

— J'ai été adolescente, moi aussi.

Avec un mystérieux sourire, Luca lui offrit ses mains. Elle les prit et se blottit contre lui, avec l'étrange impression qu'ils étaient seuls au monde. Peut-être, songea-t-elle entre deux baisers, que les contes de fées existaient. Peut-être était-il temps d'y croire.

— Épouse-moi, souffla Luca tout contre ses lèvres. Sois ma princesse.

Callie crut d'abord avoir mal entendu. Mais il répéta :

— Veux-tu devenir ma femme ?

La jeune femme le fixa sans un mot, plongée dans un désarroi absolu par cette requête inattendue. Elle recourut à l'humour pour le masquer.

— Tu ne devrais pas être à genoux ? Ou au moins sur un genou, à défaut des deux ?

— J'ai besoin d'une réponse, répliqua Luca avec le plus grand sérieux. Un simple oui ou un non. À moins que tu n'essaies de gagner du temps ?

— Je n'essaie pas de gagner du temps. C'est juste qu'il s'agit de mon avenir. De mon cœur, et de notre enfant.

— Dans ce cas, le mariage est la meilleure solution.

— Vraiment ?

— Tu sais pertinemment que oui.

Callie, idiote qu'elle était, se rendit compte qu'elle ne demandait pas mieux que d'y croire.

Chapitre 11

— Mesdames et messieurs, je vous demande une minute d'attention, s'il vous plaît. J'ai quelque chose à vous annoncer.

Le silence tomba dès que la voix de Luca se fit entendre, amplifiée par des haut-parleurs habilement dissimulés derrière des colonnes.

— Je me rends compte que les douze coups de minuit sont sur le point de sonner, et je ne vous retiendrai pas longtemps, au cas où certains d'entre vous se transformeraient en citrouilles.

Un éclat de rire général accueillit sa remarque. Debout sur la scène de l'orchestre, Luca reprit :

— J'aimerais profiter de cette soirée pour vous présenter la femme que j'ai l'intention d'épouser.

Pas *la femme qu'il aimait*, nota Callie avec un sourire figé. Luca attendit un instant que le brouhaha provoqué par son annonce se calmât.

— La *signorina* Callista Smith est une femme exceptionnelle. J'ai beaucoup de chance de l'avoir rencontrée.

Sur un signe de lui, Callie approcha de l'estrade. Les invités la dévisagèrent avec une curiosité à peine voilée, puis se mirent à applaudir — plus par politesse que par enthousiasme, elle en aurait juré. Mais comment leur en vouloir ? Elle n'était qu'une illustre inconnue.

Luca leva la main pour réclamer le silence.

— Il va sans dire, reprit-il, que vous recevrez tous une invitation au mariage. En attendant, profitez bien du reste de la soirée, comme j'ai l'intention de le faire avec ma charmante fiancée.

Comme par magie, l'orchestre se lança dans une valse qui tira l'assemblée de sa stupeur. Bientôt, la piste fut remplie de couples qui tournoyaient dans des éclats d'or et de pierres précieuses.

Callie fit de son mieux pour se convaincre que tout irait bien. L'avenir proche ne serait pas sans problème, bien sûr, mais Luca et elle les résoudraient. Il avait raison — c'était la meilleure solution. Ce ne fut que lorsque l'horloge sonna minuit, et que l'attention du souverain fut monopolisée par l'un des nombreux ambassadeurs présents, que tout bascula.

Callie avait vu Max en photo dans de nombreux magazines. En chair et en os, il était plus impressionnant encore. Aussi grand que Luca, il ne lui ressemblait pas pour autant. Normal, se rappela-t-elle, puisqu'ils n'avaient pas de lien de sang. Le visage de Max était fin et tranchant, son port altier, presque hautain.

Entièrement vêtu de noir, il arborait pour unique touche de couleur le rouge de son écharpe de fonction. Il se dirigeait vers Callie, un sourire sur ses lèvres cruelles, entouré d'un groupe de thuriféraires. Une femme magnifique était pendue à son bras, enceinte et elle aussi vêtue de noir. Sa tiare à elle seule aurait sans doute suffi à rembourser la dette de certains pays. Sachant qu'elle était la cible du groupe, Callie redressa le menton et s'efforça de ne pas tiquer lorsque Max s'arrêta devant elle. Sans la quitter des yeux, ce dernier inclina la tête vers sa compagne.

— Eh bien, ma chère, voilà donc le moineau que mon frère a capturé, et qu'il prétend faire monter sur le trône.

— Non ? s'exclama l'autre d'un air méprisant, comme si Callie n'était pas là. D'où vient-elle ? Et où a-t-elle trouvé une robe pareille ?

Callie serra les dents — elle refusait de s'abaisser à leur répondre. Max et ses amis pouvaient rire de tout leur soûl, ils ne parviendraient pas à la déstabiliser.

— Dieu seul le sait, répondit Max. Peut-être dans le magasin discount où elle a dégotté sa couleur de cheveux.

Ses sbires gloussèrent, et Callie leva instinctivement la main vers ses cheveux. Un geste qu'elle regretta aussitôt, car il prouvait à ces imbéciles qu'ils l'affectaient.

— À titre d'information, c'est ma couleur naturelle.

Max tourna un regard ahuri vers ses amis.

— Oh ! elle parle ! s'exclama-t-il. Un talent qu'elle a dû apprendre dans *le pub où elle travaillait.*

Il avait accentué chaque syllabe, comme si le fait de travailler, dans un pub en plus, constituait une indignité. Ses compagnons ricanèrent de plus belle tandis que Callie s'efforçait de conserver son calme.

— Luca ne l'épouse que parce qu'elle attend un enfant, enchaîna Max, visiblement irrité par son silence. Il a désespérément besoin d'un héritier. Le fait de te voir enceinte, renchérit-il avec un clin d'œil pour sa compagne, a dû le rendre jaloux. Il essaie de rivaliser avec moi.

— Bonne chance ! s'exclama l'un de ses comparses.

Retroussant les lèvres en une parodie de sourire, Max approcha son visage de celui de Callie. Des effluves d'alcool lui alourdissaient l'haleine.

— Ne croyez pas une seconde qu'il s'agisse d'un conte de fées, très chère. C'est une simple transaction, aux yeux de Luca. Il ne s'intéresse pas à vous. Il ne s'intéresse à personne. Tout ce dont il a besoin, c'est d'une descendance, le seul moyen pour lui de conserver le pouvoir.

Callie tiqua malgré elle, et l'autre reprit d'un air satisfait :

— Ah, je vois que vous l'ignoriez. Bien sûr. C'est écrit dans notre Constitution. S'il n'a pas d'enfant dans les deux ans, le trône me revient. Pour lui, vous n'êtes qu'une couveuse ambulante.

Il recula d'un pas, puis eut un geste irrité à l'adresse de ses amis.

— J'en ai assez de cet endroit. On y invite n'importe qui, de nos jours. Le casino nous attend. Le doux son de la roulette nous distraira de ces conversations de provinciaux. Et s'il n'y suffit pas, il ne nous restera plus qu'à boire pour oublier !

— Elle est partie ? Comment ça, partie ?

Luca foudroya Michel du regard. Son secrétaire particulier rentra la tête dans les épaules, et il reprit d'un ton plus conciliant :

— Je suis désolé, Michel. Je ne voulais pas crier. Je ne recommencerai pas.

— Je l'ai vue parler à Max, lui apprit le vieil homme.

— *Quoi ?*

— Vous avez promis de ne pas crier, lui rappela Michel, haussant un sourcil gris.

Luca inspira profondément, puisant dans ses réserves de patience.

— Absolument. Je ne crie pas. Mais qui a invité Max ?

— A-t-il besoin d'une invitation pour revenir au palais où il a grandi ?

Luca crispa la mâchoire, furieux. Il aurait dû savoir que Max ne respecterait pas sa promesse de ne jamais revenir. Mais pour le moment, il avait un problème plus urgent à régler.

— Alors, où est-elle ? répéta-t-il en se passant nerveusement la main dans les cheveux.

— Je l'ai vue sortir précipitamment il y a dix minutes. Par cette porte, précisa Michel en désignant celle qui donnait sur la terrasse.

— Dix minutes ? Je l'ai laissée seule si longtemps ?

— L'ambassadeur est connu pour être bavard, répondit son secrétaire. Et il l'était plus que jamais, ce soir.

Si Michel essayait de le rassurer, c'était raté. Où était Callie ? Il balaya la salle du regard pour s'assurer une dernière fois qu'elle n'y était pas. Pouvait-il lui en vouloir d'être partie sans un mot, surtout si Max lui avait parlé ? Dieu seul savait quel fiel il lui avait déversé dans l'oreille.

Luca s'efforça de se calmer. Qu'aurait-il fait à sa place ? Aurait-il regagné sa chambre ? Serait-il retourné au lac ? Les rochers de la rive étaient glissants et, de nuit, un accident était vite arrivé. Et si elle avait décidé de prendre la barque ? Même sur un lac, il y avait des courants. Lui les connaissait tous, pas elle.

Le cœur battant, il sortit en courant et descendit jusqu'au rivage, avalant d'un saut les escaliers de pierre du chemin. Dieu merci, l'embarcation était encore attachée au ponton. Mais de Callie, point. Il s'apprêtait à remonter vers le palais lorsqu'il l'aperçut en lisière de la forêt, un peu plus loin au bord de l'eau.

Presque ivre de soulagement, il s'avança vers elle, la prit par les épaules et la força à le regarder.

— Je t'ai cherchée partout ! Qu'est-ce qui ne va pas ? Qu'est-ce qui t'arrive ?

— Toi. Voilà ce qui m'arrive.

Elle avait répondu d'une voix morne, mais ses yeux brillaient d'un éclat plus intense que jamais. Elle était blessée, il le voyait et ne s'en étonna pas. Max avait toujours été particulièrement doué pour semer la zizanie.

— Merci de m'avoir confié à quel point tu désirais un héritier, reprit-elle d'un ton sarcastique.

— Pardon ?

— J'ai appris que tu avais besoin d'une descendance pour rester sur le trône. Un petit détail que tu avais oublié de mentionner.

— Ne sois pas ridicule. Que t'a dit Max, au juste ?

— La vérité, apparemment.

Luca ne répondit rien, ébranlé. Il ne pouvait pas nier ce point précis.

— Selon ton frère, tu n'as couché avec moi que dans ce but-là.

— Je n'ai pas *couché* avec toi. Nous avons fait l'amour, corrigea-t-il.

— Peut-être, murmura-t-elle après une hésitation. Mais comment puis-je en être sûre, maintenant que je sais que tu avais un motif ?

— Tu ne peux donc pas croire en toi, juste un peu ? Imaginer que je puisse te désirer ?

— Je vois surtout que cet enfant arrive à point nommé. Max affirme que la seule chose qui te préoccupe, c'est de bâtir une dynastie.

— Ce qui me préoccupe, c'est toi.

— Je n'en ai pas l'impression, Luca. Depuis le début, je n'ai jamais vraiment eu mon mot à dire. J'ai passé ma vie prisonnière des caprices de mon père, et je n'ai pas l'intention de retomber dans ce piège.

— Il n'y a pas le moindre piège. Tu mélanges tout, Callie.

— Je ne mélange rien du tout, bien au contraire. Pour la première fois, tout me paraît clair.

— Ce sont tes hormones qui parlent.

— Fais attention à ce que tu dis. Quel était ton plan, au juste ? M'épouser, puis divorcer discrètement une fois l'enfant né ? Tu ne perds pas de temps, n'est-ce pas ? Mais d'après ce que m'a expliqué Max, la Constitution ne t'en laissait pas beaucoup. Je suppose que tu comptais m'épouser avant que mon état ne devienne évident ?

Luca cherchait ses mots. Elle avait en partie raison, bien sûr, il ne lui ferait pas l'insulte de le nier. Mais ses sentiments étaient bien réels. Un bébé. Un enfant. Tout ce dont il avait toujours rêvé était soudain à portée de main. Il en était ému, presque bouleversé, et le calendrier constitutionnel n'y était pour rien. Callie était la femme parfaite, la mère idéale.

— Qu'y a-t-il donc de si terrible dans le fait de devenir ma femme ?

— Si tu ne le sais pas, fit Callie d'une voix triste, alors je ne peux rien pour toi. Je te suggère de m'oublier. Trouve-toi une vraie princesse à épouser. Je suis sûre que les remplaçantes ne manquent pas.

— Au diable les remplaçantes ! gronda Luca, cédant à sa colère. C'est toi que je veux.

— On ne peut pas toujours avoir ce qu'on veut, dans la vie.

— Qu'est-ce que tu essaies de me dire, exactement ?

— Que je ne t'épouserai pas.

— Mais… Tu deviendrais princesse !

— Princesse de quoi ? Tu ne m'offres qu'un rôle temporaire. Je ne veux pas d'une vie misérable, juste parce que j'ai servi de reproductrice à un prince.

— Ce sont les mots de Max, pas les tiens. Ne l'écoute pas.

— Je ne veux pas de ça pour notre enfant, poursuivit Callie comme si elle ne l'avait pas entendu. Je me fiche d'être princesse si c'est au prix d'un mariage sans amour.

Ce n'est pas ma tiare qui me consolera, qui me tiendra dans ses bras. Je préfère élever mon enfant dans un studio que dans ton palais.

— Le choix ne t'appartient pas, déclara Luca d'un ton plus dur.

— C'est une menace ?

— Un simple rappel du fait que tu portes l'héritier du Fabrizio. Ni toi ni moi ne pouvons le nier.

— En effet. Ce n'est d'ailleurs pas mon intention. Mais sauf à ce que tu me retiennes de force, je peux quand même rentrer passer Noël chez moi, entourée de gens en qui j'ai confiance.

Luca ouvrit la bouche pour protester, se ravisa et prit une profonde inspiration.

— Cet enfant arrive au bon moment, c'est un fait. Mais il représente bien davantage qu'un héritier à mes yeux. Et toi aussi. J'ai encore du mal à comprendre les sentiments qui…

Il s'interrompit, incapable de trouver les mots justes. Lui qui avait passé sa vie à fuir les émotions se noyait à présent dedans. Mieux valait changer d'angle.

— Je te respecte, reprit-il. Et ce sera toujours le cas. Je te demande de réfléchir à ce que je te propose.

— C'est ce que j'ai fait. Et je n'en veux pas.

— Que veux-tu, alors ?

— De l'amour, de la tendresse réciproque, répondit Callie sans la moindre hésitation. Une complicité, des sourires partagés. Une confiance mutuelle sur laquelle prendre appui dans les tempêtes. Et je veux garder mon indépendance. Je me suis trop battue pour y renoncer.

— Tu garderas ton indépendance. Il n'est pas question pour moi de t'asservir.

— Tu sais aussi bien que moi que les obligations de la

vie princière sont une forme d'asservissement. J'ai passé la majeure partie de mon existence enchaînée, et je n'ai pas l'intention de quitter une cage pour m'enfermer dans une autre, fût-elle d'or pur. Ce n'est pas non plus ce que je veux pour notre enfant. Au revoir.

— Callie !

Il la retint lorsqu'elle voulut s'éloigner, mais la jeune femme se dégagea d'un geste brusque.

— Partir n'est pas la solution.

— C'est la seule que je voie.

— Mais je t'aime.

Callie se figea à ces mots, puis se retourna lentement.

— Tu m'aimes ? Et tu n'as pas pensé à me le dire avant ce soir ? Tu dois vraiment être désespéré…

— Je *suis* désespéré, mais pas pour les raisons que tu avances. Je t'aime Callie. Et oui, j'aurais dû te le dire avant, mais j'ai mis du temps à le comprendre. Je n'ai pas reconnu les symptômes, parce que je ne les connaissais pas. Il n'y a jamais eu d'amour dans ma vie.

— Ton père adoptif ne t'aimait pas ?

— Si, concéda Luca. Mais il m'a été difficile de lui faire confiance et de lui retourner son affection. Ou du moins, j'ai mis très longtemps.

— Peu importe, Luca. Je ne changerai pas d'avis. Je ne veux pas faire office de laboratoire d'essai pendant que tu découvres que tu as un cœur. Je veux le gamin du Colisée auquel rien ne faisait peur. Ne te sers pas de ton passé comme d'une excuse. Je pourrais le faire moi aussi.

Elle avait raison, et Luca se sentit envahi d'un sentiment de honte dont il n'était pas coutumier.

— Comment puis-je te prouver que je t'aime, Callie ?

— En me laissant partir, tout simplement.

Callie fut ravie de retrouver les Brown, mais le vide laissé dans son âme par son départ précipité semblait s'agrandir de jour en jour. Même l'enthousiasme légendaire de ses amis pour les préparatifs de Noël n'y pouvait rien.

Revoir Anita lui avait tout de même mis du baume au cœur, songea-t-elle en dévisageant son amie, assise de l'autre côté de la table. Callie l'avait persuadée dès son retour de prendre un travail dans les environs, et les Brown lui avaient offert une chambre. En échange, Anita les aidait avec les plus jeunes des enfants. Tout le monde y trouvait son compte.

— Allez ! s'exclama Ma Brown en déboulant dans la pièce, les joues rouges d'avoir travaillé devant le fourneau. Que tout le monde s'active ! Anita, j'ai besoin de toi en cuisine. Callie et Rosie, où en êtes-vous avec les guirlandes en papier ? Bientôt terminées ?

— Bien sûr ! s'exclama Rosie, alors qu'elles n'avaient même pas commencé.

Une fois seule avec Callie, Rosie s'agenouilla près d'elle.

— Je sais que tu ne veux rien dire devant la famille, mais tu ne peux pas tout garder pour toi. Tu vas finir par exploser comme une cocotte-minute. Et tu ne peux pas non plus t'obstiner dans ton refus de parler à Luca. S'il venait en Angleterre…

— Tu sais quelque chose ? coupa Callie.

L'idée de revoir Luca lui donnait des ailes, même si sa raison lui répétait qu'elle n'était pas faite pour la vie qu'il lui offrait. Le plus sage était donc de ne pas le revoir.

— Pas vraiment, répondit son amie d'un air gêné. Je dis juste que *si* Luca venait, tu devrais accepter de le voir.

— Je ne dois rien faire du tout, fit valoir Callie, boudeuse.

Mais son cœur caracolait, sa respiration s'emballait. Luca était-il en Angleterre ? Était-il arrivé en ville ? Il n'y avait pas de fumée sans feu, et l'expression de Rosie trahissait une évidente culpabilité. Son amie en savait plus qu'elle ne l'affirmait.

— Nous ferions bien d'attaquer les guirlandes, reprit Rosie comme s'il s'agissait de leur seul problème. Sinon, ça va chauffer pour nous.

Chapitre 12

Callie se figea. La famille entière venait de s'asseoir devant un véritable festin quand des coups impérieux s'étaient fait entendre à la porte.

— Je vais voir qui c'est, annonça Pa Brown.

Callie n'eut pas de mal à deviner l'identité de leur visiteur à l'excitation qui pétillait dans les yeux de Rosie. De fait, quelques instants plus tard, Luca apparut sur le seuil. Apparaître était le mot juste pour désigner l'irruption d'un tel homme dans une demeure si modeste. L'atmosphère, dans le petit salon, se chargea aussitôt d'électricité. Luca échangea un regard avec Callie, si intense, si passionné qu'elle fut presque soulagée lorsqu'il détourna les yeux pour parcourir la petite assemblée.

— Désolé de vous déranger, déclara-t-il comme Pa Brown l'aidait à ôter son manteau de cachemire.

— Mais non, vous tombez parfaitement, s'exclama Ma Brown. Nous venions de passer à table. Vous avez faim ?

— Au vu de tous ces mets, il est difficile de ne pas avoir de l'appétit… Vous avez de la place pour une personne de plus ?

Ma Brown bondit aussitôt sur ses pieds.

— Et comment !

Vêtu d'un pull de laine sur un jean usé, Luca n'en était pas moins intimidant et parut faire rétrécir la pièce lorsqu'il s'avança. Callie l'étudia, tentant de ne pas songer à ces mains qui avaient couru sur son corps nu, ces yeux qui s'étaient repus d'elle. Luca ne ressemblait en rien aux princes charmants polis et lisses de ses livres d'enfant. Sans le connaître, on aurait pu le croire soldat, forestier, exerçant un métier au grand air. La sensualité irradiait de lui comme la chaleur d'un soleil.

— Je ne vous connais pas de l'Italie ? remarqua Luca en s'arrêtant sur Anita.

— Si, Votre Altesse, répondit l'intéressée en rougissant.

— Appelez-moi Luca. Vous connaissez les règles. En tout cas, merci à tous de m'accueillir.

— C'est un plaisir et un honneur, répondit Pa Brown. Vous avez bien fait de venir.

— Je vous laisse ma chaise si vous me faites faire un tour dans votre voiture de sport, proposa le cadet des Brown depuis la fenêtre, où il s'était posté pour admirer le bolide garé devant chez eux.

— Marché conclu.

Tom et Luca se tapèrent dans la main, puis Ma fit signe à tout le monde de se serrer.

— Allez, faites un peu de place pour le prince.

— Ce n'est pas le genre de phrase qu'on entend tous les jours ! s'exclama Pa Brown, qui reçut un regard sévère de sa femme.

Une joyeuse agitation s'ensuivit, des couverts et une assiette furent tirés d'un bahut. Chacun se rassit et le déjeuner commença.

— Je vous envie, dit Luca à ses hôtes, au milieu du festin.

— Vous nous enviez, *vous* ? s'exclama Pa Brown, avec un ébahissement qui lui valut un nouveau regard de la maîtresse de maison.

— Encore un peu de sauce sur vos légumes, Luca ?

— Volontiers.

Les premiers instants de surprise passés, tous les Brown se comportaient comme si Luca avait été un voisin passé à l'improviste. Le repas aurait pu être guindé, gâché par une si formidable présence, mais le contraire se produisit. Sous l'impulsion de la famille et d'Anita, la conversation prit vite une tournure festive.

— C'est comment d'être prince ? demanda le petit Tom.

— Fatigant.

— Tu dois sourire à des gens que tu n'aimes pas ?

— C'est ce qui s'appelle la diplomatie, intervint Pa Brown. Et vous feriez bien de tous vous en inspirer.

— Non, il a raison, déclara Luca en riant. C'est pour ça que je suis ravi d'être ici.

— Vous n'aviez nulle part où aller pour Noël ? reprit Tom, qui n'avait pas terminé son interrogatoire.

Luca fit mine d'y réfléchir, un sourire aux lèvres.

— J'avais plusieurs propositions, mais rien ne me plaisait autant que celle-ci.

— Un peu de dessert ? suggéra Ma.

— Avec grand plaisir. Mais d'abord…

Il jeta un coup d'œil à Callie, puis fit un signe de tête en direction de la porte.

— Bien sûr, reprit Ma. Nous vous garderons du dessert.

Callie hésitait à le suivre. Elle ne se sentait pas prête à lui pardonner — rien n'avait changé, après tout. Mais ils devaient discuter de la situation, elle en avait conscience.

— Voilà, murmura-t-elle lorsqu'elle se retrouva confortablement installée dans sa voiture quelques minutes plus tard, emmitouflée dans son manteau. Maintenant, tu sais.

— Je sais quoi ?

— D'où je viens.

— Tu as de la chance. C'est le plus beau Noël de ma vie.

— Et encore, il ne fait que commencer.

— J'ai hâte de voir la suite.

Callie lui coula un regard de biais, soupira et reprit au moment où il démarrait :

— Tu avais promis de me laisser du temps.

— Combien t'en faut-il ?

— Plus que ça.

— J'ai bien peur que ce ne soit pas possible.

— Tu étais d'accord pour me laisser partir.

— Certes. Mais rien ne m'interdit de te courir après.

Callie secoua la tête, réprimant les élancements joyeux de son cœur. Son *traître* de cœur. Elle ne pouvait pas se permettre d'espérer, de croire à un avenir entre eux.

— Ma vie est ici, Luca.

— Ta vie est dans les vergers de citrons. Dans l'hôtel cinq étoiles où le personnel t'a tant appréciée. Ce que j'essaie de te dire, c'est que ta vie est là où tu choisis de la faire. Tu illumines le quotidien des gens que tu croises. C'est pour ça qu'ils t'aiment. C'est pour ça que *je* t'aime. Je veux que tu deviennes ma femme.

— Et une princesse, mère de ton enfant.

— Tu as donc décidé de croire Max plutôt que moi…

— Je suis parfaitement capable de penser par moi-même. Max n'a rien à voir là-dedans.

— Puisque nous parlons de lui, je lui ai rappelé assez fermement qu'il s'était engagé à ne pas revenir au Fabrizio. Je veux dire par là que j'ai raboté son allocation d'un tiers. S'il revient, je ferai de nouveau la même chose. Le message a l'air d'être passé.

— Tant mieux. Arrête-toi là.

— Pardon ?

— Là, près du jardin public. Nous marcherons un peu.

Luca étudia les environs, sourcils froncés.

— Je pensais te conduire dans un endroit un peu plus romantique.

— Ce jardin ne ressemble peut-être pas à grand-chose, mais je t'assure qu'ici nous l'aimons autant que toi ton parc.

— Je n'ai pas grandi dans un parc, lui rappela Luca en manœuvrant pour se garer.

Il coupa le contact, mit pied à terre d'un bond souple et vint lui ouvrir. La jeune femme accepta la main qu'il lui tendait, puis frémit au frisson familier qui remonta le long de son bras.

Le premier, Luca rompit le silence lorsqu'ils pénétrèrent dans le jardin public.

— Tu ne peux pas nier qu'il y a quelque chose de magique entre nous.

— Mais tu es un prince.

— Je suis un homme. Un homme qui sait que nous sommes faits l'un pour l'autre.

Callie leva vers lui un visage que rosissait le vent d'hiver.

— Pourquoi veux-tu m'épouser, alors que tu peux avoir n'importe quelle princesse au monde ? Pourquoi moi ?

— Je me pose parfois la même question, répliqua Luca, un sourire aux lèvres.

— Très drôle.

— Tout ce que je peux te dire, c'est que l'amour ne s'explique pas. On est amoureux ou non.

Ils s'étaient arrêtés devant le petit kiosque où, pas plus tard que la veille, Callie et les Brown étaient venus écouter une chorale de Noël. Luca referma les mains sur ses épaules et la fit pivoter vers lui, la mine grave.

— Je sais pourquoi tu n'accordes pas ta confiance aisément, Callie. Tu as eu une jeunesse difficile à cause de ton père. Ma Brown m'en a parlé au téléphone.

— Elle n'aurait pas dû.

— Au contraire, elle a très bien fait. Elle t'aime énormément, et elle pensait que je devais être au courant. Et puis, si tu avais répondu à mes lettres, je n'aurais pas pris contact avec eux.

— Que t'ont-ils dit d'autre ?

— De te laisser le temps de réfléchir.

— Et toi, quelle conclusion as-tu tirée de notre séparation ?

— Que l'amour n'est pas rationnel, comme je te l'ai dit. Qu'il n'y a que *ça* qui compte.

Il effleura ses lèvres avec douceur avant de revenir à la charge, une fois, deux fois, plus longuement. Quelques secondes plus tard, ils s'embrassaient au beau milieu du parc comme s'ils étaient seuls au monde.

— Tu m'as manqué, avoua Callie quand ils se séparèrent.

— Moi aussi tu m'as manqué. Je veux tout savoir de toi. Pas la version édulcorée que tu m'as servie de ton passé mais tout, le bon, le mauvais. Je veux affronter l'avenir à tes côtés. Nous avons tous les deux souffert, et alors ? Comment reconnaître le bonheur si l'on n'a pas connu la peine ? Dis-moi tout, répéta-t-il. Et ne t'avise pas de me cacher quelque chose, parce que je le saurai.

— Très bien. Autant commencer par ma mère alors… Je ne me souviens pas d'elle. Elle est morte en me donnant le jour. Mon père m'a toujours tenue pour responsable de sa disparition. Sans cette tragédie, peut-être aurait-il été un autre homme.

— Chacun est maître de son destin. Tu n'es pas responsable des erreurs de ton père. Et encore moins de la mort de ta mère.

Il lui prit les mains, les porta à ses lèvres et reprit :

— La suite, je la devine. Tu n'as pas besoin de me dire que tu as travaillé dur. Je le vois à ces mains.

Callie se mit à rire — elle n'avait pas vraiment des mains de princesse.

— J'aimerais pouvoir retourner dans tes vergers,

quand je pensais que nous étions tous les deux de simples saisonniers, soupira-t-elle.

— Nous sommes toujours les mêmes. Rien n'a changé.

— Si. Tu es prince.

— Je suis juste un homme amoureux.

Il s'agenouilla, tira de sa poche une alliance de plastique bleu et la lui tendit.

— Veux-tu devenir ma femme ?

Malgré l'émotion qui lui nouait la gorge, Callie éclata de rire.

— Où as-tu trouvé cette bague ?

— Un cadeau de Tom, juste avant que nous ne sortions. Je lui dois une fière chandelle.

Callie regarda le souverain à genoux dans la neige comme le plus simple des hommes. Il avait accepté ses doutes, sa colère, la distance, il avait tout enduré et tout conquis. Soudain, la peur qui logeait dans son cœur s'évanouit et laissa place à des flots de bonheur.

— Oui.

— Oui quoi ? demanda Luca, l'air incertain.

— Oui, je veux devenir ta femme, idiot.

Il se redressa, l'air solennel, et l'embrassa longuement. Puis il éclata de rire.

— Qu'est-ce qui t'amuse ?

— Je t'ai bien choisie, Callie. Il n'y a que toi pour me traiter d'idiot, et faire de moi le plus heureux des hommes en même temps.

Épilogue

Une épaisse couche de neige recouvrait le nord de l'Angleterre. Elle tombait à gros flocons paresseux qui ralentissaient la circulation et étouffaient les bruits. Celui de la calèche qui s'arrêta devant la maisonnette des Brown, par exemple. Les rues étaient parées d'illuminations, les vitrines remplies de traîneaux, de rennes et de paquets enrubannés. La ville tout entière semblait vouloir retenir Noël, quelques jours encore.

Callie savait que son mariage ne ressemblait à aucun autre. Elle allait épouser Luca dans le quartier pauvre où elle avait grandi, en compagnie de leurs amis : les Brown, Anita et Marco, tout juste arrivé d'Italie. Elle portait une robe choisie par Ma Brown qui lui allait comme un gant. *Plus pour bien longtemps*, songea-t-elle en caressant son ventre arrondi tandis que Rosie finissait d'arranger son voile.

La cérémonie devait avoir lieu dans l'église locale. Callie avait tenu à cette union discrète, destinée à prouver à tous ceux qu'elle aimait que même si elle devenait princesse, même si elle partait vivre une existence digne des *Mille et Une Nuits*, rien ne changerait. Quant au peuple du Fabrizio, il aurait droit à une seconde cérémonie deux semaines plus tard, dans la cathédrale du pays.

— Tu es splendide, déclara Pa Brown lorsqu'elle le rejoignit dans le salon. Je suis très honoré de t'accompagner à l'autel et de te donner à cet homme. Non, de te *prêter*, corrigea-t-il avec un froncement de sourcils. Ne t'avise jamais d'oublier d'où tu viens.

— Aucun risque, répondit Callie, déposant un baiser sur sa joue fripée. Et vous, n'oubliez pas de venir me rendre visite régulièrement.

— Seulement si je peux regarder le football, là-bas, répondit Pa d'un air inquiet.

Callie, qui savait à quel point le match du samedi comptait pour lui, hocha vigoureusement la tête.

— Je suis sûre que nous pourrons arranger ça.

— Bon, je crois que c'est l'heure d'y aller, fit Pa Brown en désignant la vieille horloge du salon.

À peine sortis de la maison, ils s'enfoncèrent dans une congère. Avec un grand éclat de rire, Callie tira son pied de la neige.

— Tu parles d'un début… Mais rien ne pourra gâcher cette journée.

Luca avait insisté pour qu'elle se rendît à l'église en calèche. Callie fut soulagée de constater que le nécessaire, couvertures et bouillottes, avait été prévu pour le voyage. Les chevaux renâclaient sous la neige, impatients de repartir, bien au chaud sous leur chemise aux couleurs du Fabrizio. Des clochettes d'argent à leur bride tintaient au moindre mouvement. Sur leur passage, les gens s'arrêtaient pour saluer avec chaleur la fille du coin qui épousait un prince.

Luca l'accueillit d'un sourire radieux quand elle pénétra dans l'église au son du vieil orgue. Callie n'avait jamais vu plus bel homme de sa vie. Il portait un costume bleu sombre, sans le moindre insigne officiel. Pouvait-elle rêver mieux ? se demanda-t-elle, un peu ébahie, tandis que Pa Brown la confiait à son futur mari.

— Vous pouvez maintenant embrasser la mariée, annonça le prêtre quelques instants plus tard.

— Je peux embrasser la femme de ma vie, lui souffla Luca à l'oreille. La seule princesse dont j'aie besoin.

— Et la seule que tu auras ! le taquina-t-elle avant de lui offrir ses lèvres.

Elle baissa les yeux sur la bague ornée d'un diamant qu'il lui avait offerte le matin même, affirmant avec un clin d'œil qu'elle ne pourrait jamais remplacer l'originale en plastique bleu. Puis ils sortirent, main dans la main, dans l'air blanc de l'hiver.

— Tu n'as pas froid, ma chérie ? murmura Luca en la serrant contre lui.

— Plus maintenant, répondit Callie avec un sourire radieux.

Michel, le bras droit de Luca, avait tout organisé selon le protocole pour leur second mariage au Fabrizio. Pour un tel événement, il n'était pas question de déroger au protocole. Heureusement, la présence des Brown, que même ces fastes n'impressionnaient pas, apportait une touche d'imprévisibilité bienvenue aux préparatifs. Luca y mit du sien lui aussi, en se glissant le matin du mariage dans la suite de Callie comme elle sortait tout juste de sa douche. Quand elle le vit, la jeune femme ouvrit la bouche en un « oh » de stupeur muet.

— Tu ne devrais pas être ici ! murmura-t-elle, jetant un coup d'œil en direction de la porte du salon pour s'assurer qu'elle était fermée.

Luca l'enlaça, imperturbable.

— Pourquoi ?

— Parce que tu n'es pas censé voir la mariée avant la cérémonie.

— Un, nous sommes *déjà* mariés. Et deux, je ne suis pas censé voir la mariée *dans sa robe*. Que tu ne portes pas, si je ne m'abuse.

Callie se mit à rire, puis soupira de plaisir quand Luca se pencha pour lui mordiller l'oreille. Vêtu d'un vieux jean et d'un simple T-shirt blanc, il exsudait la même élégance, la même sophistication qu'en costume italien.

— Tu as oublié de te raser ? murmura-t-elle quand elle sentit son début de barbe lui égratigner la joue.

— Non. Je sais que tu aimes ça, sur certaines parties de ton corps.

Il avait raison, et les seins de Callie bourgeonnèrent sous son peignoir.

— Il faut que tu arrêtes…

— Ou tu ne répondras plus de tes actes ?

— Non, reconnut-elle tandis que les mains de Luca glissaient sur sa peau nue.

— Tu sais depuis combien de temps nous n'avons pas fait l'amour ?

— Au moins trois heures ?

— Exactement. Trop longtemps. Qu'est-ce que c'est que ça ? reprit-il quand ses doigts effleurèrent une chaîne entre ses seins.

Il se mit à rire en découvrant l'alliance de plastique qu'elle y avait accrochée.

— Je voulais la garder en souvenir, confessa Callie, penaude.

— Je te donnerai un pendentif plus digne d'une princesse.

— Rien de trop visible, alors.

— J'ai bien peur de ne pas pouvoir te le promettre.

D'ailleurs, je t'apportais quelque chose. Plusieurs choses, pour être exact. D'abord…

Il tira une boîte de la poche arrière de son jean, l'ouvrit et la lui présenta.

— La bague traditionnelle des princesses du Fabrizio, expliqua-t-il. Elle se transmet de génération en génération. Me feras-tu l'honneur de la porter ?

Bouche bée, Callie étudia l'imposant saphir entouré de diamants qui scintillait sur son nid de velours. C'était le plus beau bijou qu'elle avait jamais vu, à l'exception du solitaire qui brillait à son doigt. Il s'agissait d'une pièce d'exception, chargée d'histoire — nul besoin d'être experte pour s'en apercevoir.

— Je… Je ne peux pas accepter un tel cadeau.

— Non seulement tu le peux, mais tu le dois, insista Luca. Quel genre d'exemple donnerais-je à mes enfants si je ne couvrais pas leur mère de cadeaux ?

Tout en parlant, Luca avait placé une main sur son ventre, comme pour sceller une promesse.

— Tu porteras le saphir et ton solitaire à la main droite. Et ton alliance à la gauche, conformément à la tradition. Les Romains disaient que c'était là que passait la veine qui va droit au cœur. D'ailleurs, nous l'appelons toujours *vena amoris*, la veine de l'amour. L'alliance que je vais te remettre est faite d'un or très spécial, extrait du sol même de notre pays.

Plongeant de nouveau la main dans sa poche, il en sortit un anneau tout simple, aux éclats fauves.

— Comme tu peux le voir, c'est sa sobriété qui fait la beauté de cette alliance. J'espère que tu seras heureuse de la porter.

— Elle est magnifique, souffla Callie, la voix enrouée par l'émotion. Tu n'aurais pas pu mieux choisir. C'est le bijou le plus précieux qu'on m'ait jamais offert.

— Même en comptant l'alliance en plastique ?

— Avec l'alliance en plastique, corrigea la jeune femme en riant. Mais j'avoue une petite faiblesse pour l'or du Fabrizio.

Luca se pencha pour l'embrasser, au moment même où Ma appelait depuis le salon :

— Callie, tu es prête ? Nous ne pouvons pas être en retard.

— La ponctualité est la politesse des rois, souffla Luca.

— Heureusement que je ne suis que princesse, alors. Je suis toujours en retard.

— Je t'attendrai tout le temps qu'il faudra.

Puis, sur un dernier baiser, il s'enfuit par la porte de service, laissant Callie se demander si elle s'était imaginé ce merveilleux interlude. L'or qui brillait à sa main gauche lui rappela que non.

La seconde cérémonie fut tout aussi réussie que la première, encore qu'un peu plus grandiose. Il n'y avait pas de neige au Fabrizio mais un grand soleil et un ciel bleu azur, sans le moindre nuage à l'horizon. Les rues étaient bondées, le peuple avide de découvrir sa nouvelle princesse. Les décorations de Noël n'avaient pas été démontées, donnant l'impression que la ville était emplie de lumière.

La foule applaudit lorsque Callie descendit du carrosse officiel, suivie d'une traîne de soie blanche de presque sept mètres. Il avait fallu cette longueur pour permettre à chacun des quatorze membres de la famille Brown d'en porter une partie. Ma avait donné des consignes strictes, et chacun des petits pages et des filles d'honneur se comporta à merveille. Rien ne fut renversé, déchiré ou taché. Callie eut l'étrange impression de flotter jusqu'à Luca, qui l'attendait au centre de la magnifique cathédrale du Fabrizio.

— Qui donne cette femme à cet homme ? demanda solennellement l'officiant.

— Ben moi, bien sûr ! s'exclama Pa Brown, tandis que sa femme levait les yeux au ciel.

Callie étouffa un éclat de rire. Luca se pencha vers elle, le regard brûlant d'une passion réprimée.

— Rappelle-moi depuis combien de temps nous n'avons pas fait l'amour, maintenant ? chuchota-t-il.

— Ça doit bien faire quatre heures.

— Il va peut-être falloir que nous sautions la réception alors.

— Je le crois aussi.

Comme en Angleterre deux semaines plus tôt, la proclamation retentit bientôt dans l'église : le prince Luca du Fabrizio pouvait embrasser sa nouvelle épouse. Luca s'exécuta avec ferveur, puis fit pivoter Callie vers l'assemblée silencieuse. D'une voix forte qui résonna dans toute la nef, il annonça :

— Ma princesse.

Et au milieu des vivats qui retentissaient, il ajouta :

— L'amour de ma vie.

— Je n'ai aucun dossier urgent à traiter pendant les deux semaines qui viennent, annonça Luca dans le carrosse qui les ramenait, par l'artère principale de la ville, jusqu'au palais. Ou plus exactement, mon dossier le plus urgent, c'est toi.

— Il va falloir attendre après la réception avant de t'en occuper, fit valoir Callie, saluant joyeusement la foule massée le long des trottoirs.

— Oh ! je ne t'ai pas dit que notre arrivée serait retardée ?

Callie affecta une mine choquée.

— Vraiment ?

— J'ai demandé au cocher de nous déposer devant l'entrée privée de nos appartements. Tu sais, pour nous donner le temps de nous… rafraîchir un peu.

— Tu penses vraiment à tout.

— J'essaie.

Si le personnel du palais fut surpris de voir leur prince et leur princesse regagner leur chambre en courant, tiare de travers et traîne en boule sous le bras, ils n'en montrèrent rien, se contentant d'échanger des regards réjouis.

Quelques secondes plus tard, les mariés refermèrent la porte derrière eux. Sans perdre de temps, Luca s'attaqua aux boutons de la robe de Callie. Lorsqu'elle en émergea en sous-vêtements nuptiaux, il la prit dans ses bras et la porta jusqu'au lit. La chambre était emplie de fleurs qui saturaient l'air d'un parfum divin.

— Elles sont toutes pour toi, murmura Luca, plongeant ses yeux dans ceux de son épouse.

— Elles sont magnifiques. Merci.

— Rien n'est trop beau pour toi, Callie. Et tu peux t'y habituer, parce que ce sera comme ça pour le restant de tes jours.

Retrouvez prochainement,
dans votre collection

DIADÈME

Soumise à un prince, d'Olivia Gates - N°4

« Tu seras mon épouse. » Glory croit défaillir. Comment Vincenzo D'Agostino, prince de Castaldini, ose-t-il la soumettre ainsi, après l'avoir rejetée six ans plus tôt ? Certes, elle n'est pas en mesure d'opposer un refus à cet ordre royal, mais jamais elle ne pourra supporter de passer sa vie auprès de Vincenzo. Même s'il ne peut s'agir que d'un mariage temporaire, les sentiments qu'elle éprouve pour lui sont, quant à eux, malheureusement éternels...

Un jeu si innocent, de Clare Connelly

Le jour où elle a accepté de se faire passer pour une autre, Matilda jugeait la mascarade innocente. Et puis, jouer le rôle d'une héritière sur une île splendide, la perspective était tentante. Seulement, quand elle fait la connaissance de Rio Mastrangelo, elle craint d'être démasquée... Comment lui faire croire qu'ils appartiennent au même monde, alors qu'elle perd tous ses moyens face à lui ?

Séduite par le sultan, de Susan Stephens - N°5

En pénétrant dans le palais de Kemal Volkan, à Istanbul, Lizzie a la sensation d'entrer dans un lieu magique et hors du temps. Mais elle n'oublie pas qu'elle est à la merci du sultan tout-puissant, qui la contemple d'un regard brûlant. Et qu'elle va devoir bientôt affronter cet homme arrogant et ténébreux...

La princesse interdite, de Lucy Monroe

Pour échapper au mariage que son père, le souverain de Marwan, veut lui imposer, Lina décide de fuir. Mais c'est compter sans la redoutable efficacité de l'homme chargé de la retrouver et de la ramener à sa famille, Sebastian Hawk ! Un homme qu'elle connaît bien, puisqu'elle est déjà tombée amoureuse de lui autrefois...

Retrouvez prochainement,
dans votre collection

DIADÈME

Série : Rois et séducteurs 2/2, **de Kelly Hunter - N°6**

Royal secret

Il y a sept ans, Casimir a eu une liaison avec Anastasia, sans lui révéler qu'il était prince. Le temps de quelques baisers, il fut libre. Hélas, maintenant qu'il s'apprête à contracter un mariage de convenance, Casimir fait face à une incroyable découverte. La belle Anastasia est aujourd'hui maman d'une petite fille qui lui ressemble étrangement…

Reine par devoir

Depuis l'enfance, on prépare Moriana à embrasser son destin royal. Il n'a jamais été question que de réputation et de devoir. Alors qu'elle rêve de connaître l'ivresse de la passion, voilà qu'elle a reçu une demande en mariage d'un roi play-boy, qui la déteste depuis toujours ! Comment pourrait-elle épouser Theodosius et devenir sa reine ?